바람

지은이 | 다미레
펴낸이 | 권순남
펴낸곳 | (주)마야 · 마루출판사

1판1쇄 인쇄일 | 2017년 7월 19일
1판1쇄 발행일 | 2017년 7월 21일

등록일자 | 2008년 1월 7일
등록번호 | 제310-2008-00001호

주소 | 서울시 노원구 상계 1동 1049-25 신영산업 BD 602호
대표전화 | 02-2091-0291
팩스 | 02-2091-0290
이메일 | marubooks@hanmail.net

978-89-280-8115-8(03810)

값 9,000원

* 저자와 협의하여 인지를 붙이지 않습니다.
* 잘못된 책은 교환하여 드립니다.

「이 도서의 국립중앙도서관 출판시도서목록(CIP)은 서지정보유통지원시스템 홈페이지(http://seoji.nl.go.kr)와
국가자료공동목록시스템(http://www.nl.go.kr/kolisnet)에서 이용하실 수 있습니다.」
(CIP제어번호:CIP2017016877)

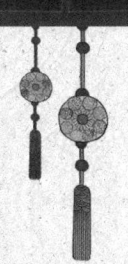

비람

다미레 장편소설
MAYAMARU ROMANCE STORY

프롤로그 ⋯ 007
1부 ⋯ 014
2부 ⋯ 052
3부 ⋯ 138
4부 ⋯ 197
5부 ⋯ 240
6부 ⋯ 290
7부 ⋯ 346
에필로그 ⋯ 394
외전 1. 지원의 변명 ⋯ 401
외전 2. 진동 벨 특급작전 ⋯ 409
작가 후기 ⋯ 418

*"이 책은 허구의 이야기로 특정 인물이나 단체와는 상관이 없습니다."

프롤로그

"민화(民畵)는 행복을 바라는 마음이 듬뿍 담긴 정성 가득한 그림이에요. 사랑하는 이들에게 행복을 주고 싶어서 그리는."
"……"
"어느 민화 작가분의 말처럼 복을 부르는 예쁜 부적 같은 그림이라고 할 수 있어요."

민화 배우기에 앞서 대부분의 사람들이 알지 못하는 민화의 참뜻과 의미를 설명하던 서우는 천 개의 눈보다 훨씬 더 반짝이는 신입 회원들과 일일이 눈을 맞췄다.

다섯의 눈동자는 의미와 색이 다른 오방색처럼 제각각으로 선명하니 분명했다.

"전통 동양화와는 다르게 화려한 채색을 기본으로 재미난

구도, 자연에 대한 믿음과 겸손함이 담긴 민화는 무병장수와 행복, 부귀영화를 비는 그림이에요. 민화가 우리나라에만 있는 건 아니에요. 중국과 일본, 베트남에도 그들만의 정서와 이야기, 감성과 톤이 가미된 민화가 있어요."

조근조근한 설명에 수강생들은 숨도 쉬지 않고 경청했다.

"민화의 가장 좋은 점은 누군가를 위하고 위무하는 마음, 관심과 사랑만 있으면 그릴 수 있다는 거예요."

서우는 조금의 가감도 없이 민화의 속살과 민낯을 풀어냈다.

"강사님."

"네."

"바림이라는 말이 무슨 뜻인가요? 전 오늘 얼떨결에 친구 따라 강북에 온 강남 꽃 제비거든요."

자칭 꽃 제비란 말에 주위 사람들이 작게 웃었다.

"아무것도 모른 채 끌려와 가지고 사전 지식이나 정보가 전혀 없는 상태랍니다. 그래서 그런지 민화에 대한 정의나 스토리가 너무 재밌네요. 아, 말씀 중에 이런 질문은 실례인 거죠?"

그 같은 질문에 여성 옆에 앉은, 친구인 듯한 이가 얼굴을 붉히며 질문한 이의 옆구리를 찔렀다. 얼떨결에 끌려왔다는 강남 제비는 '왜? 뭐? 어때서?'라는 말로 조심스런 친구를 곤혹스럽게 했다.

이 같은 질문과 의문은 특별한 일이 아닌 종종 있는 일이었다. 민화 초급자들에게 첫 강의를 시작하는 날에는 거의 예외 없이.

"실례 아니에요."

"감사해요. 아니라고 해 주셔서."

여성은 환하게 웃으며 말했다.

"여러분들이 모인 이곳 이름이 바림이죠?"

"네."

다섯 명이 대답한 소리는 꽤나 컸다.

"바림은 동양화와 민화에서 쓰이는 기법인데 다른 말로 하면 그라데이션 같은 거예요. 칠해진 색 위에 물을 머금은 바림 붓으로 색을 자연스럽게 펴기를 반복해 표현하는, 티 나지 않게 자연스럽게 물들고 물들이는 기법이에요."

"그러니까 이런 거네요. 나로 인해 네가 물들고 너로 인해 내가 물들여지는……."

"좀 조용히 들으라고!"

"질문도 못 해? 뭘 알아야 듣고 있지. 그러게 누가 설명도 없이 초 아침부터 끌고 오래?"

친구 따라 왔다는 이는 그녀 옆 마치 죄인처럼 몸을 사리는 친구를 향해 거침없이 쏟아 냈다.

"친구 따라 강북 오신 분, 틀리지 않은 말씀이세요."

"거봐, 이번에도 내 말이 다 맞다시잖아."

"그럼 마저 이야기할까요?"

짝꿍처럼 동시에 고개를 끄덕이는 두 친구를 보며 서우 역시 고개를 끄덕였다.

"처음 바림을 하시는 분들은 보통 다 어렵다고 하시는데, 모든 게 그렇듯 하다 보면 감이 오고 손에 익어서 나중에는 어렵다고 하시는 분들보다 좋아하시는 분들이 더 많아요. 바림 때문에 풍성한 꽃만 그리시는 분이 있을 정도로. 물론 다른 그림에도 쓰는 기법이고 꼭 써야 하는 건 아니지만 꽃을 그리고 표현할 때 바림을 하는 게 이쁘긴 해요."

"근데 왜 작업실 이름을 바림이라고 지으셨어요?"

서우는 깜짝 질문에 새삼 기억을 더듬어 보았다.

자신이 왜 개인 작업실이자 화실의 이름을 바림이라고 지었던가 하고.

갑작스런 연상으로 인한 순간적인 선택이었는지, 아님 진중한 고민 끝에 나온 마땅하니 어울리는 이름이었는지.

"그건……."

모두의 시선이 서우에게 향했다.

"개인적으로 바림이라는 어감이 좋아서였던 거 같아요. 화실의 정체성에 맞기도 하고 또 개인의 소원과 소망을 담은 바람이라는 말과도 닮아서 더 끌리지 않았나 싶어요."

오늘은 초급자이나 언젠가는 민화의 든든한 지지자이자 버팀목이 될지도 모르는 이들이 서우의 말을 조용히, 진지하게 귀에 담았다.

"민화는 기본적으로 뜻 그림이에요. 말씀드렸다시피 바람을 담아 복을 부르는 기복적인 그림이구요. 소중한 이웃이나 사람들에게 선물하고 선물받기도 하는, 행복을 부르고 담는 그림."

"행복을 부르고 담는 그림……."

여기저기서 서우의 말을 따라 하며 각자 그 의미를 되새기는 듯했다.

늘 그렇듯 민화의 세계에 갓 입문하는 이들의 눈망울과 열정, 호기심과 궁금함은 서우를 설레게 했다.

"그러니까 여러분들도 이 공간에서 자신만의 상상력과 은유로 행복한 그림을 그리셨으면 좋겠어요. 그 과정에서 제가 도움을 드릴 수 있다면 더 좋고요. 자, 그럼 이제 본격적인 민화 수업을 시작해 볼까요?"

그 같은 제안을 시작으로 다섯 명의 초급자들은 자리에서 일어나 의자를 들고 각자의 테이블로 돌아가 앉았다. 그러곤 자신들 앞에 놓인, 부귀영화를 뜻하는 모란꽃 카탈로그와 이합지(한지를 두 장으로 겹쳐 만든 종이)를 마주했다.

이후 어떤 모란도를 선택해 그릴 것인지는 개인의 선택이다.

간혹 정직하고도 풍성한 자태의 붉은 모란도가 아닌 다른 그림을 그리고자 하는 이들도 있지만 서우가 진행하는 민화 수업의 커리큘럼상 초급자는 대체적으로 그리기 무난한 모란도(서민보다 궁중에서 많이 그린 꽃 중의 왕, 부귀영화를 상징하는 모란 그림), **연화도**(군자를 의미하는 꽃. 꽃과 열매가 동시에 생장하는 특성이 있어 부부 금실, 음영의 조화를 표현한다.), **초충도**(신사임당이 그렸다는 그림으로 꽃과 식물, 벌레가 어우러진 그림)에서 선택하길 권유했다.

응용반을 거쳐 심화반이 되면 자유로이 그림을 선택할 수 있었다.

서우는 이 시간이 즐거우면서도 그만큼 긴장도 됐다.

좋은 길잡이이자 친절한 가이드가 되고 싶은 마음과 민화란 매개로 행복의 기운을 가득 전해 주고 싶은 욕심 사이에서 들뜨는 이 시간이 무엇보다 소중하기도 하고.

화려하기보다 화사하니 깊이 있는 색감으로 차오르는 진심과 염원을 담아 민화를 그렸던 그 시간만큼이나 애틋하기도 했다.

"강사님."

"네."

"꽃 말고 다른 거 그리고 싶은데, 안 될까요?"

역시나 친구 따라 강북 온 강남 꽃 제비였다.

"뭘 그리고 싶으신데요?"

"조오기."

"……."

"까치랑 놀고 있는 웃기게 생긴 호랑이요!"

눈썰미가 좋은 강남 꽃 제비가 지목한 그림은, 김홍도의 까치호랑이(새해를 맞아 나쁜 액을 막고 복을 부르고자 하는 사람들의 염원을 담은 그림)를 그린 이의 풍성한 감성으로 재해석해 그려 낸 심화반이자 고급반 수강생의 완성도 높은 민화였다.
"꽃 제비님."
"네?"
"저 웃긴 호랑이로 말하자면……."

1부

 준후는 출근하자마자 회장님의 최측근이자 수족인 최 실장을 불렀다.

 최 실장은 회장님의 지시로 최고급 정보이자 비밀 정보만 따로 모으고 수집하는 이였다.

 노트북을 켜는 이를 지켜보면서 준후는 이번 일을 지시한 회장님의 제안을 다시금 떠올렸다.

'지민화를 찾아. 찾아서 지민화를 우리 회사 소속, 아니 객원 작가라도 가능하게 한다면 투자를 고려해 보마. 사실 다온에 더 이상의 투자는 불가해. 네 엄마의 바람으로 시작해 웬만하면 끝까지 끌고 가면 좋겠는데 그게 쉽지 않아. 하지만 지민화의 민화를 받을 수 있다면 얘기는 달라지겠지. 다온을 없애지 못해 안달한 임원들도 다시 생각할 테고. 임원님들 대부분이 지민화 그림에 목을 매고 있거든. 아직까지도.'

"본부장님."
"네."
"저희 쪽에서 입수해 검증까지 한 지민화에 대해서 말씀드리겠습니다."

모든 준비를 마친 듯한 최 실장이 말문을 열었다. 준후는 대답 대신 고개를 끄덕였다.

"지민화, 올해 나이 32세. 민화 작가. 전공은 서양화."

전공이 동양화가 아닌 서양화라……. 시작부터 이채로웠다.

"어떤 계기로 민화로 방향 전환했는지는 불분명합니다. 원로 민화 작가 진평에게 2년간 사사했고 그 후 제1회 민화대전에서 하늘을 뜻하는 용과 땅의 기운을 내포한 호랑이, 그 의미와 함께 압도적인 크기의 용호도로 그해 대상을 받았습니다. 그때 나이가 불과 26살이었습니다. 이후 지민화가 그린 그림은 떠도는 괴소문과 함께 개인 소장자와 국내외 유명 컬렉터들 사이에서 열풍과도 같은 구매력으로 전부 사라졌습니다."

괴소문, 국내외 유명 컬렉터들 사이에서의 열풍이라…….

"엄밀히 말해 사라진 건 아니고 개인 소장자들의 비밀 금고나 서재, 안방에 자리하고 있다고 추정하고 있습니다. 그 정도로 지민화의 민화는 작품의 사이즈를 떠나 세화(새해 건강하고 길하기를 바라며 이웃 간에 선물하는 그림)는 물론 주술이나 벽사(귀신이나 악귀를 물리침), 길상화(부귀와 행복 등 염원을 담은 그림)로 유명하고, 그림의 효능은 소문이지만……."

최 실장은 극적 효과를 차용하고 염두에 둔 이처럼 한 템포 숨을 삭였다. 그런 후 비장하기까지 한 표정을 하고 말했다.

"실로 엄청나다고 합니다."

고해성사라도 하는 이처럼 실로 기묘한 말이면서 사실이라면 굉장한 일이긴 했다.

"그런 사람이 어느 날 갑자기 사라졌다는 말씀입니까?"

"사라진 건 맞지만, 계기가 있긴 합니다."

"계기요?"

최 실장의 대답을 기다렸다.

"지민화가 민화대전에서 상을 타고 그다음 해인 27살 때 난 교통사고 후 사라졌다고 봐야 합니다. 그때 동승한 이가 운전한 차를 타고 사고가 났는데, 어렵게 알아낸 정보에 의하면 얼굴에… 얼굴을 다쳤다고 합니다. 손가락 부상도 있다고 하고."

얼굴과 손가락이라. 준후는 그 당시 지민화의 마음과 심정이 어떨지 상상해 보았다. 그러자 이 세상으로부터 자신의 존재를 지우고 감춘 게 이해가 갔다.

"동승자는?"

"동승자는 약혼자였던 거 같은데 생명에는 지장이 없었다고 합니다. 이후 두 사람은 헤어졌고 약혼자는 미국으로 떠났다고 하고요."

"사고 후유증으로 자취를 감췄다는 건가요?"

웬만한 영화와 소설보다 훨씬 더 흥미로웠다. 지민화라는 인물의 이력과 남다른 스토리가.

"그림에서도 완전히 손을 놓고?"

"그런 줄 알았는데 제보로 인해 그게 아니란 걸 최근에야 알게 됐습니다."

"제보요?"

"네. 그런데 제보자가 누군지, 의도가 무엇인지는 저희도 적확하게 모릅니다."

"……"

"파악할 수도 없고요. 추정을 하자면 지민화의 세련되고도 독특한, 우아하면서도 깊이 있는 색감을 자랑하는 민화가 다시금 세상 밖으로 나오길 바라는 팬심으로 그런 것일 수도 있고, 아니면 지금처럼 민화가 많이 보급됐다고 해도 미술계에서는 여전히 번외 쪽이라 민화의 새로운 부흥과 바람을 위해 누군가 제보를 한 것일 수도 있죠."

새로운 부흥이냐, 아님 현재 방만한 스타일로 외형과 스케일만 커진 한국 미술계에 전통 채색화를 앞세운 흥미롭고도 신신한 도전이냐, 하는 것이었다.

요사이 한국화의 편견을 깬 동양화 작가가 미술 분야에서

'아시아에서 영향력 있는 30세 이하 30인'에 선정된 사례도 있으니 그처럼 엄청난 이력과 재능 있는 민화 작가에 대한 갈망은 민화인들로서 당연했다. 또한 어느 쪽이든 간에 단단한 지지층과 팬텀을 가지고 있고 앞으로 한층 커지고 발전할 여지가 있기에 반기고 반가운 일인 게 분명하고.

"지민화의 민화, 본 적 있으십니까?"

"있지만 딱, 한 번뿐이었습니다."

안타까움이 가득 배인 대답이었다.

"6년 전 민화대전에 출품한 용호도, 지금은 민화 박물관에 보관되고 있는 작품이 처음이자 마지막이었습니다. 그때의 기분은… 굉장히 묘했습니다."

묘했다라는 말만큼이나 오묘한 표정으로 인해 준후의 시선은 최 실장에게 고정됐다.

"그때 민화라는 그림을 난생처음 보기도 했지만, 그 엄청난 크기에서 뿜어지는 용과 호랑이의 강한 기운이 마치 그림을 그린 작가 본연의 기운 같으면서 그림을 감상하는 내내 왠지 저에게도 영험한 동물들의 에너지가 그대로 전해져 든든하다고 할까요."

어떠한 인연이나 사전 지식, 관련조차 없으면서 한 번 본 이조차 홀리는 그런 마성의 그림이라니 들을수록 흥미로웠다.

언젠가부터 그 존재를 의심하게 된, 자신의 어딘가에 내재된 채 희석되고 화석화된 예술에 대한 호기심과 소유욕이 기지개를 켜는 듯한 기분도 들었다.

"제보 내용은 뭐였습니까?"

그 같은 질문에 최 실장은 모니터를 다시금 읽어 내려갔다.

"지민화가 지서우라는 이름으로 개명을 하고 신촌 일대에서 민화 강의를 한다는 겁니다."

…개명. 작은 화실. 엄청난 재능을 가진 이의 반전 아닌 반전. 아니, 반항인 건가.

"지민화라는 인물, 그림을 다시 그린다고 했습니까?"

가장 궁금한 부분이었다. 붓을 놓았던 이가 다시 자신의 그림을, 민화를 그리는지.

"그것까지는 모르겠지만 본부장님께서 확인하시면 알 수 있지 않을까요? 본부장님 정도의 감식안과 심미안이라면 어떤 옥석이든, 위장이든 어렵지 않게 가릴 것 같은데요."

묘한 도발이자 등 떠밀기와 같은 제안이었다. 첫눈에 반한 작가 지민화의 골수팬으로서의 부탁이자 술수 같은 묘수 같기도 하고.

의도를 알면서도 준후는 개인적인 호기심과 궁금함까지 보태져 잠시 생각에 잠겼다.

"본부장님."

"네."

"문제가 있습니다."

"문제요?"

"네. 지민화가 지서우로 개명을 한 것까지는 저희 쪽에서도 확인을 했는데, 변한 얼굴에 관한 사진이나 정보가 없습니다."

수술 후의 변화와 현재의 모습을 증명하고 확인할 사진이 없다면…….

"다행히 지민화의 개명 전, 사고 전 사진은 있습니다. 보시겠습니까?"

최 실장은 그 같은 말을 하고서 수첩에서 사진 하나를 꺼내 테이블 위에 놓았다. 준후는 사진을 집어 들어 그 속의 인물을 쳐다봤다.

막연히 예상했던 모습과는 다른 이미지였다.

모든 여자 졸업생들이 추구하는 사자머리의 웨이브가 진 긴 머리가 아닌 짧은 커트에 학사모를 스냅백처럼 비뚜름하게 눌러쓴 사진 속 인물은, 터져 나오려는 미소를 간신히 감추고 애써 수습한 듯하다는 게 적확한 표현이었다.

그을린 피부에 개구진 표정이 활기 가득한 소년이자 천방지축 소녀와도 같았다.

사진 속 청춘은 어떠한 그늘도 음영도 없었다.

사진 속 지민화는 자신의 이름처럼 기분 좋은 그림, 민화를 그대로 닮아 있었다.

"…보셔서 아시겠지만 무척 밝은 에너지를 가진 사람입니다. 왜 보면 기분이 절로 좋아지는 사람들 있지 않습니까? 전

형적인 미인은 아닌데 존재감으로 따지면 그 누구도 명함 한 장 내밀지 못하는 그런, 존재감이 외모를 압도하는 그런 케이스라 할 수 있습니다."

"실장님은 지민화를 본 적이 있으신가요?"

"저는 아니고 와이프가 학교에서 보고 민화대전에서도 봤다고 했습니다. 같은 대학교를 다녔고 그때 지민화가 꽤 유명한 남학생과 CC였다고 하더라고요. 와이프 표현으로는 보는 순간 눈앞에서 폭죽이 팡팡 터지는 듯한 그런 학생이었답니다."

표현이 리얼리틱하면서 드라마틱했다. 준후는 사진 속 지민화를 쳐다봤다.

이런 미소를 하는 당신이 그런 이를 사귀었다는 건가. 왠지 모르게 당신과는 어울리지 않을 듯한데, 지민화 씨.

"문제의 약혼자였겠죠. 사고 이후 미국으로 가 버린 자식."

"가 버린 건지 버림을 받았는지는 모를 일이죠."

"아뇨, 도망친 걸 겁니다. 확실하게."

"그렇게 생각하시는 근거는요?"

"집사람이 그랬거든요. 그 커플, 남자 쪽에서 죽도록 매달려서 간신히 성사된 커플이라고. 사실 약혼도 진짜 한 건지 명확하지 않다고 했습니다. 그 당시부터 민화에 미쳐 있던 지민화는 친구로만 대했는데 남자 쪽에서 매달리고 쫓아다녔다고 했습니다. 자신의 든든한 집안과 재력, 또 지민화 쪽 어른들의 지지를 앞세워서."

치기 어린 젊은 연인들 연애에 양쪽 집안 어른들의 도움을 받았다? 결혼을 염두에 둔 행동인 건 분명한 듯했다.

"그런 사람이 먼저 도망을 쳤다는 말씀입니까?"

"원래 죽자고 매달리면서 요란이란 요란은 다 떤 인간들이 나중에는 꼭 배신을 하지 않습니까. 그만큼 인성이 가볍고 완성형의 인간이 아니란 거죠."

준후는 사진 속 인물에게서 시선을 떼지 않고 바라봤다.

사진 속 터져 나오는 미소를 감춘, 소녀의 풋풋함을 품은 숙녀가 지금은 어떤 모습일지, 사진에서 느껴지듯 지금도 이렇게 활성에너지가 넘치고, 맑고 밝을지 궁금했다.

"지서우 작업실, 가 보시겠습니까?"

준후는 최 실장을 잠시 쳐다볼 뿐 답을 하지는 않았다. 대신 사진 속 얼굴을 홀린 듯 들여다보았다. 그러자 사진 속 개구진 표정의 그을린 주인공이 금방이라도 튀어나와 이렇게 말할 것 같았다. '왜 그렇게 사람을 쳐다봐요? 꼭 잡아먹을 듯이.'

"최 실장님."

"네."

"작업실 주소와 전화번호는."

"여기 있습니다."

최 실장은 기다리고 있었는지 메모지를 내밀었다.

"화실 이름은?"

"바림입니다."
바림은 동양화의 채색화에서 쓰는 테크닉 용어였다.
"직접 가시려는 거면 저와 함께……."
"그 전에 등록부터 해야겠네요."
"네?"

풋풋한 신입들의 호기심과 열정 가득했던 강의가 끝나고 오후 강의까지 여유로운 시간이 남아 있었다.
요사이 빈자의 소중한 한 끼라고도 할 수 있는 점심보다 오랜만에 내리는 봄비가 반가워 서우는 창밖으로 고개를 빼고 거리를 내려다보았다.
거리가 온통 오색찬란한 동그라미의 향연, 기분 좋은 우산국이었다.
모처럼 내리는 비가 고맙고도 반가워 서우는 고개를 조금 더 빼 구경했다. 비는 역시나 이 봄 감성을 자극하는 봄의 정령, 봄비다웠다.
기분이 뭔가 꾸물거리면서도 묘하게 울렁거리더니 이내 푸스스 가라앉아서는 7층에 갇힌 듯한 극적인 기분도 들었다.
순간 기분 좋은 구절이 생각났다.
'창밖은 5월인데 넌 미적분을 풀고 있구나.'

아직 5월은 아니지만 봄 하면 벚꽃엔딩이란 노래보다 감탄사와 함께 늘 이 말이 시작이자 먼저였다.

미남이었다는 피천득 작가만큼 잘생긴 할아버지께서 무척이나 좋아하는 구절.

"창밖은 4월인데 그야말로 청승을 떨고 있구나. 것도 위험한 창가에서 모가지를 빼고."

놀란 서우는 버둥거리다 머리가 창문에 끼는 낭패를 봤다.

"여러 가지 한다."

한참을 허우적거리다 고개를 뺀 서우는 무사태평한 걸음으로 다가오는 태평을 흘겨봤다.

"그러지 말랬잖아. 놀란다고. 그보다 너 취재 안 갔어?"

"취재 같은 소리 한다. 너야말로 지금 뭐 하는 거야? 문도 안 잠그고. 이러다 낯선 사람들 들어와서 그림 팔아라, 여긴 대체 뭐 하는 곳이냐, 뭐 이런 지대하고도 치대는 관심 받고 싶어? 그런 거야?"

늘 걱정을 달고 사는 이답게 태평은 불편한 심사를 쏟아 냈다.

"누가 그렇대? 그리고 문은 잠깐, 아주 잠깐 깜박한 거야. 오늘 신입 회원들이랑 인사하다가."

서우는 이름값 못하는 태평의 벌크 핏과 헐크 버전의 표정에 눌려 변명이 아닌 해명을 했다.

"내가 지금까지 조심하라고 말한 것만 해도 천만 번이 넘어. 천만 번이면 무정한 신도 돌아볼 횟수야. 그런데도 잊었다는 게 말이 돼?"

 태평의 기세는 좀처럼 잦아들 기미가 없었다.

 이럴 땐 답이 없다. 몸을 한없이 낮추고 한껏, 끝도 없이 작아져 미물이 되는 수밖에는.

 "안 되지. 근데 우리 태평이 또 차였구나? 그래서 이렇게 히스테리 부리는 거야? 이 심신 나약한 여자 친구한테."

 서우는 태평의 화를 가라앉히기 위해 부러 장난스럽게 말했다.

 "여자 친구 좋아하네. 우리 이쁜 여자 친구 멤버들은 많이 먹어야 스무 살이거든. 누구처럼 삼십 대 넘은 줌마가 아니라."

 "김태평, 넌 PD씩이나 돼서 그렇게밖에 말 못 해? 너 말이야 아무 데서나 그런 무식한 말 하다가는 일 난다고. 그러니까 취재 가서는 절대 말하지 말고 항상 말조심해."

 뭐든 잘하고 잘 해내는 친구가 자주 하는 흔한 실수가 말실수였다.

 태평은 영상과 연출은 기가 막히게 만들고 뽑는데 말이, 적절한 언변이 안 됐다.

 "걱정 마. 멀리 가 봐야 망망대해 아니면 프로 타이틀답게 태반이 험지, 아님 공장이니까."

 태반이 공장이나 바다, 아님 너무 오지로만 나돌아 태평의 감이 떨어지는 듯했다.

되도록 빨리 안정적인 연애를 하게끔 주선이나 다리를 놓아야 할 것 같은데 무슨 수로 그럴까.

지서우 행동반경이라고 해 봐야 저기 안쪽 룸에 있는 전용 엘리베이터 타고 가는 이 건물 맨 꼭대기 층의 거주지가 전부이자 다인걸.

이 또한 걱정 근심의 아이콘 김태평 때문이었다.

"밥이나 먹으러 가자. 비 오니까……."

"고추장 수제비!"

서우는 오늘의 한 끼 메뉴를 주저 않고 말했다. 오래전 비 오는 날이면 할머니가 해 주시던 정겹고 맛있는 그리운 한 끼를.

"고추장 불백."

꼭 이렇게 한 박자 어긋나는 친구였다.

"보나 마나 아침은 이 건물 카페 샌드위치로 대충 때웠을 테고 그럼 오늘 점심이 제대로 된 첫 끼에 마지막 끼니일 수도 있는데 밀가루를 먹겠다고? 안 돼. 밥 먹어. 불백에 공깃밥 비며 먹으면 후식으로 바지락 수제비 시켜 줄게."

"그걸 어떻게 다 먹어?"

"왜 못 먹어? 나랑 먹으면 거뜬히 먹을 수 있어."

거뜬하기는 했다. 저리도 체격 좋고 먹성과 입성 좋은 태평에게는.

"가자. 오라비 뱃가죽이 등짝에 붙게 생겼어."

그 말과 함께 태평은 책상 위를 치우기 시작했다.

물감을 푼 흰색의 도자기 팔레트는 일일이 붓으로 씻은 후 접어 놓은 한지로 깨끗이 닦아 냈다. 이 모든 게 능숙하고 익숙했다.

태평의 부모님 소유 건물에 민화 화실을 오픈한 지난 3년의 시간, 그 시간 속에 제 이름처럼 태평하지 못한 긴장의 아이콘 김태평이 늘 곁에 있었다.

때론 부담스럽고 불편하지만 받아들이려 했다.

언젠가처럼 모두를 걱정시키고 피 말리게 할 수는 없기에 숨이 막힐지라도 아직까지는 견딜 만했다.

오늘은 일주일 전에 새로 시작한 기초반, 신입 회원들의 두 번째 수업이기에 아직까지는 스케치를 하는 이가 대부분이었다.

그중 한 명은 전사(본을 뜨기 위해 기름기 있는 먹지 대신 한지 뒤를 흑연이나 목탄으로 까맣게 칠하는 밑 작업)를 하고 있었다.

틈 하나 없이 촘촘하게 채워 가는 검은 장막을 보니 꼼꼼한 성격인 듯했다.

민화는 보통 본(本)의 작업이라 해 여러 가지 밑그림을 따라 그리는 것으로 시작하지만 그 방법을 지향하지는 않았다. 그렇다 해도 그때그때 유연하고 유동성 있게 행동했다.

흰 바탕과 대치하는 스케치를 공포로 인식하는 이에게는 본을 따라 그리게 했다. 하지만 민화 수업의 기본 방식은 그림을 보고 직접 그리는 방식을 고수했다.

이게 바로 고집스런 지서우의 방식이고 많은 회원을 받지 않고 몇몇 그룹만 유지하는 바림만의 유난한 방식이기에 바꿀 이유는 없었다.

"강사님."

"네."

"어해도가 어떤 그림이에요? 뭐 추정을 하자면 물 있고 그 안에 물고기 있는 건 대강 알겠는데 강사님께서 첫날에 민화는 뜻 그림이라고 하셨잖아요? 그래서요."

오늘은 한껏 멋을 부리고 와 이합지 위에 자신만의 방만한 모란꽃을 피우고 있는 강남 제비였다.

"그림이나 그리지?"

"넌 왜 맨날 구박이야?"

"내가 언제 구박을 했다고……."

"나 나름대로는 제대로 해야지 싶어 신중하게 질문하는 건데, 그렇게 면박을 주고 단속을 해야겠어?"

강남 제비는 면박을 주는 친구를 흘겨보면서 주위 스케치에 골몰하는 이들을 보며 말했다.

"여러분들도 궁금하지 않으세요?"

그러자 묵언수행을 하듯 그림을 그리는 이들이 작게 웃기도 하고 누군가는 네, 라는 답을 하기도 했다.

"그죠? 전 왠지 모란꽃을 닮은 지 강사님이 조곤조곤한 톤으로 민화 뜻풀이하는 거 들으면 그림이 더 잘 그려질 것 같은, 느낌적인 느낌이 든단 말이죠. 호호호."

능수능란한 분위기 메이커였다.

"그럼 설명 들으시면서 자신만의 모란도를 완성해 보세요."

이내 단결되고 단합된 오총사의 대답이 이어졌다.

"어해도는 말씀하신 것처럼 물고기를 그린 그림이에요. 물고기가 알을 많이 낳는다 해서 다산을 상징하고 눈꺼풀이 없어 밤낮없이 눈을 뜨고 있기에 사악한 것을 경계하고 물리친다고 해서 벽사의 의미도 있어요. 연꽃과 함께 그린 두 마리의 힘찬 잉어는 시험에 급제하는 뜻도 있고요. 일종의 성공을 의미하는 거죠."

민화는 이처럼 이야기를 기본으로 비유와 은유의 보고이자 실질적인 예술이었다.

거실이나 금고에 재산과 자산, 투자의 개념으로 모셔 놓는 미술과 달리 모두가 즐기고 보는, 가족 모두가 거실에서 함께 함으로써 희망과 바람이 더 짙어지고 가까워지는 생활과 밀접한 향유이자 유희.

그 모든 이유로 민화가 좋았다.

서우는 고개를 숙인 채 스케치를 하면서 또 다른 이야기를 기다리는 듯 귀를 쫑긋한 이들을 보며 설명을 이었다.

"정조 대왕님이 특히나 좋아하셨다는 책가도는 저도 개인적으로 무척 좋아하는데, 서가나 책장을 중심으로 문구와 기물, 서재에서 흔히 볼 수 있는 것들을 시작으로 꽃과 화병, 장수의 상징인 복숭아처럼 과일 등 그 어떤 제한 없이 상상력을 발휘하고 그려 넣을 수 있는 그림이에요. 그러면서도 출세와 기복적인 성향이 두드러진다고 할 수 있어요."

상상력의 극치라 할 수 있는 민화 중에서도 문자도와 책가도가 특히 좋았다.

어릴 때부터 보고 자란 곳이 할아버지의 헌책방이라 그런지는 몰라도 유독 좋았다. 의미도 형태도 다른 그림보다 훨씬 오묘하면서 더없이 구체적인 도상의 뜻 그림이라 재밌었다.

"강사님이 그린 책가도도 있나요? 여기 바림에?"

갑작스론 질문과 함께 강남 제비는 화실 벽면에 차곡차곡 겹쳐 놓은 민화 속에서 책가도를 찾으려 분주했다.

바림에 서우의 책가도는 없었다.

수강생들이 그린 작은 소품의 책거리(서가 없이 책과 다른 도상을 조화롭게 그린 그림)는 몇 작품 있어도 그녀의 민화는 없었다.

"제가 그린 그림은 없어요. 일전에도 말씀드렸듯이 이 작품들은 전부 수강하시는 분들의 그림이에요."

"왜요?"

"네…에?"

"왜 강사님 작품은 없냐고요?"

"왜긴? 여기는 수강생들 위주의 화실이지 강사님 개인 작업실은 아니잖아. 그러니 이곳에 굳이 작품을 가져다 놓을 이유가 없지. 우리처럼 계속 수정하고 덧칠할 것도 아니고. 또 소중한 작품을 기획 전시도 아닌데 굳이 햇빛에 노출해 가면서 보여 줄 필요도 없는 거잖아."

서우가 답을 하기 전에 합이 잘 맞는 듯한 두 사람의 질의문답이 설득력 있는 답을 주었다.

"그럼 강사님은 그룹전이나 개인전 같은 작품 전시는 따로 하지 않으세요? 블로그 같은 거 찾아보니까 현대적 색감과 해석을 표방한다는 작가는 모던 민화라는 그림으로 컬러링 북도 만들고 인사동 소규모 갤러리나 양평의 카페 갤러리 같은 곳에서 전시회도 하고 판매도 하고 그러던데요."

답을 바라는 눈빛이었다. 이번에는 답을 기다리는 게 분명했다.

"솔직히 지금은 아무런 계획이 없어요."

"왜요? 강사님이 전시회를 하시면 저희가 가서 축하도 해 드리고 또 구매할 수 있잖아요. 아, 강사님의 실력을 믿지 못하거나 의심하는 건 절대 아니에요."

알고 있다. 의심보다는 궁금함과 인간적인 기대감이 먼저라는 걸.

"그건……."

"우리 강사님, 강의 중 짧게는 괜찮으시지만 장시간 붓을 쥐는 건 곤란하세요."

갑작스러우면서도 살짝 강약이 있는 특유의 음색에 서우를 비롯해 수강생 전부 고개를 돌렸다.

그곳엔 심화반에서도 가장 오래된 바림지기이자 청담동 잘나가는 언니, 지원이 있었다.

"여긴 언제. 그보다 어디 계시다가……."

"어디긴요? 저기 작은 방에서 잠깐이나마 긴장을 풀면서 릴렉스, 릴렉스를 하고 있었죠. 이 타임 끝나고 강사님과 급히! 갈 데가 있어서요."

역시나 말 중간 약간의 악센트가 있어 지원과의 대화는 언제나 롤러코스터를 타는 듯했다.

"근데 뉘신지……."

강남 꽃 제비가 멍한 표정을 하고 물었다.

"나로 말할 것 같으면 심화반을 듣는, 여러분들과 같은 바림 수강생이지만 레벨과 버전은 참으로 많이 다른, 바림 총무이자 수강생이랍니다."

"……."

"또 가끔 지 강사님을 대신해 초급자인 여러분들의 작품에 지대하고도 방대한 도움을 주기도 하는! 우리 지 강사님의 유일무이한 어시스트구요. 자, 여러분."

지원의 동요에 수강생들은 단체로 최면에 걸린 듯 네, 하고 답을 했다.

"강의 시간을 넘긴 듯한데 작품 마무리들 하시고 주위 정리 좀 해 주시겠어요? 여러분들이 이대로 토끼시면 이 모든 뒷수습과 뒷수발은! 여기 계신 우리 지 강사님이 전부 하셔야 한답니다. 또한 예술의 기본은 그 무엇보다 뒷정리. 뒷모습이 특히나! 아름다워야지 않겠어요?"

"지원 씨……."

"제가 뉘앙스를 풍겼죠? 우리 지 강사님 현재 시크릿! 하고 프라이빗! 한 이유로 붓 쥐는 거 곤란하다고. 한데 여러분들의 뒷수발까지 든다면 이마저도 못 하실 수 있어요. 그러니 다들 알아서 주변 정리 확실히! 정중히! 부탁드려요."

스타카토 어법 구사를 끝으로 지원은 유치원생 버금가는 배꼽 인사를 하며 허리를 깊고 낮게 숙였다.

일순간 분위기가 싸해져서는 순식간에 수강생 선후배 간의 맞절하는 형국이 돼 버렸다.

긴가민가하고 언뜻 언뜻이 아닌 아주 대놓고 드러나는 지원의 남다른, 남사스러운 카리스마로 인해 수강생들은 일사불란하게 움직여 자리를 정리했다. 그러곤 다섯 명 전부 다음 주를 기약하는 배꼽 인사와 함께 광속으로 빠져나갔다.

이 순간 짠 하고 나타나 도와준 지원이 고맙기도 하지만 거짓말을 하고 수강생들을 기만한 것 같은 기분은 어쩔 수 없었다.

"지 강사, 하얀 거짓말이 필요한 순간 적절하게 대처하는 건 죄도 아니고 아무것도 아니에요. 이 험난하고 아수라장 같은 세상을 살아가는 작은 노력이면서 생활의 일환이라 할 수 있고."

서우는 아무렇지 않은 얼굴로 위로 아닌 위로를 하는 지원을 빤히 쳐다봤다.

"그렇게 보지 말아요. 난 아무렇지 않으니까."

"제가 어떻게 보는데요?"

"마치 오묘한 백(白)이 적나라한 흑(黑)을 보는 듯한 시선?"

바림의 원년 멤버이면서 가장 오래된 수강생. 때론 막무가내 언니 같고 자주 막내 이모 같은 지원은 이런 사람이었다.

자신만의 세계, 자신이 만들고 따르는 화려한 일상의 패턴 속에서 대체적으로 자유롭고 능란했다.

"그보다 어딜 가신다는 건데요?"

"내가 지 강사 데리고 어딜 가겠어요? 해 봤자 소개팅 정도?"

"네…에?"

"아님 맞선?"

"저, 저기요……."

"실컷 잤으니 이제 맛난 음식을 먹어야죠. 일어나요."

"전 그냥……."

"일어나라니까!"

"저는 정말로……."

"우리 힘 좋고 근육도 실한 기사 불러서 들리고 안겨서 가시지 말고, 자, 스탠드 업! 엉덩이 업! 무릎도가니 업!"

이렇게까지 나온다면 못 이기는 척하고 일어나는 게 수였다.

요사이 김태평 다음으로 막무가내 캐릭터인 지원이기에 버티면 서우만 손해였다.

지원이 엊그제 길 건너 건물에 개업했다는 카페까지 일사천리로 다녀오니 4시가 훌쩍 넘고 있었다. 오후 강의 준비를 제대로 하려면 그야말로 모든 게 빠듯했다.

일단 환기를 시작으로 동양화 물감도 인원수별로 전부 다시 개 놓아야 하고 무엇보다 이합지를 패널에 일일이 붙여야 하는데,

"언제 다 하냐고……."

"지민화 씨."

머리는 물론 입 안 가득 구시렁과 불평불만이 가득한 서우는 번호 키를 누르다 네, 하고 대답을 해 버렸다.

"……!"

지…민화. 지. 민. 화. 순간 대답과 함께 행동도 숨도 멈춘 서우는 그대로 정지 상태였다. 경직된 나머지 아직 뒤도 돌아보지 못하고 있었다.

"지민화 씨."

다시 한번 불렀다. 지민화라고.

누군가로 인해 지난 시절 지서우의 이름이, 할아버지와 할머니가 사랑과 애정으로 지어 준 그 좋은, 좋았던 이름이 불렸다.

서우는 숨을 고르고 번호 키 위에 올려진 다섯 손가락에 힘을 준 채로 뒤돌아보았다.

낯선 이였다. 어디선가 본 적도 마주친 적도 없는 게 분명한 완전한 타인.

"안녕하세요, 지민화 씨."

세 번째였다. 확인인지 아니면 자신의 믿음을 확신하기 위해 부른 지민화라는 이름을 남자가 그의 입과 부드러운 톤으로 부른 건.

서우는 남자를 주시하며 비로소 입을 뗐다.

"실례지만 다시 한번 말씀해 주겠어요? 지금 누구를 찾으신다고 하셨죠?"

되도록 담담하고 조금은 의아한 듯한 톤으로 물었다.

"지민화 씨, 아닌가요?"

남자는 역시나 부드럽고 편안한 음색으로 물어 왔다.

"이곳이 민화를 배우는 화실은 맞지만 이름이 지민화라는 사람은 없는데요. 혹시 민화라는 말과 누군가의 이름을 혼동하신 게 아닐까요?"

긴장을 감추고 약간의 미소를 보태 적절한 가면을 썼다. 그런 그녀를 빤히 쳐다보던 남자는 다시 물었다.
"화실을 운영하시는 분이신가요?"
"네."
서우는 되도록 짧게 대답했다.
"그럼 공동 운영하신다거나 하는 다른 분은 안 계신가요?"
"네, 없어요."
남자는 차분한 목소리로 연이어 물어 왔지만 이상하다거나 불안한 질문은 아니었다. 그로 인해 서우의 긴장은 조금씩 풀리고 있었다. 더불어 굳은 듯 잘 벌어지지 않던 입도.
"전 강준후라고 합니다."
강준후. 기억에 없는, 들어 보지 못한 이름이었다.
"네에. 저는 그럼……."
결코 덤벙거리거나 서두르지는 않은 채로, 그렇다 해도 더 이상은 볼 일이 없음을 알리는 표정으로 서우는 뒤돌았다. 나름 확실하고 분명한 의사 표시였다.
"지민화라고 모르십니까?"
서우는 뒤돌아보지 않은 채로 답했다.
"네, 모르겠네요."
이번에는 약간의 짜증과 어서 사라지길 종용하는 맘을 실어 말했다. 그로 인해 목소리는 냉랭한 톤으로 가라앉고 신경세포는 신경질적이었다.

"그럼 지서우라는 이름은 아시나요?"

끝나지 않을 것 같은 집요한 질문의 연속.

번호 키 위에 손을 올리고 있던 서우는 뒤돌아 남자와 눈을 맞췄다. 이번에는 조금 더 자세히, 방금 전보다 더한 예민함으로 상대의 모습을 살폈다.

큰 키에 다부지기보다 슬림한 체격의 남자는 차가운 인상과 달리 음색은 나쁘지 않았다. 딱 떨어지게 슈트를 입은 모습은 더더욱 나쁘지 않고.

"지서우는 왜 찾으시죠?"

잊히고 오래전에 잊혔다 믿는 지민화를 찾고 연이어 지서우까지 언급한 이기에 서우의 경계주의보는 날이 선 상태였다. 남자는 시선을 떼지 않고 정확하게 말했다.

"보고 싶어서요."

"……!"

전혀 기대 않은, 상상조차 못 한 대답이기에 서우는 조금 멍한 표정을 하고 자신을 강준후라고 소개한 남자를 다시금 쳐다봤다. 왠지 모르게 남자의 입가 어딘가에서 미소가 묻어나는 듯했다.

"지서우를 잘 아시나요?"

"모릅니다."

"그런데 지서우가 보고 싶으시다는 말씀인가요?"

"네."

"왜죠? 왜 보고 싶으신 거죠?"

"그건 지서우 씨를 직접 보고 말하고 싶은데요."

대화를 할수록 이상한 기분을 들게 하는 이였다. 능글맞다거나 불쾌한 수준은 아닌데 묘하게 지능적이고 생각하는 바가 표정에 나타나지도 않는 부류.

"지서우 씨를 아십니까? 혹시 이곳에 있습니까?"

재촉보다 궁금함으로 인한 일반적인 질문처럼 느껴졌다. 분명 그럴 리가 없는데도.

그렇다 해도 궁금했다. 묻고 싶었다. 이 남자가 지서우를 찾는 이유. 모르면서 보고 싶다는 그 이유가.

"제가… 지서우예요."

서우는 낯선 이와 긴 여정의 스무고개를 한 듯한 기분이 들었다.

"안녕하세요, 전 강준후라고 합니다."

"인사는 이미 했으니까 말씀해 보세요. 절 아시나요? 왜 제가 보고 싶으신 거죠?"

짜증 어린 질문에 남자는 웃었다.

"이보세요, 강준후 씨."

도대체 뭔가 하는 마음에 서우는 기억 속에 남아 있는 남자의 이름을 불렀다.

"네."

"말씀해 보세요. 절 찾은 이유."

"들어가서 이야기하면 안 될까요? 우리 계속 이러고 있는데."

"모르는 분을 제 공간에 들일 수는 없죠. 그러니까 말씀하세요. 누구신지, 왜 절 찾으시는지."

"차분히 앉아서 대화를 하고 싶은데 불가능한가요? 지서우 씨한테는?"

아하! 이 남자는 뭐지 싶었다. 사람을 묘하게 도발하면서 반항심을 갖게 하는 재주가 있었다.

"무언가가 걱정되고 염려된다면 현관문을 반쯤 열고 대화하는 것도 좋아요, 난. 어떤가요? 지서우 씨는."

지민화, 지서우 번갈아서 노래 가사처럼 부르고 있었다.

"그래도 걱정이 된다면 저 위 CC카메라 속 관리인이라도 대동하고 이야기할까요?"

이건 도발이 아니라 도전이 분명했다.

아주 오랜만에 지민화가 그토록 좋아하고 매진하는 호기심을 단번에 자극했다. 강준후라는 인물이. 이 낯선 남자가.

"잠깐이겠지만 들어가세요."

범고래 입 속이라고 할 만큼 어렵게 들어온 준후는 한쪽에서 차를 준비하는 지서우로부터 시작해 사방 벽을 가득 채운 민화를 구경했다.

그림은 아마추어의 작품이었다. 개성 있는 도상과 독특한 색감으로 작품이라고 치부할 몇몇 작품도 눈에 띄었지만 그의 심미안에 걸맞은 수준은 아니었다.

준후의 시선이 조용하게 분주한 사이 지서우가 잔을 들고 맞은편에 앉았다.

지서우의 걸음은 너무 느리지도 그렇다고 철심을 박아 넣은 듯 뻣뻣하지도 않았다. 현관에서 확인을 한 손가락도 특별히 불편해 보이지 않았다.

테이블 한쪽에 있던 자그마한 차받침 위에 찻잔을 놓은 지서우는 마시라는 눈짓을 했다.

"고마워요."

화실은 소규모로 운영하기에는 작지도 크지도 않은 알맞은 규모였다.

창문으로는 어느 불행했던 화가의, 그럼에도 매혹적일 수밖에 없는 노란빛을 그대로 닮은 햇살이 쏟아져 들어오고 주위 시야를 막는 가림막 같은 건물이 없어 답답하지도 않았다.

실내는 소수 인원으로 운영하는 화실이라는 정체성에 맞게 소품 위주의 민화뿐 다른 군더더기가 없었다.

개중에는 모던 민화라 부를 수 있는 도상과 색감의 그림도 눈에 띄었다.

지금 준후 앞에 앉아 호기심, 그보다는 경계와 의문 가득한 눈빛으로 쳐다보는 지서우만큼 바림의 분위기는 산뜻했다.

그 무언가가 능숙하지 않기에 긴장이란 색을 입은 지서우로 인해 알 수 있었다.

　바림은 지서우의 분신이었다.

　지서우는 재고할 여지없이 지민화가 분명하고.

　지민화의 사진 속 선득할 정도의 신선한 에너지와 이미지가 지서우의 눈, 코, 입에 분명하게 자리하고 있었다.

　사진과 많이 다르지 않았다.

　눈에는 여전하고도 꾸준한 장난기가 배어 있고 입가엔 아직 본 적은 없지만 분명 그럴 게 확실한 달콤한 미소가. 보기 좋은 높이의 날렵한 콧등엔 숨겨지지 않는 자존심이. 그 모든 조합이 조화를 이룬 얼굴엔 호기심과 예민함이 음영처럼 드리워져 있었다.

　준후는 지서우와 대면 이후 지속적으로 묘한 흥분을 느꼈다.

"왜 그렇게 보시죠?"

"어떻게 보는데요? 제가."

"3D 영화 관람하듯 보시는 것 같아요. 사람을, 아니 저를요."

　바림 안에서의 지서우는 현관 앞에서와는 달랐다.

　자신의 아지트이자 홈그라운드라 믿어 그런지 자신감도 그렇고 솔직했다.

　무엇보다 특유의 맑음과 밝음, 도전적인 눈매와 시계(視界)가 이 안에서는 상당히 확장돼 보였다.

"이제 말씀해 보세요. 왜 절 찾아오셨는지."

지서우는 긴장하면 눈가가 미세하게 떨리는 버릇이 있었다. 호기심을 자극하는 붉은 입술은 동백꽃잎처럼 한 톤 더 짙어지고.

"강준후 씨."

"솔직히 말할까요, 아님 지서우 씨 듣기 좋게 말할까요?"

"솔직히요."

예상한 대로였다. 바라는 바고.

"전 다온이라는 생활용품 회사에 적을 두고 있습니다."

양복 주머니에서 명함을 꺼낸 준후는 테이블 위에 그것을 놓았다. 지서우는 주저 않고 확인했다.

"저희 회사는 우리 전통 채색화인 민화를 바탕으로 패브릭, 병풍, 고급 벽지, 패널, 책가도 등 다양한 제품들을 생산했습니다. 그러다 우연찮게 지민화라는 작가의 존재에 대해 알게 됐고, 작가님의 민화를 실물이 아닌 사진과 도록으로 접한 수준이지만 상당한 매력과 함께 가치를 인정해 함께 일하고 싶었습니다."

한 가지를 빼면 모든 말은 진실이자 진심이었다.

"이곳 바림은 지민화 작가가 있다고 해서 찾아왔습니다."

준후는 지서우의 표정을 예의 주시했다.

대단한 반응이나 티 나는 감정 변화를 예상하지 않았다 해도 지서우의 표정은 담담했다. 그 같은 반응은 달라진 외모에서 오는 자신감이나 특별한 방어기제라기보다 그의 솔직함을 인정한, 판단이자 대응인 듯 보였다.

"지민화라는 이름과 존재에 대해 들어 본 적이 있습니까?"

"아니요."

대답은 조금의 주저도 없었다.

"그보다 방금 전에는 지민화가 아닌 지서우가 보고 싶다고 하셨잖아요? 아닌가요?"

"맞습니다."

"잘 알지도 못하는 지민화를 찾으면서 왜 절 보고 싶다고 하신 거죠?"

"왜일 것 같습니까? 지서우 씨 생각에는."

기묘한 질문에 상대의 표정이 굳었다. 힌트와 함께 약간의 힘을 실은 질문으로 인해 무언가를 느끼며 간파한 듯 보였다.

처음 기습적인 질문으로 인해 착오와 같은 실수는 있었지만 둔한 이로는 보이지 않았다. 지서우의 외피를 입은 지민화는.

"질문은 제가 드렸어요."

준후는 생각했다. 어디까지 보이고 어느 선까지 유추하게 만들 것인가 하고.

지서우는 분명 감을 잡았을 것이다. 그가 왜 이곳에 왔는지. 지금 그 앞에 있는 이가 누구라고 생각하고 이야기를 하고 있는지. 어렴풋이, 아니 어쩌면 그것보다 확실히.

"설령 지민화를 만나지 못한다고 해도 지서우 씨에게 답이 있다고 생각해서라고 하면 답이 되겠습니까?"

일순간 지서우의 얼굴엔 표정과 음영이 생겼지만 빠르게 사라졌다.

"모르겠네요, 전. 그 말이 어떻게 답이 될 수 있는지. 그런 말씀을 제게 하는 이유도 모르겠고요."

"정말 모르십니까?"

"네, 몰라요."

자신의 존재 자체를 부인하는 지서우는 이 정도에서 대화를 마무리하고 싶어 하는 기색이 역력했다. 그렇다 해도 한 가지 더 확인해 보고 싶었다.

"지민화 그림."

사진 속 외꺼풀의 길고 시원한 눈이 아닌 얇은 쌍꺼풀로 인해 좀 더 여성적이고 단아해 보이는 지서우는 숨도 쉬지 않는 듯 보였다.

"어떤 특별한 이유와 효능으로 인해 이 세계에서는 모르는 이가 없다고 하던데, 듣지 못하셨다는 겁니까? 지서우 씨는."

"네, 전 몰라요. 아무래도 더 이상의 대화는 불필요하겠네요. 별 의미도 없고."

"왜 그렇죠?"

"전, 지민화라는 이를 모르고 강준후 씨도 지민화를 모르니까요."

단호하기보다 덤덤한 대답이 이어졌다.

"그렇군요."

예상은 했지만 기대보다 조금 더 능숙한 대답이었다.

"알겠습니다."

대답을 끝으로 그가 일어나길 기대했던 지서우는 준후가 찻잔을 들어 마시는 걸 보고는 의외라는 눈빛을 하다 창밖으로 시선을 돌렸다.

준후는 앞에 놓인 차받침에 무심한 시선을 뒀다.

한지를 몇 겹으로 겹친 듯한 사각의 종이 위에 수가 놓인 듯 그려진 작은 그림은 세련되면서도 산뜻한 색감을 자랑했다. 대담한 선치기보다 은은한 선 작업은 작은 꽃을 섬세하고 생생하게 만들어 주었고 꽃잎이자 옷이라 말할 수 있는 색감 또한 바림 벽면을 장식한 작품들과는 본질적으로 달랐다. 쾌가, 태생부터가 달랐다.

"잘 마셨습니다."

준후는 자리에서 일어나 인사를 건넸다.

"안녕히 가세요."

지서우는 더 이상의 멘트 없이 짧은 인사만 건넸다.

"다시 보면 좋겠네요."

"그럴 일은 없을 것 같네요."

분명하고 당찬 피력이었다. 어쩌면 반신반의하는 자신의 존재에 대해서 궁금해하지도 찾지도 말라는 경고성 멘트이거나.

"그런 의미에서 이 컵 받침은 제가 가져가죠."

"그러세… 네? 뭘 가져간다고요?"

이게 대체 무슨 일이야 하는 표정을 하면서도 지서우는 빼앗지는 않았다. 현관 앞에 선 준후는 이미 그의 소유가 된 소품이자 작품을 흔들어 보였다.

"저기요, 이보세요……."

"조만간 다시 보고 싶군요, 지서우 씨."

당황스러워하던 지서우의 표정이 일순간 변했다.

"그럴 일은 없다고 말씀드렸어요. 컵 받침은 선물로 드릴게요. 안녕히 가세요."

내내 군사분계선 같은 적정한 태도를 유지하던 지서우가 어서 나가길 종용했다. 준후는 그 같은 기대와 종용을 받아들여 바림을 나왔다.

나오는 순간 자동문은 중후한 리듬을 자랑하며 굳게 잠겼다. 마치 방금 전 꽉 다문 지서우의 입처럼 고집스럽고 우아하게.

준후는 지서우가 이 문 건너편에 꼼짝도 하지 못하고 있다는 걸 짐작하기에 잠시 그대로 있었다. 그러자 반대편에 있는 이의 긴장과 복잡한 속내가 그대로 느껴지는 듯했다.

까닭 모를 이유로 조금 더 버티고 싶은 마음을 접고 엘리베이터 버튼을 눌렀다. 1층 주차장에 도착한 준후는 기다리고 있는 차에 올라탔다.

"회사로 가죠."
"본부장님."
"네."
"저기 저분, 청담동 아가씨 아니신가요?"
박 기사의 손끝과 시선을 따라가자 그의 말대로 사촌 누이인 하지원이 양손 가득 먹을 걸 안고 방금 그가 나온 건물로 들어가고 있었다.

서우는 아무것도 하지 못한 채 멍하니 앉아 있었다.
수업 준비를 해야 하는데 그 어떤 의욕도 없었다.
충격과 두려움이라기보다 강준후의 말처럼 다시 보게 된다면 어떡하지 하는 걱정과 우려가 앞섰다.
이 순간 굳이 하지 않아도 되는 걱정을 당겨 하고 있었다. 그만큼 긴장이 됐다.
누군가 지민화를 찾는다는 사실에, 아직까지도 지민화라는 이름이 불리고 거론된다는 사실에 맘이 무거웠다.
개명한 지 4년이 가까워지고 있는데도 지서우라는 이름은 낯설었다. 가면을 쓰고 남의 옷을 입은 것처럼 어색하고 불편했다. 그런 이유로 실수를 했던 것 같다.
강준후라는 남자가 지민화를 불렀을 때 정신이 다른 곳에 있다 해도 반응을 하지 말았어야 하는데 그러질 못했다.
너무도 자연스럽게, 지서우가 지민화인 것처럼 대답을 해 버렸다. 남자는 그 같은 대답을 분명히 들은 듯하고.

"그러니 그렇게 말을 한 거겠지. 또 보자는 말도 그렇고……."

서우는 테이블에 놓인 명함을 비켜 가는 시선으로 응시했다.

생활용품 회사 다온. TV 기획 프로그램에서도 그렇고 민화를 전문적으로 다루는 월간 민화에서도 본 적이 있었다.

민화로 다양한 물건들이 만들어지고 심지어 콘셉트 카페까지 성행하는 요즘 그 같은 브랜드들 속에서도 신개념 운영으로 민화의 생활화를 지향하며 고가의 핸드메이드를 앞세워 액자, 병풍, 가리개, 은기류와 패브릭을 생산하는 회사.

그 회사의 모체는 국내 유명 도자기 그릇 브랜드로 알고 있다. 한데,

"컵 받침은 왜 가져간 거야."

컵 받침은 이 공간에서 유일하게 서우의 손을 빌려 그린 소품이었다.

과거 즐겨 그리던 풍과는 조금 다른 듯하지만 어느 밤 미치도록 그림이, 누군가의 말처럼 만화보다 재밌는 민화가 그리고 싶어 안달이 나고 애가 타던 밤, 경직된 손을 어르고 달래면서 간신히 그린 소박한 들꽃.

어느 날 이후 손은 의지와는 다른 세계를 사는 이처럼 뻣뻣하니 움직여 주지 않았다.

석고처럼 굳거나 돌처럼 무겁지는 않다 해도 뽀얗고 질 좋은 순지 위에서 노는 순한 양도 아니었다.

여전히 반항을 하는 듯도 하고 아직은 치유 중인 듯 고결하게 근신하고 은신했다.

서우는 머리를 비롯해 마음과도 따로 노는, 각자도생을 실천하는 양손을 바라봤다. 자잘한 상처는 있지만 여전히 예전 그대로 민화를 사랑하고 염원하는 손.

이 손으로 사랑하고 좋아하는 민화를 밤낮으로 그렸었다.

옥을 세공하는 이가 어느 순간 옥 안에 들어가 그 작고도 완벽한 공간에서 세공을 했다는 말처럼 민화의 세계에 빠져 살았다. 신선도 속 시공간을 초월한 신선들처럼 그렇게. 그만큼 경이로운 마음으로.

그 열정이, 그 같은 벅찬 사랑이 아끼고 사랑하는 이들을 해치고 해할 줄 몰랐다.

그 잔인한 세계를 엿보고 철저히 경험한 손은 이처럼 고요하고 이렇게나 고집스러웠다.

"이걸 지조라고 해야 할지······."

딩동. 갑작스런 벨 소리에 놀란 서우는 고집불통 두 손을 꼭 쥐었다. 마치 단속하듯.

"그 사람은 아니겠지?"

"지 강사! 나야. 문 좀 열어 봐!"

지원이었다. 고집스런 손만큼이나 고집 세고 제멋대로인 사람이면서 어느 틈엔가 편하고 편해져 버린 사람.

"화장실에 있어?"

아무래도 오후 강의 전까지 조금 더 시달리다 기가 완전히 빨릴 것 같았다. 나쁘지 않았다.

강준후란 남자가 다시 찾아오지만 않는다면, 그 사람이 과거의 인물인 지민화를 언급하며 묘한 시선으로 바라보지만 않는다면 지금과 같은 소란은 분명 삶의 일면일 테니까.

충실하게 살고 있다는 충분한 증거고.

2부

준후는 노려보는 지원을 보며 감정을 삭였다.

"그러니까 뭐야? 네 말은 나보고 프락치를 해 달라는 거잖아?"

"그보다는 확인을 해 줬으면 하는 겁니다."

"그게 무슨 확인이야? 내가 아는 사람이 네가 찾는 그 인물인지 홀라당 뒤집어 까서 동일 인물인지 아닌지, 그림을 그리는지, 그린다면 작업은 어디서 하는지 알아내 달라는 거 아냐."

그렇게까지 해 준다면 더 바랄 게 없긴 했다.

"나보고 앞잡이에 밀정 노릇을 해 달라는 거잖아!"

"그런 뜻, 아니에요."

"아니긴? 지 강사가 네 바람과 희망대로 민화계의 전설이자 야인, 지민화인지 아닌지 알고 싶은 거 아니야?"

논점은 그렇다고 할 수 있지만 많이 왜곡돼 해석된 듯했다.

"제가 확인하고 싶은 이유는 지서우 강사를 괴롭히거나 불편하게 하려는 게 아니라 많은 이들을 행복하게 하고 위무하는 그림을 빛 보게 하고 싶은 겁니다."

변명이나 눈가리기만은 아니었다.

사진 속, 그림 부적이라 부르는 민화를 똑 닮은 지민화를 보는 순간 느꼈던 마음과 바람 그대로였다. 이 사람의 작품, 민화를 직접 보고 싶고 어떤 이유에서든 마음이 강퍅한 이들과 함께 나누고 싶다는 마음은…….

"그걸 왜 네가 결정하는데?"

"……!"

"왜 네가 그 같은 결정을 하고 그런 밑그림을 그리느냐고? 그런 건 당사자나 가족, 후원자나 지지자, 것도 아니면 애인, 뭐 이런 부류들이 결정하는 게 맞는 거 아니야? 또 지 강사가 지금처럼 조용히 강의만 하면서 살고 싶다는데 굳이 그 시절의 명성과 이력을 들추고 캐서 상관없는 이들을 위로하고 위무할 필요가 뭐냐고? 내 말은."

틀린 말은 아니다. 지금의 지민화가 그 같은 걸 바라지 않는다면 누구도 강요하거나 권고할 수 없었다.

"난 지 강사 과거도 그렇고 남다른 이력은 모르지만 지금처럼 지내는 것도 나쁘지 않다고 봐. 무엇보다 난, 네 정확한 의도도 모르겠고 지 강사 상대로 재고 고민하기 싫어."

"……."

"내가 원하는 건, 지 강사가 하고 싶고 원하는 대로 두는 거야."

하지원이 지서우를 아끼는 게, 소중히 여기는 게 여실히 전해졌다.

그런 이유로 준후는 반격이 아닌 분명한 소신을 피력해야 했다.

"우리는 모르는, 지금처럼 이름을 개명할 수밖에 없었던 남모를 상황. 예전처럼 그림을 그리지 못하는 안타까운 이유가 있다면요? 그 이유를 안다면 제가 도움을 줄 수 있지 않겠어요?"

"그러니까 네가 왜? 왜 그렇게 해 주고 싶은 건데? 네가 민화계에 지대한 공헌을 할 책임과 임무가 있는 것도 아니고 지서우 가족도 아닌데?"

"……."

"너, 세상이 너 중심으로 돌아간다고 착각하는 모질란 인사에 안하무인은 아니지만 세상사를 인간애와 인류애로 포장해 이해하려는 감성 부류도 아니잖아? 난 있지도 않은 카리스마 운운하면서 소문만 무성한 개나리 십장생 뉘댁 자제들보다 너 같은 부류가 더 무섭다고 보거든."

"……."

"나대지 않고 티 나지 않는 자신만의 기율로 매너, 배려는 기본에 선천적, 환경적 요인으로 인해 누구보다 탁월하고 고퀄리티의 심미안을 가진 네가! 내 보기엔 수렁이자 또랑이야."

난생처음 들어 보는 지독한 혹평이었다.

"왜 그렇게 보세요? 지독한 또랑에 빠지실 수도 있을 텐데."

지원은 마치 준후의 내면을 타진하려는 듯이 주시했다.

"정말 특별한 이해타산 없이 순수한 마음으로 지 강사를 돕고 싶은 거야? 그렇다면 날 설득해 봐."

분명한 요구였다. 성실한 대답이고.

"내가 알 수 있도록 너의 진심을 보이라고."

계산과 의도가 전혀 없는 건 아니었다. 이대로는 언제 정리될지 모를 다온을 위해, 앞으로 충분히 가능성이 있는 다온의 미래와 해외시장 공략을 위해서는 지민화의 민화가 필요했다.

그전에 확인하고 싶었다.

지민화만의 특별하고 각별한 감성을 입은 그 사람만의 기품 가득한, 부적보다 용하다는 민화를. 모든 이들의 바람을 바람으로 끝나지 않고 이뤄지게 한다는 그 미스터리한 그림과 아름다운 발색. 그리는 이를 닮아 품격이 다른, 지민화를 꼭 닮은 지민화 스타일의 위트 가득한 민화를 보고 싶었다.

이 같은 마음은 미술을 사랑하고 아끼는 이로서의 당연한 호기심이며 권리였다. 그 누구에게도 해가 되지 않을 선의고.

"그럼 네 뜻대로 해 준다니까. 지 강사가 세상에 다시 드러나도 아무런 탈이 나지 않도록 네가 전부 다 떠안고 책임진다고 하면 내가 해 준다. 프락치!"

노골적이면서 고집스러웠다. 있는 집 자식이면서 있는 집 자식 같지 않게 공정함을 추구하는 하지원은.

"그럼 고민해 봐. 난 이만 갈 테니까."

지원은 애매한 상황에서 사무실을 나가 버렸다. 하지원은 오직 자신만의 계산과 결정으로 움직이는 이였다.

그런 이가 지서우를 남다르게 유별나게 챙기고 있으니, 진의와 진심을 알 수 없는 부탁이 귀에 들어올 리 없다.

"하지원을 저 같은 지지자로 만든 당신의 매력이 뭘까."

준후는 서랍에서 사진을 꺼냈다. 사진 속 지민화는 상큼 발랄한 미소로 쳐다봤다.

며칠 전 현관문 앞에서 화석처럼 굳은 표정을 감추며 담담하려고 애쓰는 지서우를 보는 순간 아쉬움과 흥분을 동시에 느꼈다.

지금의 모습에서는 사진 속 인물이 가진 청명하고 발랄한 미소, 그 시절의 빛남은 찾기 어려웠다. 대신 깊은 우물 속에서도 숨겨지지 않을 것만 같은 존재감이 있었다.

아쉬웠다. 그가 모를 각자의 시간 속 지민화가 지서우로 변해 가는 모습을 보지 못한 게.

그 시간 속 지민화와 강준후의 인연이 스치거나 일치하지 않았다는 게.

다행스럽게도 성격은 그대로인 듯했다.

'그러세… 네? 뭘 가져간다고요?'
'컵 받침은 선물로 드리도록 하죠. 안녕히 가세요.'

그 순간의 지서우는 사진 속의 풋풋한 지민화였다.

준후는 서류 속에 끼워 둔 컵 받침을 집어 담백한 향이 날 것 같은 들꽃을 들여다봤다.

이 작은 그림 안에 지서우의 세계와 우주가 보였다.

아직 실물로 보지 못한 지서우의 민화, 그 퍼즐의 한 조각이.

평소의 자신이라면 절대 하지 않을 행동이었다. 그처럼 무례하고 격 없는 행동은.

홀린 듯했다. 도록으로만 본 지민화의 민화와 지민화의 감성을 축소해 놓은 이 작은 소품에.

'너의 진심을 보이라고.'

지원과 지서우, 두 사람에게 통하는 건 진심과 정성인 듯했다.

문제는 우선순위였다.

진심과 정성으로 소중한 인연을 만드는 게 먼저인지, 아니면 다온의 재건과 재도약으로 증명될 강준후의 능력과 자존심이 먼저인지.

❀

이 공간은 늘 그랬다.

포근하고 아늑한 건 아니지만 울타리 같은 든든함이 있고, 어디선가 새어 들어오는 미미한 빛으로 인해 이야기 세계에나 존재하는 신비한 공간인 듯한 착각을 하게 만들었다.

이대로가 좋았다. 단정하면 할아버지의 공간이 아닌 거고 질서 정연하면 그건 지민화가 뛰어놀던 추억의 장소가 아닌 거다. 책등과 책 표지에 목화 솜 같은 포근포근한 먼지가 없다면 그건 헌책방이 아닌 것처럼.

"올라가 밥 먹자, 민둥이."

"민둥이가 뭐야? 다 큰 숙녀한테."

"숙녀는 무슨……."

할아버지는 불편한 다리를 무겁게 끌면서도 지팡이와 같은 도구의 도움은 받지 않았다.

그 같은 할아버지의 고집과 속 깊은 배려, 의도를 잘 알기에 서우도 더는 무언가 사다 안기지 않았다.

"이제 머리숱 많다니까. 머릿결이 얇기는 하지만······."
"칠십인 나보다도 적으면서."
할아버지의 걸음과 보폭은 날로 느려지고 있었다.
이 같은 속도로 할아버지가 나이를 먹었으면 싶었다. 그도 아니면 나이는 먹어도 늙지 않고 노쇠하지 않았으면, 하고 바랐다.
사랑하는 이와 함께하는 시간이 한시적이고 한정적이란 사실이 사무치도록 슬펐다. 하나 사무치는 감정은 감춰야 하는 마음이었다. 이 같은 맑은 목소리로.
"그럼 내가 대머리란 소리야!"
"넌 네 할머니 닮아서 머리숱이 적어."
"이제 숱 많다니까. 이봐! 봐 봐. 수북하잖아!"
서우는 할아버지를 추월해 앞에 섰다. 그러곤 할아버지 품과 가슴에 머리를 디밀었다. 이내 정수리에 새둥지처럼 따뜻한 가슴과 섬섬옥수 버금가는 손이 닿았다.
이 같은 안정감은 세상 어디에도 없었다. 이곳, 이 품밖에는.
"민둥이. 이래서 시집은 어찌 갈 건지······."
"시집이랑 머리 숱 적은 게 무슨 상관이라고 그래!"
"왜 상관이 없어? 애기 낳으면 그나마 남은 머리 전부 다 빠질 거 아냐?"
"할아버지!"
어찌 귀한 손녀에게 이런 악담을 하는지.

"어여 올라가. 찌개 다 식어."
"한번 징하게 안아 줘. 그럼 어여 올라갈 테니까."
"뜬금없기는."

할아버지 앞을 가로막은 서우는 두 팔을 벌리고 섰다.

천생 공부하는 유생이자 선비면서도 유독 수줍음이 많아 주춤하는 할아버지를 보며 한마디 보탰다.

"원래 이런 낯 뜨거운 포옹은 뜬금없이 하고 기습적으로 하고 그러는 거야. 하튼 몰라요, 구세대라."

익숙한 품 안은 따듯하고 따수웠다. 맛 좋고 몸에 좋은 수프처럼 적당한 온도와 함께 아득할 만치 심장을 옥죄며 파고드는 절대 온기.

행복했다. 이 전율과도 같은 충만한 에너지 충전에.

"됐어?"
"좀 더."

보름 만이다. 헌책방 이 좁은 통로에서 뜨거운 가족애로 연결된 애틋한 가족이 아닌, 손님과 책방 주인처럼 어설프고 남사스럽게 해후한 게.

"냄새 나……. 노친네 냄새."
"그래서 안아 달라는 거야. 더 힘 꽉 줘. 갈비뼈가 으스러지도록."

서우는 할아버지를 안아 들듯이 파고들었다.

그때 이후 무심히 지나가 버리고 잃어버린 시간 속 누가 지켜보는 것도 아니고 누군가 가로막고 있는 것이 아닌데도 늘 조심스러웠다. 이 불편함의 시작은 서우 자신이었다.

다시는 할아버지가 다치는 걸 보고 싶지 않았다. 다시 본다면 그대로 온몸의 혈이 파괴돼 죽을 것만 같아 이 정도로 욕심내고 이처럼 겁쟁이로 살기로 했다.

"머리 언제 감았냐? 민둥이."

"좀!"

할아버지 조금만 이렇게 있자, 우리.

너무 좋아서. 너무 행복하고 안심이 돼서 이 민둥이 울음이 날 것 같으니까 조금만 더.

낯익은 달빛 소나타.

작은 창으로 들어오는 은밀하고 은유하신 달빛을 보느라 잠이 오지 않았다. 지금 이 순간 할 수 있는 건 하나였다.

"저희 할아버지 만수무강하게 하게 해 주세요. 누군가를 찾기만 해도, 두 손을 부여잡기만 해도, 눈을 감기만 해도 기도라고 어떤 이가 그러던데……. 그러니까 전 지금 기도 중입니다. 그러니 우리 할아버지 오래 볼 수 있게 해 주세요. 저란 인간의 마음이 조금 더 강건해지면 받들어 모실 테니까 조금만 더 봐주시고요. 보세요. 저 지금 마주 잡은 두 손에 힘 엄청 쥐고 있어요."

진심 어린 기도발을 세우다 잊지 않고 또 한 분을 챙겼다.

"익선동 보살님도 잘 좀 챙겨 주시고요."

고운 달빛을 보면 그보다 더 고왔던 할머니가 생각났다.

너무나 고와서 보는 순간 할아버지의 애간장과 내장은 물론 심혈관 전부를 녹였다는 불멸의 미모를 가진 익선동 보살님. 서우는 두 손을 합장한 채로 작게 불러 봤다.

"반이랑 씨, 내사 마 엄청스레 보고 잡소."

할아버지를 대신해 속 깊은 본심을 꺼내 말했다.

얼굴은 서울깍쟁이인데 사투리는 실로 투박하니 징하게 제대로였던, 못하는 거 빼고 전부 다 잘하던 할매.

춘삼 할아버지 혼과 넋을 빼놓고는 저 몰라라 하며 애간장을 녹였다는 못되고 못된 밭고랑 사촌 반이랑 여사.

진심으로 보고 싶었다. 간곡하게 돌아가고도 싶었다. 세 식구가 행복하게 살던 그 시절로.

지난한 역사의 소용돌이를 고스란히 견딘 헌책방과 순하디순한 장애인 부부. 그들의 소중한 외동아들이자 지민화의 구멍가게 친구 김태평의 이름을 딴 태평세탁소가 있어 즐거웠던 그 시절로 회귀하고 싶었다.

"정말 좋았는데……."

지민화가 민화를 그리지 않던 그 시절로. 지독한 운명이 아직 태동하지 않고 기지개를 켜지 않은 채 세 식구의 행복을 지켜보기만 하던 낭만 가득한 그때로 질러가고 싶었다.

이대로 저 달빛을 훔치고 싶었다.

다정한 달빛이 지금처럼 오래도록 세상 곳곳을 고루 비추기를 바랐다.

낮 뜨거운 태양은 절대 잠에서 깨어나지 못하게. 깨어나 대장군처럼 위세 떨지 못하게. 그보다는 이 다락방에서 내려가지 않아도 되게끔.

한없이 솔직해지고 싶은 밤이었다.

❁

심화반은 초급반과는 달랐다.

우선 자신만의 고아한 세계에 빠진 화공과 다르지 않아 질문이란 게 없고 먹으로 선을 치고 채색을 할 때면 숨 쉬는 소리조차 새어 나오지 않았다.

무거운 정적보다 푸른 고요에 가깝고 긴장이 팽배하기보다 심혈을 기울인 붓 끝에 심오한 열의와 진심 어린 정성이 깃들었다.

민화가 예술적 감흥과 감상보다 기본적으로 길상화이고 장식을 위한 그림이라지만 간절히 원하면 이루어진다는 믿음과 애착, 동경이 바탕과 정서에 있기에 이분들처럼 그리는 이들의 매 순간은 간절하며 정성 그 자체였다.

그렇게 모든 게 뒤섞인 총체적 예술이자 시간과 세월에 따라 진화하고 발색이 자연스러워지는 민화이기에 좋았다.

어느 작가는 혈관 주사처럼 피로 직진하는 시 덕분에 생의 의미와 삶의 기력을 챙겼다고 하는데 서우에게는 민화가 단백질 주사였다.

지금의 이 기막힌 상황도 민화 강의를 하고 이들의 정성 가득한 기운을 흡수할 수 있어 유지하고 있는지 몰랐다.

"강사님."

"네."

"우리 숨도 좀 쉴 겸 제가 정성스레 준비해 온 떡 하나 먹고 할까요?"

그닥 나쁘지 않은 제안인데도 그림에 매진한 이들 중 누구도 지원의 제안에 응답이 없었다.

썰렁한 분위기에 가슴이 철렁했다. 이러다 지원이…….

"여러분, 좀 쉬었다 합시다."

심화반 대선배의 두 번째 어필이라 그런지 하나둘 고개를 드는 분들이 생겼다. 심화반은 하지원님 위주로 돌아간다 해도 과언이 아니었다.

10분간의 티타임이 지나고 세 시간도 훌쩍 지나갔다.

주변 정리까지 완벽하게 끝낸 베테랑 수강생들이 빠져나가고도 지원은 자리를 지키고 있었다.

"지 강사."

"네."

"민화 아트페어 가지 않을래?"

개수대에서 물통을 정리하던 서우는 침묵했다.

언젠가부터 민화라는 타이틀을 걸고 열리는 공식적인 행사도 그렇고 작은 전시조차 가지 않게 됐다. 피한다기보다는 모든 것들로부터 물러나고 비켜나 있었다.

천만번이 넘는 붓질만큼 정성을 보태 종국엔 아름다울 수밖에 없는 그림을 보면 자극이 될 수도 있지만 자극보다 자국이나 상흔이 될 수 있어 거리를 뒀다. 한때는 운명이라 믿었던 민화와.

"아트페어 별거 없을 거야. 국내에서 처음 치르는 행사라 민화협회에서 힘주고 나름 각도 좀 잡겠지만 그렇다 해도 많이 오겠어?"

많이는 아니라도 꽤 올 것 같았다.

"그러니까 같이 가자고. 아무래도 나 혼자 가는 건 모양도 빠지고 좀 그러니까."

"……."

"안 가자니 내 사회적 지위와 남다른 재력으로 인해 안 갈 수도 없잖아. 가서 민화 발전을 위해 전시된 그림도 사고 분위기도 띄우고 그래야지. 안 그래?"

"심화반 친한 분들이랑 가세요."

"방금 전에 봤으면서 무슨 그런 소리를. 나 심화반도 그렇고 바림에 친한 이 없어. 지 강사 말고는."

심화반 수강생들은 다들 지원을 흠모하고 인정했다. 지원이 그들과의 교류를 즐기지 않을 뿐이지.

"아님 첫날 말고 마지막 날에 가든가."

포기하지 않을 듯했다.

가는 건 문제가 아니었다. 겁을 먹은 마음이 거부할 뿐이지. 하루가 다르게 유니크한 민화 작가가 나오는 마당에 누가 지금까지 잊힌 작가 지민화를 회자하며 얼굴을 기억할까 싶기도 했다. 더욱이 이렇게나 얼굴이 변한 지금엔 더더욱.

"가자고."

가도 상관없었다. 이렇게나 인상이, 표정과 인물이 바뀌었는데 무슨…….

"지 강사!"

"네, 가요. 가죠, 뭐."

"정말!"

"네."

"아! 좋아라. 지 강사랑 손잡고 민화 축제에 가다니! 럴수 럴수 이럴 수가!"

생각해 보면 지원의 무한 도움과 지지로 바림을 이처럼 운영할 수 있었다.

많지 않은 회원들을 뽑아 안정적이고 무리 없이 오늘까지 이끌어 온 건, 어느 순간부터 상담사이자 바림의 바람막, 안내 역할을 톡톡히 해 준 지원의 덕이었다.

지원은 서우의 마음을 읽은 것처럼 등록하려는 이들을 깐깐히 인터뷰해 걸러 냈다.

전부는 아니지만 다소 꺼려지는 이들을 귀신처럼 캐치해 그녀 선에서 아웃시켜 주었다.

괜한 호기심으로 인해 일회성으로 그칠 이들은 받지 않도록 여러모로 도움을 줬다. 그러다 지금은 시간이 보태져 어느샌가 의지하고 의논하는 사이가 되어 있었다.

지원은 지민화에 대해서는 알지 못하지만 지서우에 대해서는 몇 가지 알고 있었다.

민화를 공부하고 자신만의 민화를 그렸지만 어느 시기 사고로 인해 현재 완성형의 그림을 그리지 못하고 있다는 사실을. 그 정도만 말을 했었다.

"자, 그럼 맛있는 저녁 먹으러 가자."

"전 생각 없어요."

"생각 없어도 나랑 가면 조금이라도 먹게 되니까 가자고."

그렇긴 했다. 지원이 데려가는 곳에서는 얼마 정도 먹게 됐다.

더는 민화를 그릴 수 없게 된 시기, 입이 짧아지고 먹는 것에 의미를 두지 않게 된 자신을 먹게 만드는 지원의 특별한 능력. 그보다는 진심 어린 말과 걱정으로.

'맛있게 먹어야 그리고 싶은 그림도 그릴 수 있는 거예요. 먹고 기도하고 사랑하라는 말 중에 먹고, 라는 말이 제일 앞에 있는 것도 내 이런 생각이 맞는다는 거 아니겠어요?'

언젠가 지원은 환한 미소를 하고 그렇게 말했다.

모든 건 마음먹는 것과 함께 즐겁게 먹는 것으로부터 시작된다고. 그러니 가끔 자신과 맛있는 한 끼를 즐기자고. 술이든 밥이든, 기도는 각자 알아서 하는 걸로 하자고.

생이 대체적으로 평범하지만 가끔씩은 끔찍하며 설명할 수 없고, 알 수 없는 이유로 처지고 기운 빠질 때는 더더욱 뭉쳐 함께하자고.

지원은 현명하면서도 현실적인 사람이었다.

"오늘은 제가 살게요."

"이 근방에서 제일로 비싼 거 먹어야지~"

지원의 발언과 다짐을 믿지 않았다.

청담동 언니 지원의 음식 취향은 너무도 토속적이고 저렴해 익선동 보살 반이랑 할머니를 생각나게 했다. 그래서 지원과 먹는 밥은 가끔 눈물 나게 사무쳤다.

강준후라는 남자를 이렇게 보게 될 줄은 상상도 하지 못했다.

당황스러움에 서우는 호러 인형 같은 눈을 했다. 커진 동공 또한 더 이상의 확장이 불가능할 정도였다.

그런 그녀를 보면서도 강준후는 즐거운 기색을 감추지 않왔다.

"반갑습니다, 지서우 강사님."

서우와는 완전히 다른 모습, 여유와 미소 가득한 강준후는 오늘의 날씨를 알리는 이처럼 꼿꼿하니 젠틀해서 자신만만한 모습이었다.

금요일 저녁 7시라 그런지 강준후는 맞춤인 듯한 슈트를 딱 떨어지게 입고 있었다. 그 모습이 왠지 모르게 더 얄밉게 보였다.

"설명이 필요할 것 같네요. 아니, 해 주세요."

한 달 전, 삼 개월 레슨비 완불과 함께 민화 개인 수업을 등록하고 일종의 진심 테스트 기간인 한 달을 꼬박 기다린 이를 반갑고 감사한 마음으로 기다렸더니 컵 받침 강탈자 강준후란 남자가 눈앞에 있었다.

"전 분명 강준희 씨와 톡을 했고 지금 그분을 기다리고 있었는데요."

"강준희는 제 어릴 적 아명입니다."

세상에, 아명이라니……. 지금이 조선시대도 아니고 누구처럼 개명한 것도 아닐 텐데 아명이라니.

강준후는 중저음의 목소리로 과하지도 덜하지도 않은 톤으로 설명했지만 이 상황은 도저히 있을 수 없는, 묵과할 수 없는 일이었다.

"질문이 있어요."

서우는 진실의 눈을 꿰뚫어 보는 능력자로 빙의해 강준후를 응시했다.

"뭡니까?"

"왜 강준후가 아닌 강준희라는 이름으로 등록하신 거죠?"

한시도 눈을 떼지 않고 쳐다봤다.

꽤나 보기 좋은 모양새를 한 스타일에 인상 차갑고 인성과 품성까지는 알 수 없는, 절대 믿을 수 없는 이 사기꾼 남자를.

"그건 일전에 우리 두 사람의 상황과 대화로 인해 그랬다고 설명하고 싶네요, 지 강사님."

솔직한 대답에 놀라움을 넘어 어이없는 서우는 어떤 이유가 됐든 반대한다는 의미로 팔짱을 끼며 부정한 등록에 대한 완고한 거부 의사를 어필했다.

"강준희… 강준후 씨."

"네."

"이건 저를 비롯해 바림 회원 전부를 기만하는 일이라 안 됩니다. 절대로."

"……."

"회원 등록은 취소하겠어요."

서우는 초장에, 더 이상 서론이 길어지는 게 싫어 바림 회원들을 거론하며 반대를 표했다.

"왜 안 된다는 겁니까?"

"그거야 잘 아시다시피……."

"어떤 이름으로 등록하는가는 우선적으로 내 자유고 선택입니다."

자유고 선택의 문제라니! 그건 분명 거짓이고 작위적인 행동의 변형이자 변명일 뿐이었다.

"무엇보다 난 삼 개월 레슨비를 입금한 후 확인 차원에서 지 강사님과 충분한 톡도 나눴습니다. 기억하십니까?"

물론 기억한다. 문자에서조차 느껴지는 매너와 차분하니 품위 가득한 글귀에 기분이 좋았다. 미소를 머금을 정도로.

여자인 게 분명한데도 사군자를 치는 선비의 향이 느껴져 왠지 모르게 수업이 기대되면서 모처럼 하게 된 일대일 수업이 기다려졌었다.

그 같은 감정은 기본적으로 민화를 배우고자 하는 진심과 열정이 왜곡 없이 전해졌기 때문이었다. 단순 호기심이나 단발성이 아닌 민화를 꾸준히 배우고 그만큼 민화를 사랑할 것 같은 정성이 느껴졌기에 저절로 따르는 감흥이자 감정.

"이후 꼬박 한 달이란 시간을 기대하며 기다렸습니다."

서우도 마찬가지였다. 일주일 앞으로 다가왔을 때는 기분 좋은 상상을 했었다.

어떤 분일까. 서로 간에 코드와 취향이 맞아 두 시간 반의 수업이 단박에 휘발될 정도로 진정한 민화인이면 좋으련만, 하면서 갖은 상상과 상황을 연출했었다. 마치 신나서 부산한 아이처럼.

그 모든 건 오랜만에 하는 일대일 수업이기에 더했다. 실로 고심 끝에 결정한 고민이기에.

"그런데도 제 진심과 기다림을 무시한다는 겁니까?"

"이게 무신가요? 자신을 강준희라고 소개한 강준후 씨의 일방적인 사기지."

이제껏 최고 품질의 대리석 같았던 강준후의 얼굴에 티 나게 금이 갔다.

"지금."

톤 깔고 보면 어쩔 거야! 그렇게 내려 봐도 별수 없다고! 이렇게 말을 하지는 않았다.

"사기라고 했습니까?"

"사기 맞잖아요?"

분명 사기였다. 강준후가 어찌 강준희로 둔갑해 등록을 했단 말인가. 또한 아명이면 아명으로 그쳤어야지 저리도 다 큰 남자가 꼬마 적 아명이라니……

무엇보다 맘에 걸리는 건, 강준후는 지민화를 찾던 이였다.

지민화와 지서우를 동시에, 같은 선상이자 동일 인물이란 추측을 하는 위험천만한 인물. 그러면서도 자신의 계산을 의도적으로 알리기도 하는, 의중과 의도가 오리무중이라 의심 가는 사람.

"사기라는 말에 대해서 설명이 필요할 것 같은데요, 지서우 강사님."

저놈에 지서우, 지서우! 친하지도 않으면서 남의 이름을 입이 닳도록 부르고 말이야.

서우는 조금 부릅뜬 눈에 기죽지 않고, 그렇다고 기고만장까지는 않은 채로 입을 뗐다.

"일단 기본적으로 본인이 여성이 아닌 남자라고 공지, 아니 말씀을 하셨어야 했고 일전에 만났던 강준후라고 밝히셔야 했어요. 그럼……."

"등록을 하지 못했겠죠."

"그거야 당연하……."

"전혀 당연한 사안이 아닙니다."

강준후의 듣기 좋았던 저음은 단호했다. 조금 무서울 정도로 냉랭하고.

"일종의 사적 감정과 근거 없는 갑의 횡포로 인해 등록을 거부당하는 건데 어떻게 그걸 당연하다고 할 수 있습니까?"

뭐, 사적 감정에 의한 근거 없는 갑의 횡포! 강준후가 하는 모든 발언은 그 스스로를 가리키는 말이었다.

"그리고 난 이곳 바림의 내부 규율에 어긋난 행동을 하지 않았습니다."

"이보세요……."

"일단 민화 강의가 여자에게만 해당된다는 말이나 공지, 그 어떤 안내도 듣지 못했고 만약 그 같은 내부 규정이 있으면 그 또한 부당함은 물론 불합리한 일이라 생각합니다."

부당함과 불합리라……. 소품이지만 작품 강탈자에 사기꾼이 할 말은 아닌 듯했다.

"더불어 민화 인구를 늘리는 데에도 전혀, 일말의 도움이 되지 않는다고 생각합니다."

"……."

일사천리로 퍼붓는 미사일 맹공은 아닐지라도 논리에 어긋나지 않아 반박하기 난처했고, 이 순간 무슨 명목을 더해 거부하고 거절해야 할지 마땅히 생각도 나지 않았다.

"지서우 강사님."

저 부름과 호명도 듣기 싫었다. 마치 목을 옥죄어 오는 강준후표 압박붕대이자 시퍼런 서슬 같아서…….

"지 강사님."

"왜 자꾸 부르시는데요?"

서우는 강준후를 삐딱하게 쳐다봤고 강준후는 서우를 가만히 응시했다.

그 같은 시선은 이제 그만 수긍하라는 승리감 가득한, 스스로의 논리와 입장에 도취된 사상가의 왜곡된 눈빛이 아닌, 자신의 즐거운 기대를 이대로 꺾지 말고 조금만 이해해 달라는 그런 부탁조의 그것이었다.

"민화 수업 듣고 싶습니다."

"……!"

"숨기고 묵혀 종국엔 돈을 벌기 위한 저축성, 장기 투자형 그림이 아닌 가족을 비롯해 진심으로 교류하는 지인들과 여유로운 시간에 이야기 나눌 수 있는 민화를 배우고 싶어요, 난."

"……."

"이 마음은 진심입니다."

이 순간의 토로는 얼굴을 볼 수 없었던 대화와 동일한 느낌으로 한 치도 다르지 않았다.

강준후의 생각과 진심은 문자와 행간에서 느껴진 그대로 더하지도 덜하지도 않았다. 그러니 거짓이라거나 모든 게 사기라 매도할 수는 없었다.

"정말 안 되겠습니까?"

"……."

"지서우 강사님."

하아, 어쩌면 이리도 절묘하게 감정이입을 시키며 설득을 시킬 수 있는 건지.

강준후라는 남자는 어떤 시스템의 사업체든 간에 자신만의 기율로 훌륭하게 이끌어 나갈 리더인 게 분명했다. 그러니 이렇게 맥없이 설득을 당해 버린 거겠지.

"지 강사님……."

저놈의 지지지는 정말.

결정을 미루는 서우를 강준후는 옥상으로 이끌었다.

짧지 않은 시간 자칭 이 건물 펜트하우스에 살면서 옥상에 올라온 건 오늘이 처음이었다.

순간 여러 생각이 들었다.

이 남자 혹시 이곳에서 위협한다거나 무언가를 강요하려는 건 아니겠지? 뭐, 그런 상상 이상의 망상을.

"그런 표정 짓지 말아요."

"제가 어떤 표정인데요?"

"이 남자가 날 밀려는 건 아니겠지? 이런 황당한 표정?"

"……!"

누군가처럼 강준후에게도 신기가 있나 싶었다. 반박하기에는 너무도 정확하게 치고 들어와 시선은 자연스레 피하게 됐다.

"주위를 봐요. 건물 아래를 봐도 좋고."

그 같은 제안에 고개를 돌리자 이 정도 높이의 옥상에서만 볼 수 있는 도시의 또 다른 모습을 볼 수 있었다.

7층에서 보던 세상과도, 펜트하우스라 믿고 사는 공간의 창문으로 언뜻 보던 모습과도 달랐다.

어떠한 막힘없이 시야 전부를 채우고 메우는 생생한 활기는.

창이라는 안정망이 없어 소란스럽지만 그게 전부는 아니었다. 왠지 모르나 이 공간, 이 위치에 서 있다는 게 경이롭게 느껴졌다. 마치 어린아이의 한 걸음이자 첫 외출 같기도 하고.

머리 위로 밤바람이 불어왔다.

피부에 닿는 서늘한 바람은 차가우면서도 어딘가를 간지럽게 했다.

기억 속 지옥이자 나락 같았던 밤으로 인해 서우에게 밤은 모든 게 멈춘 정지 상태일 뿐이었다. 그러면서 나쁜 기억의 키를 단단히 쥐고 있는 불편한 파수꾼이고.

재생을 위한 재활의 시간들 이후 낮과 밤, 모든 시간을 오직 바림이 있는 7층에만 집중하고 지냈는데 그간의 시간들이 억울할 정도로 이 밤, 맘이 부풀어 올랐다.

특별할 것도, 한순간 혹할 무엇이 없는데도.

"조금만 여유를 가져 봐요. 나한테도 본인한테도."

"……."

"대단한 결정을 하라는 게 아니에요. 조금 달리 보고 약간만 돌려 보면 지금까지 봤던 것과는 조금 다른 걸 볼 수 있다는 걸 알려 주고 싶었어요."

달리 보였다. 7층에서 옥상으로 고작 몇 층을 업그레이드한 것뿐인데 그동안 잊고 살았던 밤바람을 맞을 수 있고 즐길 수 있었다. 고작 몇 걸음의 시도와 수고로.

"날 이 옥상이라고 생각해요."

"……!"

무슨 소린가 싶어 강준후를 봤다.

"여기, 아무 생각 없이 올라왔는데 나쁘지 않잖아요? 우리가 하는 수업도 그럴 거예요. 난 지서우 강사님을 전적으로 믿을 거고, 당신의 커리큘럼을 신뢰하며 순순히 따를 거예요. 우리 둘, 스승과 제자로 즐겁지 않을 리 없어요."

묘한 방법으로 설득을 하는 이였다. 강준후는.

엄청난 비유와 약속을 하는 것도 아닌데 설득이 됐다. 이해가, 왠지 모르게 기대가 되기도 하고.

서우는 그런 맘을 들키기 싫어 강준후에게서 시선을 거두고 이번에는 딛고 있는 건물 아래를 내려다봤다.

노란 빛과 붉은 빛이 반대로 오가며 그 사이사이 빛으로 부서지는 분주한 사람들이 보였다.

순간 비행기를 타고 낯선 나라를 여행하는 듯한 기분도 들었다.

한계적 상황에서 잠깐씩 스쳐보는 게 아닌, 밤이란 이름표를 단 또 다른 나라를.

이 모든 게 특별한 이야기나 기막힌 트릭과 환상도 아닌데, 아닌데도 강준후에게 고마웠다.

이 몇 걸음의 일탈과 외도, 뜬금없는 밤으로의 여행을 동행하며 이끌어 주어서.

강준후와 다음 주 수요일 7시부터 수업을 하기로 했다. 이로써 강준후를 볼 날이 하루 더 늘어나 버렸다.

삼 개월 후에도 계속 강의를 듣겠다고 하면 이 같은 걱정과 긴장은 실로 무의미했다.

"민화 수업, 엉망진창으로 하면 실망해서 그만두겠다고 하지 않을까……."

그런 부류가 아닌 건 짐작은 물론 진작에 알고 있었다.

빵! 빵빵!

늦은 밤인데도 번잡하고 요란한 동네엔 소음이 진동했다. 방금 전까지 옥상에서 느꼈던 감정과는 결이 많이 달랐다.

순간 서우는 자신이 왜 이다지도 복잡한 동네에 터를 잡았던가, 하는 생각을 했다.

태평의 프로젝트였다. 자신은 초자연인 같은 모습으로 외지거나 고립된 공간 속에서 하드타임으로 진행하는 극한직업들을 취재하고 다니면서 서우는 이 미로 같은 도시 속, 그중에서도 가장 벌집 구조를 닮아 빡빡한 동네, 자신의 그늘 아래 숨겼다.

안전한 곳이긴 했다.

서로를 향하기도 하고 비켜 가기도 하는 많은 이들의 눈이 있어 누군가 섣불리 어떤 일을 벌이고 진행하기 불편할 거라는 계산은 옳았고.

이 모든 건, 그날의 상흔이고 지금까지 이어지는 한계이자 현실이 되었다.

아직까지도 이 지경인 지금 강준후란 인물이 과거에나 존재했던 지민화를 찾으며 현재를 사는 지서우에게 강의를 받겠다고 찾아왔다.

어느 순간에도 파고 없이 차분하면서 속을 꿰뚫어 보는 듯한 눈동자가 떠올랐다.

다 알고 온 듯했다. 지서우가 지민화인 걸 확신하면서도 자신이 아는 사실을 한 번 더 확인하러 온 듯했다.

"찾아서 어쩔 건데……."

어쩌긴, 그 사람 설명대로 민화 생활용품 밑그림으로 쓰고 싶다는 거겠지. 그게 아니라면 성공 기원 부적이라든지 화수분 역할을 해 줄 길상화라도 기대해 그러는 건지.

서우는 스스로를 가두고 보호하려는 듯 팔짱을 낀 채로 아름다운 감옥인 게 분명한 화실 안을 둘러보았다.

그린 이를 닮은 낯익은 민화들이 낮은 조도에서도 자신만의 우아한 색감, 은은하고 온화한 발색, 섬세한 터치와 정성을 자랑하며 겸손하게 미소 짓고 있었다.

희망과 행복을 바라는 그림, 민화는 바로 저런 모습이었다.

저만치 소박하고 조용한, 악에 받치지 않고 인간에 대한 경멸을 부르지도 않으며 그림을 그린 이나 감상하는 이 모두 그림이 그려지는 과정에서 얻는 기쁨, 완성에서 오는 안도감, 저마다의 충만함과 환희를 각자의 방식으로 얻는 것.

삶과 생, 사람과의 관계에 대해 생각하고 고민하게 만들면서도 결국은 그 무엇도 아닌 사람과 사랑에 위로받으면서 누군가를 위무하기도 하는 친근한 그림.

그런 모든 감정의 표현이 민화라고 생각했다.

그 같은 이유로 어느 시절의 지민화는 민화를 열심히도 그렸었다.

청신한 나이 또래가 즐기는 모든 유희와 즐거움보다 민화가 좋아서. 미친 듯이 민화만을 먹고 마시며 즐기며 살았다.

그때는 몰랐다.

그 같은 열정과 민화만을 향한 천진한 열애가 소중한 이들을 해하고 결국엔 뿔뿔이 흩어지고 헤어지게 만들 줄은…….

사람의 욕심은 그런 것이다.

우연한 기회 생각지도 않게 덕을 보게 되면 어느 순간 욕심에 잠식돼 영혼까지 사로잡힌다. 착한 본성을 타고난 인간일지라도 특별함을 경험하고 상상 이상의 이득을 취하면 너무도 쉽게 이전과는 다른 인간군이 되어 버린다.

그 특별함이 자신의 굳은 의지를 기조로 우주의 뜨거운 응원이자 누군가의 축복이라고는 생각지 않고, 부추기는 이들의 말만 따르고 좇는다.

그와 동시에 누군가는 후회의 눈물을 흘리며 모두와 헤어지고, 결국엔 인간의 본성인 타인에 대한 감응력을 잃고 다쳐 이렇게 우물 안 개구리로 살게 되고…….

이 땅 어디에도 지민화는 없다.

이 세상에 지민화가 그리는 민화는 더 이상 존재하지도 나타나지도 않아야 하는 거다.

다시 지민화의 그림이 색을 얻고 입어 붓 끝에 희망과 바람을 담으면 지금 이 정도의 기쁨과 고만고만한 일상도 전부 사라질 테니까.

지민화의 절필은 당연한 거다. 마땅한 거고.

그런데 참 이상하다. 가끔 이렇게 손끝이 맵다. 미치도록 아리기도 하고.

어느 시절의 전부라 할 수 있는 감정을 다시금 느끼고 싶고 표현하고 싶어서 붓과 같은 손이 자꾸 소요를 일으키며 소란을 피운다.

오늘처럼 자극받은 날이면 더욱더 적극적으로 유혹한다.

마음대로 움직여 주지 않는 의지박약 손가락과 굳은 마디마디를 살살 어루만지듯 낮게 속삭인다.

그리라고. 지서우만의 그림을 그리라고. 그려도 된다고. 미치도록 그리고 싶다고······.

이런 밤이면 어찌해야 할지 몰랐다.

끓어오르듯 떨리는 손끝의 이기심을 붙들고 있어야 하는 건지, 아님 손끝으로 모이는 뜨거운 피처럼 한없이 뜨거워져도 되는 건지.

이 밤, 알 수 있는 게, 할 수 있는 게 없었다.

옥상에 올라가고 싶었다.

그 아무것도 아닌 사실로 한 번 더 무심한, 선선한 위로를 받고 싶었다.

그 남자, 강준후가 말하고 알려 준 대로.

준후는 늦은 밤 기분 좋은 얼굴로 반기는 윤정미 여사를 살짝 안았다.
"늦었네."
"네."
"회사 일 때문에, 아니 그보다는 이 어미 욕심 때문에 바쁘겠지."
"아니에요."
"아니긴. 아닌 게 아니겠지."
어머니란 호칭보다 죽는 그날까지 자신의 이름으로 불리길 바라고 원하는 고집스런 윤정미 여사를 보며 준후는 연하게 웃었다.
"왜 아직 안 주무셨어요?"
"기분이 너무 좋고 흥분이 돼 그런지 도통 잠이 오질 않네. 천하태평인 네 아버지는 와인 두 잔에 일치감치 잠드셨는데 말이야."
준후는 그 같은 고백을 뒤로하고 거실 테이블에 앉아 빈 와인 잔을 채우는 윤정미 여사에게 다가갔다.
"좋은 일 있으셨어요?"
"엄청난 일이 있었지."
말보다 더한 중량의 일인 건 분명했다. 윤정미 여사는 여간

해서 엄청난이란 단어를 쓰지 않으시기에.

"말씀해 주시면 함께 축하해 드릴게요. 전 어머니 즐거움이 조금 더 연장되고 유지되길 바라니까요."

준후는 순하니 착한 아들은 아니지만 분위기를 맞출 만큼의 매너와 눈치는 있었다. 스승인 어머니를 존경하고 사랑하는 마음도.

"우리 둘째 아드님, 생긴 거답지 않게 훈훈하게 말하지."

"윤 여사님."

준후는 가족 개념보다 역시나 냉정한 비평가다운 면모를 보이는 모친의 이름을 불러 불평을 대신했다.

지금의 윤정미 여사는 평소와 많이 달랐다.

감성과 감정 표현이 다소 직설적이긴 해도 표현이 과한 분은 아닌데 지금은 찰랑거리는 와인 잔만큼 보기 드물게 과잉에 솔직하셨다.

이건 분명 일반적이지 않은, 특별한 상황이란 말이었다.

"그럼 어디 자랑 좀 해 볼까나. 우리 냉반온반 아드님께."

윤정미 여사는 늘 하는 표현과 함께 미소를 지으셨다. 그러곤 당신 전용 서재 쪽으로 향했다.

이 집에서 준후의 애칭은 냉반온반이었다.

냉랭하다 싶으면 어느새 온화한 둘째아들이고, 역시 우리 훈훈한 둘째야 하며 치켜세우면 어느샌가 뼛속까지 차가운 냉인이라고 말씀하셨다.

그 같은 평가에 식구들은 대체로 수긍하며 조용한 응원과 지지를 보냈다.

"자, 누가 들을까 무서우니까 최대한 작지만 힘찬 소리로……."

"……."

"짠 자자 잔!"

윤정미 여사가 품에 안듯이 들고 나온 액자 속 그림은 민화였다.

"자, 맘껏 감상하세요, 아드님."

"……."

"이건 오늘 한정 기분으로 인한 엄청난 혜택이자 어마어마한 호사니까. 내일부터는 내 서재에 소중히 모셔 둘 거라 지금 같은 무한 감상은 다시 오기 어려워, 아들. 그러니까 지금 맘껏, 모자람 없고 부족함 없이 누리세요."

그림은 거창한 소개와는 다르게 벽사의 의미나 간절한 소망을 담아 그린 군접도(장수를 의미하는 다수의 나비와 패랭이꽃, 부귀를 상징하는 모란을 그린, 장수와 부귀를 기원하는 그림), 백동자도(다산의 소망을 넘어 백 명의 동자, 즉 건강하고 올바른 사내아이를 바라고 구하는 마음을 닮은 그림), **어변성룡도**(화재가 물고기로, 잉어가 용으로 바뀌는 그림으로 어려운 과문을 통과하여 크게 출세하게 되거나 관문에 이르는 것을 바라고 의미하는 그림) 등과 같은 보기 드문 그림이 아니었다. 그렇다고 서재의 포인트라 할 남성적인 책가도도 아닌 작은 소품의 책거리였다.

성정이 몹시도 검소한 선비나 그의 아들 방에 어울릴 듯한 책거리는 다손과 다자를 상징하는 수박, 석류와 함께 그려져 있었다.

여타 책거리보다 심플하다 할 정도의 단순한 기물을 포인트로 그린 그림은 어딘가 군자다운 기품이 느껴지면서도 책거리 특유의 기분 좋은 상상과 해석, 도상이 매력적인 그림이었다.

이상한 건, 왠지 모르게 낯이 익은 느낌이었다.

작가의 이름도 이력도 모르지만, 느껴지는 기운은 그랬다.

"오래전부터 친교를 나누던 분이 애지중지하며 품고 있던 그림인데, 내가 자그마치 5년을 공들여 보필한 끝에 선물로 받은 그림이란다, 아들아."

준후는 그 같은 설명에 많이 놀랐다.

윤정미 여사는 자존심이 강한 분이었다. 어머니로서나 고아한 안목을 가진 비평가로서도.

그런 분이 당신 자존심보다 이 그림을 더 높이 샀다는 말이었다. 자신을 낮추고 낮춰 어렵게 얻은 그림이란 소리고.

"어때? 어미의 진심과 정성이 보태진 이 작품에 대한 감상이……."

굳이 평을 하자면, 세련되면서도 모던 민화라는 낯선 이름으로 전통 민화에서 벗어나지는 않은 독특한 색감이었다.

어떤 자연 안료를 사용했는지 추측은 가능한데, 그렇다고 딱 이 안료를 써 발색을 유도했다고 보기 어려운 정도의 단아한 색감은 보는 순간도 그렇고 점점 더 좋구나, 하는 감상과 탄성을 하게 만들었다. 그러면서도 역시나 간소하고 심플했다.

좀 더 솔직하자면 대충 그린 그림인 듯도 했다. 충분히 그런 오해를 살 수 있었다.

보는 이의 마음과 상태에 따라 성의와 정성, 제대로 된 기물과 도상을 고려하지 않고 대충 흐리게 그린 것처럼 보이기도 하면서 묘하게 강인해 보이기까지 했다.

기본적으로는 심플하지만 교방 여성들의 그림인 기명절지도(진귀한 제기나 식기들을 그린 기명도와 장식을 위해 꺾어 온 꽃이나 나뭇가지 등을 그린 절지도를 합친 말. 수복강녕은 물론 다양한 기물들의 길상적인 의미인 평안, 부귀, 장수 등을 가져 즐겁고 행복한 그림)만큼이나 아기자기한 구도와 닮아 있었다.

결론적으로 상당히 보기 드문 책거리고 소유욕을 불러일으키는 개성 강한 민화였다.

"이 작가로 말하면……."

윤정미 여사는 대견하고 뿌듯하기보다 감흥 그 자체인 표정을 하며 말했다.

"이 작품이 바로 어미가 너무도 사랑하는 지민화의 초기, 돈을 퍼 주고도 절대 못 산다는 민화대전 이전의 초창기 작품이란다."

"……!"

"아드님은 지민화의 초기 작품을 소장한다는 게 어떤 의미인지 모를 거야. 암, 알 수가 없지. 이 작가는 말이지… 신기, 실수! 신비로움이란 단어와 일치하는, 내겐 국보급 작가야. 너무 사랑스럽지 않니? 아들."

어머니는 들뜬 감정으로 인해 과잉 상태셨다.

준후는 작은 그림을 홀린 듯 감상했다. 그동안 그토록 궁금해하고 보고 싶었던 지민화의 민화를.

전통 민화도 현대풍의 민화도 아닌 지민화만이 가능하다는 발색과 절묘한 도상의 배치. 세련된 만큼 고아하고 기품 있는 화풍을 자랑하는 민화.

"이건 비밀인데 말이지, 이로써 이 윤정미가 지민화의 민화 다섯 점을 품에 안게 됐단다. 자그마치 다섯 작품을!"

어머니는 사랑하는 작품에 대한 벅찬 감흥과 결국엔 소유했다는 흥분으로 이제까지 발설하지 않으시던 일급비밀을 유포하시듯 자랑하셨다.

"이 귀하디귀한 지민화의 초창기 책거리를 입양하기 위해서 그동안 내가 어떤 노력과 함께 다방면으로 공을 들였는지 듣는다면… 넌 믿지 못하겠지."

"……."

"나도 못 믿겠어. 이 아이 때문에 내가 그간 들인 노력과 노고를 말이야."

어머니는 스스로를 대견해하면서도 만족하고 계셨다.

당신의 인내와 노력, 노고와 끈기에 스스로 경의를 표하고 계셨다. 그로 인해 소박한 책거리는 그만큼 더 특별한 그림이자 각별한 작품으로서 격을 높이고 있었다.

준후의 남다른 감식안과 심미안은 태생적이고도 필연적인 감성이었다.

이 순간 드물게 감정을 드러내는 윤정미 여사의 깊이 있는 태교. 유년 시절부터 시작된 꾸준한 학습과 우아하면서도 집요하기까지 한 반복. 작품을 단순한 호기심과 일회성 감상으로 그치지 않는 지속적인 애정과 각고의 노력에 있었다.

앞으로의 나아갈 생존 방향은 가업을 위한 합리적 경영. 동시에 삶과 생을 풍부하고 풍성하게 할 목적으로 미학과 미술을 공부했다.

어머님처럼 미술계에 동조하며 깊이 발을 들이지는 않았지만 일상과 감각 신경계엔 늘 미술이, 예술과 그림이 함께였다.

그런 그를 자극하고 호기심으로 움직이게 한 이가 지민화였다.

실질적으로는 다온의 디자인 파트를 강화하고 그동안 저변화된 민화인들의 이목을 집중시키는 효과를 목적으로 하지만, 매력과 끌림이 먼저였다.

윤정미 여사의 커밍아웃은 그런 준후를 더욱더 자극시키고 고양시켰다.

지서우란 이름으로 자신을 감추고 숨기는, 밖은 물론이고 머리 위 옥상조차 쉽게 발걸음하지 못하는 지민화에게 조금 더 다가가 개인적으로 닿고 싶은 욕심과 그녀의 또 다른 작품이자 숨겨진 민화를 윤정미 여사보다 먼저 소장하고픈 욕망. 더불어 지금의 미열과 지끈거림의 원인을 확인하고 싶었다.

'바람이 부네요. 이 시간, 이런 톤의 바람이 부는 줄 몰랐어요.'

그보다는 사진 속 싱그러운 미소와 웃음. 그 못지않은 옥상에서의 연한 미소 전부를 마주한 상태로 보고 느끼면서 그 자신도 함께 웃고 싶은 건지도.

이처럼 태동하고 발동하는 오감이 예술을 가까이한 이의 흔한 감정이자 감흥인지, 아니면 비밀스런 인물에 대한 개인적인 접근과 개별적인 관계에서 오는 만족감인지 분명하게 알고 싶었다.

"아드님, 그렇게 탐욕스런 시선으로 보지 마세요."

윤정미 여사는 허용할 수 없다는 듯 길고 가느다란 검지를 흔들어 보였다. 그 모습에 지민화가 아닌 지서우가 생각났다.

방금 전까지 보고 온, 마지막까지 이 밤의 외출을 만족스러워하면서도 결정을 망설이며 시선이 흔들리던 그 사람이.

"아무리 예술적 교류를 즐기는 모자지간이라 해도 이제부터는 내 허락받고 보도록 해."

이 말씀은 분명 지시이자 경고였다.

"지금까지처럼 이 어미의 서재는 지극히 개인적인 공간이니까 매너 없이 맘대로 드나들지 말고. 그럼 잘 자, 냉온탕."

어머님은 아들의 호기심과 한계를 한껏 자극한 후 서재로 들어가셨다.

이 순간 아직까지 보지 못한 지민화의 작품을 비롯해 간소하면서도 세련된 책거리를 윤정미 여사에게서 가져오고 싶은 열망과 소유욕을 어떻게 받아들여야 할지 알 수 없었다.

불안하고 불안정한 시선으로 바라보며 여린 계집아이처럼 전전긍긍하던 이의 감정 상태와 바림 안과 밖에서 너무도 다른 모습을 보이는 지서우가 보내고 만드는 이 낯선 주파수와 파동을 진지하게 확인하고 싶었다. 그와 동시에 강준후가 지서우에게 어떤 형태의 도움을 주어서라도 민화를 다시 그리게 할 수 있을지. 그게 가능한지.

"지민화… 지서우."

어떤 이름이든 상관없었다.

시선을 가로챈 그 사람이기만 한다면.

❖

서우는 최대한 애처롭고 최고로 불쌍한 톤으로 토로했다.

"몇 년 전에 기억하기도 싫은 일이 있었는데 말이죠……."

"……."

"그 후로 그림을 그릴 수 없게 됐어요."

"핑계야."

서우는 핑계라 말하는 이의 냉정한 시선을 무시하고 토로와 고백을 계속했다. 절대 굴하지 않았다.

"그 일로 인해 가장 가슴 아픈 건 사랑하는 가족이 전부 흩어져서 함께 밥 먹고 자는, 평범한 일상을 할 수 없다는 거예요. 사실 그보다는 너무너무너무 사랑하는 할머니를 매일 볼 수 없다는 게 제일로 커요. 저보다 백만 배는 더 할머니를 사랑하고 보고 싶어 하는 저희 할아버지는 가시처럼 늘 제 가슴을 찔러요. 그래서 그런지 제 가슴엔 시퍼런 멍울이 가득이에요. 이 좋은 나이에 이러고 사는 거 정상은 아니잖아요. 그러니 영험한 신을 모시는 보살님께서 말씀 좀 해 주세요."

간절하게 부탁했다. 제발 듣고 싶은 말을 해 달라는 애절한, 애정 어린 표정을 하고.

"어찌할까요? 우리 세 식구 예전처럼 다 같이 살고 싶은데……."

"안 돼. 안 되는 일이야."

"……!"

"포기해야 하는 건 빨리 포기해. 그게 처자를 위해서 좋아. 모두를 위해서도 그렇고."

익선동 보살의 대답은 확고하고 단호했다. 그렇다 해도 이대로 포기할 수 없었다. 늘 이 정도의 악담은 다반사로 들었으니까.

"그래도 인간의 의지로 할 수 없는 건 없지 않을까……."

"있어. 인간의 의지로 안 되는 거."

당황스러울 정도로 단호하셔라. 어르고 달래는 거 하나 없이 너무도 직언 위주의 촌철살인이라 굳게 먹었던 맘이 아팠다. 아무리 각오를 했다 해도.

"인간의 의지와 신의 영역은 다른 이야기야."

그렇겠지. 그러니 이렇게 신을 모시는 이들이 있고 보살님을 찾는, 저처럼 애달픈 인생과 길 잃은 영혼도 있겠지요. 절실함으로 인해 이처럼 찾아온 주제에 절대 받아들일 수 없는 우매한 지서우처럼.

"그러니 가족의 단란한 추억은 깨끗이 잊어."

"……."

"전부 내버리란 말이야."

어떻게 그렇게 말을 할 수 있는지……. 아무리 영험한 신을 모시고 신의 말을 대신 전하는 이라도 눈앞에서 이렇게나 아프고 힘들어하는 이를 보면서 어떻게 그런 잔인한 말을 하는 건가요? 당신은.

"이번 생에서는 포기해."

단념하길 종용하는, 포기하라는 집념 어린 저주 같았다.

"그러기 싫은데요, 전."

어느 순간 화가 난 서우는 이제까지의 여리고 순한 자아는 버리고 매섭게 반박했다. 지민화이자 지서우답게 반항했다.
"처자가 할 수 있고 제일 잘하는 걸 해."
"저 그런 거 없는데요."
"그러려면 과거의 일에 지지 말고 두려움에도 지지 않아야 해. 극악스러운 인간들의 욕심과 욕망보다 더 크고 힘이 센 게 욕심 없는, 모두를 위한 선량한 의지야."
"······."
"그림쟁이라면 그림을 그려야지. 왜 남의 탓을 하고 제 운명 탓을 해."

 남의 탓을 하는 건 아니거든요. 전 단지 옛날로, 두 분과 함께하던 그 시간으로 돌아가고 싶은 거예요. 가난해도 행복하던 그 시절로.

 동네 구멍가게를 백화점 버금가는 기쁨과 알참, 행복으로 알던 그 빛 속으로.

 서우는 터지려는 울음보를 간신히 틀어잡고 앞에 앉은 익선동 보살님을 죽어라 쳐다봤다. 노려보면 그 또한 노력으로 간주해 혹시나 봐 주지 않을까 해서.
"가족은 멀리 있고 떨어져 있어도······."
"······."
"가족이야."

 그런가요? 떨어져 있어도 가족인가요? 그래서 이렇게 미치게 그립고 눈물 나도록 보고 싶어도 가족이니까 참고 삼켜야 하는 건가요? 그래요? 무슨 가족이 그런가요?

왜 그렇게 잔인해요? 가족이란 이름의 무게와 책임은.

"그리움? 그 미치겠는 그리움으로 그림을 그려. 그려서 보여 줘. 누군가의 희생과 담보가 아닌, 그림에 대한 간절한 마음 하나로 이렇게 다시 그림을 그리고 있다고."

그렇다고, 그렇다고 해서 예전처럼 행복해지는 건 아니잖아요? 모두 함께할 수 없잖아요! 할머니, 할아버지, 우리는 세 사람.

서우는 부릅뜬 눈으로 항변했다. 그러면서도 절대 입 밖으로 내뱉지는 않았다. 못 했다. 그러면 할머니가, 서우보다 더 아프고 퀭한 눈을 한 반이랑 할머니가 어느 밤, 어느 새벽 혼자 울까 봐서. 아무도 없이 당신 혼자 지독한 고독을 온몸으로 감당할 것 같아서.

이 모든 건 당신의 모진 팔자 때문이라 하면서 통곡도 못 하고 가슴 치고 파며 우실까 봐.

혼자서 그렇게 아프게, 위로해 줄 이 아무도 없이 그 밤을 새우실까 봐서 서우는 항변할 수도 없었다. 반이랑 할머니를 꼭 닮은 모지란 지서우는.

"처자는 그림을 그려야 행복한 팔자야."

"……"

"그로 인해 많은 사람들을 위무하고 위로할 수 있어."

하아, 행복한 팔자! 저, 그런 팔자 싫어요. 할머니 손녀 지민화는 나 혼자 살자고 지서우로 살기 싫다고요. 난 모두를 희생시키고 얻은 지서우란 이름이 징그럽게 싫어요!

 조금 고단하고 그보다 더 위험해질 수 있다 해도 지민화로 살면서 우리 가족들하고만 행복하게, 이기적으로 살고 싶어요, 난.

"천생 환쟁이지."

"……."

"이 세상 자신의 의지와 상관없이 상처받고 아픈 이들, 또 많이 갖지 못하고 배우지 못해 한이 된 이들에게 그림으로 위로하고 위무해 줄 능력과 자질을 타고난 복 많은 환쟁이."

 복 많은 그림쟁이란 말에 서우는 명성과 신기가 자자한 익선동 보살, 반이랑 할머니를 노려봤다. 무섭고 매섭게. 눈이 빠지도록.

"그 같은 능력을 낭비하고 허비하지 마. 그거 죄짓는 거야. 타고난 팔자와 다르게 사는 거니까. 그러니 그려. 지금의 처자는 내 보기에 못 그리는 게 아니라……."

 두 사람의 시선에 아주 짧은 순간, 시퍼렇고 시뻘건 불꽃이 튀었다.

"안 그리는 거야."

"……!"

"이 세상에 화가 나서."

 화는 진작에 나 있었다. 그건 이 세상이 아닌 몇몇 제 욕심에 눈먼 이들과 이렇게 앞에 있으면서, 분명 존재하면서 당신의 존재 자체를 비롯해 그들의 관계를 부정하는, 정·재계를 좌지우지하며 대선까지도 영향을 미친다는 익선동 보살이기 전에 오롯이 지민화의 하나밖에 없는 혈육, 할머니에게 제일 크게 화가 나 있었다.

종국에 가족이란 울타리와 인연을 끊어 버린 할머니의 오만하고 극단적인 결정에 화가 난 상태였다.

무당이 된 할머니도 좋았다.

될 수밖에 없다면 그 어쩔 수 없음을, 그 잔인한 운명까지 감당할 자신 있었다.

개인의 선택과 의지로 결정할 수 없고 피할 수 없다면, 죽도록 아프실 바에야 무당이 될 수밖에 없는 할머니를 인정했다.

결코 기쁠 수도 반가울 수도 없지만, 유난 떨지 않고 눈을 질끈 감으며 받아들였었다.

그랬는데 기어이 할머니는 인연을 끊어 내셨다.

이렇게 몇 달에 한 번 오는 것도 피하셨다. 그놈에 신기는 유독 지서우의 발걸음에 민감하고 이가 갈릴 정도로 용했다.

오늘은 그야말로 인간의 집념, 불타는 불굴의 의지가 할머니가 모시는 영험한 신의 영역에 도전한 결과였다. 오늘의 승리자는 지금까지 포기가 안 되는 지서우고.

"그려."

"……."

"그림."

"그래서 뭐 할까요? 그 그림의 완성을 함께 축하해 주고 즐길 가족이 없는데."

"가족은 혈육으로 된 관계만이 유일한 건 아니야. 누구나 그렇듯 새로운 인연이 있어. 처자 팔자에도 좋은 인연이 있고."

팔자. 처자! 새로운 인연! 당연하다? 무엇이. 뭐가 당연한 건데!

"유일한 가족한테도 이렇게 거부당하고 내팽개쳐진 인물인데 누구한테 사랑을 받겠어요? 제가. 저 따위가 감히."

서운함보다는 서러운 감정을 토해 냈다. 내내 감추며 사지육신 저 끄트머리 어느 혈관 어디쯤에 묵혀 둔 마음인데 다른 인연을 운운하는 지독한 할머니에게 내보였다.

"남녀 간의 인연은 팔자만큼 강한 거야."

"……."

"개인의 의지와 노력으로 피할 수 없어. 음양의 이치로 끌리는데 그걸 어쩔 거야? 처자가 피해도 처자만큼 뜨거운 양기가 미치도록 원하게 돼 있어. 그게 두 사람의 운명이야. 그러니 지나간 가짜 인연 때문에……."

"이 빌어먹을 인간사는 개인의 의지와 노력으로 할 수 없는 게 참으로 많네요."

이 같은 한탄은 꼭 할머니가 모시는 신에게만 하는 말은 아니었다.

스스로에게 한 말이자 이 같은 잔인한 말을 하는 할머니에게 하는 말이었다. 의지를 갖고 슬픔을 품은 모두에게.

"할 수 없는 게 그렇게나 많으면 인간은 도대체 무슨 힘으로, 어떤 믿음과 의지로 이 기막힌 세상을 살아야 하나요? 한 번 말씀해 보세요? 영험하신 보살님."

난생처음으로 할머니에게 따져 물었다. 한 번도 할머니와 할아버지 말씀을 거스르거나 반대하지 않았었는데 지금은 묻고 싶었다. 항변하고 싶었다. 어쩌면 너무 늦어 버린 의지 표현을.

서우의 시선은 할머니에게서 떠나지 않았다. 잠시도, 한순간도.

"처자는 앞으로 행복할 거야. 더 이상의 시련은 없어."

"하아! 행복이요? 시련이 없다고요?"

기가 막힌 반전이자 그야말로 웃기는 신년 운세이자 팔자풀이였다.

"좋은 사람을 만날 거고, 그로 인해 새로운 인연과 연을 쌓고 처자가 지닌 특별한 능력으로 많은 이들을 돕고 위로할 거야. 그러니까······."

"그래서요?"

"······."

"태초에 부여받은 제 가족들과의 소중한 인연은 무시하고 새로운 인연만 죽어라 기다리고 기대할까요? 그럼 제가, 지금 이렇게 죽도록 불안하고 불행한 제가 행복해지나요? 한데 어쩌죠? 지독하게 이기적인 전, 제가 부여받은 모든 인연을 전부 다! 어느 하나도 놓치고 싶지 않아요! 저에겐 그 인연이, 가족이란 울타리예요. 우리 세 사람만의 인연과 잃어버린 시간이 그 무엇보다 절대적이에요. 절대 잃거나 포기할 수 없어요! 그래서 전 할머니가 그렇게 사랑하고 좋아하시는 그림."

"……."

"더는 그리지 않아요!"

이건 절박한 절규인 동시에 명백한 도움 요청이었다.

할머니의 영역 밖인 구원까지는 아니라도 할머니가 해 줄 수 있는 건 해 달라는 지극히 인간적인 바람.

바림이란 이름의 작업실을 운영하는 것도 어쩜 그 같은 이유에서였다.

할머니가 알아채도록. 눈치채서 되돌아오길 바라는 간절한 바람으로 바림이라는 이름으로 할머니에게 반항과 바람을 동시에 전하고 싶었다.

할머니의 손녀 지서우는 이처럼 할머니의 바람을 충실히 하며 기다리니 이제는 좀 봐 달라고. 외로워 점점 더 등이 휘는 할아버지도, 마음이 다치고 상한 당신의 손녀도 좀 어떻게 해 달라고. 당신의 영험한 능력으로다가 좀!

"다가오는 인연, 외면하지 마."

이렇게까지 말을 하는데도 정말 이럴 거야? 할머니.

"그런다고 바뀌는 운명도 인연도 아니야."

"……."

"내 팔자, 내 선택과 상관없이 처자의 인생을 살아. 그게……."

서우는 바로 앞 50센티도 안 된 거리에서 마주한 할머니와 눈싸움을 하듯 서로를 추적하고 추격했다.

"이 같은 인생을 선택해 살 수밖에 없는 이를 위로하며 행복하게 하는 유일한 길이야."

"……."

"…지 말고……."

언제부터인지 서우는 소리 없이 울고 있었다. 슬퍼서도 아니고 억울해서도 아닌 할머니의 저 좁다란 품 안이 한없이 그립고 미치도록 그리워서 눈물이 났다.

이 같은 빌어먹을, 해답 없는 대화가 아닌 익숙했던 저 품에 안겨 외로울 게 분명한 할머니를 꼭 안아 주고 싶었다.

당신의 지독한 팔자가 하나밖에 없는 손녀에게 이어져 영향을 주며, 그 언젠가처럼 주홍글씨이자 나쁜 표식이 될까 봐 할머니는 지독하게 은애하신다는 당신 평생의 반려와 이혼까지 하시며 세 사람의 인연, 가족이란 운명을 끊어 내셨다.

이유는 단 하나. 귀하고 귀한 손녀의 평범한 생과 삶을 위해서…….

당신의 사납고 기구한 팔자를 거부해 결국 어린 딸을 놓쳤고, 다시 되풀이된 운명의 그림자는 가차 없고 가혹하기까지 했다.

반백이 넘어 뒤늦게 무당이 돼 버린 할머니로 인해 성인이 되고 첫 인연을 만난 손녀가 무시당하고 업신여김을 당하지나 않을까 봐서 놔버린 당신의 따뜻했던, 절대적인 손.

선한 만큼 나약한 당신이 손녀의 불운과 불행을 도저히 볼 수가 없기에 이렇게 귀를 닫고 눈을 감으며 모른다 하시는 할머니의 기구한 운명에 눈물이 났다.

"도망치지 마, 다가오는 인연에. 이게 처자에게 해 줄 수 있고, 하고 싶은 유일한 말이야."

내가 하고 싶은 말은? 그건 듣고 싶지 않은 거야? 할머니.

소리 없는 울음만큼이나 질문은 조용하고 고요해 더욱더 크게 울렸다. 그렇지만 되돌아오는 대답은 늘 그렇듯 침묵뿐이었다.

익선동 보살은 이후 아무런 말씀도, 당부와 인사도 하지 않으셨다.

꽤 오래되었지만 지금 이 순간 그 어느 때보다 심한 방향치가 돼 마음 길을 잃은 서우는 일어나지 못한 채 울기만 했다.

오늘은 한없이 이기적이기로 했다.

떼 부리고 싶은 만큼 지껄이고 울고 싶은 만큼 울며 보고 싶은 만큼 보면서 이렇게 투정 부리기로.

지금은 이 정도로만이라도 해야 살 것 같았다.

같이 죽자는 사람치고 정말 죽고 싶어 하는 이는 없다.

지금 이렇게 어울리지 않게 극악을 떠는 재훈도 그렇고.

"이대로 끝내자고 하면 우린 같이 죽는 거야. 너랑 나 사이에 헤어지는 일 따위는 없어."

민화는 알코올을 마신 게 아니라 몸에 뿌린 듯 지독한 냄새를 풍기는 재훈에게 떠밀려 차 안으로 던져졌다.

요사이 부탁받은 그림에 빠져 살아 제대로 먹지도 자지도 못해서 그런지 술까지 마신 재훈의 괴력은 엄청난 재난이자 재앙처럼 느껴졌다. 도저히 피할 수가 없었다.

정신을 차리는 순간, 차 안은 밀폐되고 잠금장치는 록이 걸려 있었다. 사실 이보다 더 두려운 건, 재훈의 취기와 발작 같은 무모한 반항이었다.

"넌 뭐가 그렇게 잘났어? 내가 아무것도 아니야? 우리 부모님이 절대 안 된다고 하니까 좋아? 좋아 미치겠지? 나는 그런 너 때문에 미치겠는데!"

"재훈아, 이러지 말고 내일 다시 얘기해. 너나 나나 멀쩡한 정신으로."

마음은 어르고 싶은데 상황도 그렇고 술 냄새 때문에 말은 맘처럼 나와 주지 않았다. 생각보다 조금 더 낮은 톤에, 예상보다 좀 더 짜증이 배어났다.

"난 멀쩡해! 아니, 멀쩡할 수가 없어! 약혼녀라고 소문 다 내고 내 여자라고 그렇게 자랑하고 다녔는데……."

"그게 억울하면 네가 버린 걸로 해."

"……!"

"네가 나 찬 걸로 하라고. 그럼 돼? 이럼 이 지겨운 반복, 더는 하지 않을 거야?"

재훈의 마음을 다독인다는 게 그만 더 독이 오르게 만들었다. 한순간 진심이, 전부터 하려던 말이 거르지 않은 채 나와 버렸다.

"이제야 얘기하는구나. 그래, 넌 처음부터 그랬어. 내가 싫다고."

"……."

"그런 소리 매일 들어 가면서도 나, 너한테 최선을 다했어. 네 가족들한테도 내가 할 수 있는 모든 걸 다 했다고! 여직 누구한테도 해 본 적 없는 그 모든 걸 너니까, 너라서! 지민화니까 다 했다고! 그런데 넌 뭐야? 우리 부모님이 반대하니까 헤어지자고?"

사실이 아니었다. 그전부터, 훨씬 전부터 헤어지자고 말했다.

제 감정만 중요한, 자신에게만 특히 너그러운 재훈이 듣지 않고 들으려 하지 않았을 뿐.

"넌 아무 감정도 없어? 요만큼의 미련도. 좋아하는 감정이 없냐고?"

"감정이 왜 없어? 있으니까 만났지. 나도 너 좋아했어. 미래를 생각해 볼 만큼 진지한 마음으로 만났고. 근데 아니야. 그 정도는 아니었어."

재훈은 무슨 생각이고 계산인지 노려보기만, 거친 숨을 내쉬기만 했다.

"마음이란 게 노력을 해서 되는 게 아니라는 걸 알았어. 물론 그런 사람도 있지만 난 그런 부류가 아니란 걸 알았어. 그래서 헤어지자고 한 거고."

"……."

"기억할 거야. 내가 너에게 한……."

"아니야! 넌 말한 적 없어! 날 밀어낸 적이 없다고!"

"박재훈."

민화는 이대로 계속 격해지는 게 서로에게 도움이 될 것 같지 않아 낮은 톤으로 불렀다. 눈빛은 어떠한 거짓도 없이 재훈만을 담았다. 이 순간은 그랬다. 그래야 하기에.

"내일 다시 얘기해. 그럼 너도 나도 오늘과는 다른 마음일 수 있고, 어쩌면 이 순간을 평생 후회할지도 몰라. 그러니까……."

"아니. 난 지금 더없이 냉정한 상태야. 그러니까 너만 정신 차리면 돼."

"재훈아, 제발 좀!"

슬슬 지쳤다. 짜증도 나고. 무엇보다 너무 피곤해 아무것도 하고 싶지 않았다.

몸은 천근만근에 입은 소태처럼 썼다. 이 순간도 피할 재간이 없는 잠이 가차 없이 쏟아졌다. 그러면서도 어서 그림을 완성하고 싶었다.

지금 이 순간, 그 생각이 전부였다. 재훈의 저 비명과 절규보다.

"대답해, 어서."

더 이상 달래는 것도 무의미했다. 어차피 재훈의 집안에서 제동을 걸었고 감사하다 싶을 정도로 매몰차게 무시하고 멸시하며 단박에 자르셨다.

무속인 집안과는 절대 연을 맺을 수 없다고. 차라리 하늘 아래 천애 고아라면 모를까.

"우리 헤어져? 헤어지는 거야?"

짧은 순간, 재훈과의 시간이 빠르게 지나갔다. 결국 어느 한순간도 절절하지 않았다. 아쉽지 않고. 그 시간들 속에서 굳건하게 자리 내리지 못한 인연이 안쓰러울 뿐.

서로를 위해 더는 미루거나 끌 수 없었고 할머니가 자책하는 것도 싫었다. 간절하지 않은 감정에 미련 두는 두 분도 보기 싫고.

그렇다면 답은 하나다.

"헤어지자, 재훈아. 이건 너희 부모님과는 아무 상관없어. 그냥 내가 싫은 거야, 내가."

더는 설명하지 않았으면 했다. 더 보태지 않고 이대로 끝냈으면 하고 바랐다.

"미안해, 박재훈."

"미안할 거 없어."

"재훈아……."

"넌 그럴 수 있어도 난 그렇게 못 해."

재훈의 눈동자는 실핏줄이 터져 온통 붉었다. 붉은 눈이 묘하게 웃는 듯 보였다.

"그러니까 우리 결론은 내가 내릴게. 더 사랑하는 내가, 널 더 많이 아끼고 원하는 내가."

차는 그대로 날듯이 빠르게 달렸다.

처음부터 달렸다. 마치 걷는 건 모른다는 듯 그렇게.

발화와 같은 시동은 밀폐된 공간을 더욱더 압착하듯 죄어 왔다. 그로 인해 민화는 숨을 쉴 수도, 눈을 감을 수도 없었다.

주말 내내 똑같이 되풀이되는 악몽에 시달렸다.

악몽은 이름에 걸맞게 악귀처럼 달려들어 떨어지지 않고 무한 반복만을 고집했다.

몇 번이나 차에서 튕겨 나갔고 그보다 곱절로 절벽에서 떨어져 나갔다. 그것도 서우 혼자만.

만화도 아니고 판타지도 아닌데 지겹도록 따라붙는 리프에 지쳐 정신을 차리니 월요일 오전 반 수업을 준비해야 할 시간이 다가오고 있었다.

한 시간 정도 창가에서 멍함을 유지하다 간신히 기운을 챙겼다.

아침은 보통 1층 카페에서 만든 수제 샌드위치와 치즈 파니니, 싱싱한 과일과 각종 샐러드 정도로 해결하곤 했는데 오늘은 그마저도 생략해 그런지 온몸이 종이인간 같았다.

지독한 악몽과 함께 행복한 꿈도 반복해 줬다.

그때 그 좁고 외진 골목 안에서 제일로 행복했던 헌책방의 귀한 꽃 손녀 지민화가 옆집 세탁소 집 뚱댕이 태평과 한가롭게 떡볶이 사 먹던 일 하며, 방과 후 학원이 아닌 학교 앞 문방구 앞에서 치열한 엉덩이 싸움을 하면서 죽어라 오락을 하던 철부지 시절로 돌아가 그 모습들을 흐뭇하게 구경했다.

그런 날이 아니라면 인근에서 제일로 보이시한 꽃 손녀 민화는 헌책방에서 살다시피 했다.

책 속에는 어린 민화가 알지 못하는 그림이야기며 옛날이야기가 가득했다.

어느 누군가의 칼라 그림 도록도 있고 간혹 편지가 부록으로 있는 연애 소설까지 없는 게 없었다.

헌책방은 최적의 놀이동산이었다.

동네에서 제일로 부티 나고 우아해서 필요 이상으로 이쁘기까지 한 할머니는 집에서도 그렇지만 헌책방에서조차 할아버지와 각별했다.

모르는 이가 보면 늘그막에 재혼한 황혼 커플로 착각할 만큼 두 분의 금슬은 좋으셨다.

늘 하하, 호호, 이녁, 저녁 하며 온 동네를 동물 농장이자 닭장으로 만드는 신기한 재주가 있으셨다. 결국 인근에서 가장 독보적인 닭살 커플이자 알레르기 유발 커플로 인증받은 원앙이자 이웃 부부들의 싸움을 유발시키는 원망 커플이 되셨다.

그런 두 분의 그늘 아래서 지민화는 365일 천진했고 행복했다.

부모님이 안 계신 게, 부자가 아니라서 물질적으로 풍족하지 않단 사실이 아무런 문제도 되지 않았다.

사랑은 충분했다. 화수분처럼 두 분의 사랑은 넘치고 넘쳤다. 집 안엔 늘 웃음과 행복이 꿀처럼, 꿈처럼 차고 넘쳤다.

어느 날 갑자기라는 말이 맞아떨어지는 그 일이 생기기 전까지는.

딩동. 벨 소리에 본능적으로 시계를 본 서우는 이 시간에 올 만한 사람을 떠올려 봤지만 마땅한 사람이 없었다.

"누구세요?"

"강준후입니다."

"······!"

강. 준. 후. 그 사람이 이 시간에 어쩐 일이지.

짧은 순간 갖은 이유를 떠올리다 문을 열었다. 그러자 슈트 발 자랑하는 강준후가 눈인사를 하며 화실 안으로 들어왔다.

다시 봐도 강준후의 강점은 심하게 잘 어울리면서도 어떤 형식으로라도 소화해 낼 듯한 타고난 슈트 핏이었다.

현재 바나나 채취 과정을 담으러 필리핀 어느 섬에 촬영 간 태평은 늘 점퍼에 남방 차림이 전부였다.

전부가 근육이라고 하기엔 다소 무리가 있는 벌크한 체격과 물결치는 살집 때문에 슈트가 불편한 것도 있지만 태평은 어릴 적부터 불편한 걸 싫어했다.

"이 시간에 무슨 일로······."

방문 목적을 묻는 서우에게 강준후는 각기 사이즈와 색이 다른 가방 두 개를 건넸다. 그것은 일식집 로고가 박힌 것과 낯익은 죽 브랜드 가방이었다.

"이 근방 지나다가 샀습니다."

이 무슨 소리인지······. 이 근방 지나다 일식집에 가 무언가를 사고 죽집에 들러 죽을 살 수도 있지만 그 가방들을 안고 이 남자가 왜 여기에 있는지 그게 궁금했다.

그 같은 궁금함과 의문을 감추지 않고 서우는 강준후를 쳐다봤다. 그러자,

"11시부터 두 시간 넘게 수업하면 지쳐서 끼니 챙기러 나가

기도 부담스러울 것 같아서 사 왔습니다."

그 같은 말을 끝으로 강준후는 두 개의 가방을 한쪽 테이블에 놓고 서우를 가만히 쳐다봤다. 그러더니 순간적으로 꺼림칙한 표정을 하고 다시 고집스럽다 싶을 정도로 응시했다.

"왜 그렇게 보세요?"

"지서우 씨."

"네."

"주말에 뭐 했습니까?"

"주말이요?"

"그래요."

주말엔 아무것도 하지 않았다. 정말 아무것도. 이불 안에서 침대만 죽어라 사수했을 뿐.

"아무것도 하지 않았는데요. 그런데 왜 갑자기 물으시는 건지……."

"피곤해 보여서요."

귀신까지는 아닌데 관찰력이 남달랐다. 어깨 지존이라기보다 슈트 지존 강준후는.

순간 묘하게 가라앉은 분위기도 그렇고 어떤 답을 해야 할지 모르겠는 서우 머리 위로 강준후의 시선이 머물렀다.

"일전에 물으려다가 말았는데 저 문 안에는 뭐가 있습니까?"

강준후가 가리킨 곳은 화실에 딸린 작은 방이었다. 간혹 쉬기도 하고 움직이기 귀찮아 잠을 자고 일어나는, 서우도 쓰고 지원도 쓰는 어중간한 공간.

"빈 공간인데요."

강준후는 좀 더 적확한 설명과 묘사를 원하듯 쳐다봤다. 그런 이유로 말은 저절로 일 정도로 빠르게 나왔다.

"수강생들의 공간은 아니고 제 공간이에요."

"안에 냉장고 있습니까?"

"냉…장고요?"

저 안도 그렇고 화실로 쓰는 공간에도 냉장고는 두지 않았다.

목마름은 기본이기에 정수기로 물을 마실 그 정도만 구비돼 있었다.

싱크대 등 기본적인 것들 또한 구비돼 있지만 만약을 대비해 이 안에서 조리는 물론이고 발화성 물질이나 그 비슷한 것들은 모두 피하고 치웠다.

상상력과 색의 향연, 기발한 도상이 민화의 기본이지만 그 무엇보다 기본 중에 기본은 그림을 그리는 좋은 종이였다.

장지를 비롯해 순지인 한지는 모든 게 조심스러웠다. 더구나 회원들의 소중한 작품을 꽤 많이 보유하며 동시에 보관하고 있어 상당한 부담을 안고 있는 서우였다.

"아니요."

"그렇군요."

강준후는 뭔가 대단한 사실을 알아낸 듯 미간에 힘을 주었다. 아무래도 이 같은 행동은 이 남자의 습관이자 자신은 모르는 버릇인 듯했다.

일전에 서로 지난한 대화를 할 때도 이랬었다. 이렇게 힘을 줬다. 손끝으로 문질러 주고 싶을 정도로 힘을 팍.

"미안합니다."

"네? 뭐가 미안하다는 말씀인가요?"

"시간 뺏어서요."

"아니, 그렇게… 그건 아니에요."

"가방은 수업 준비 전에 저 방 안에 두는 게 좋을 것 같아요. 두 개 다 일인분씩이니까 수강생들이랑 나눠 먹지 말아요."

"……!"

"이만 가 볼게요."

"가…신다고요?"

그 같은 질문에 강준후는 현관 앞에서 멈춰 섰다. 매번 너무도 정직한 시선과 곧은 눈빛으로 쳐다봤다.

"가지 말까요?"

"아니요. 그게 아니라 무슨 일로 오셨는지 아직 말씀을 하지 않으셔서."

"말했습니다."

했던가. 근데 기억이……. 아무래도 잠을 자고도 그만큼 설친 탓이려니 했다.

"근처를 지나다 지서우 씨가 생각나 도시락 사 왔다고."

그래, 그랬었다. 그렇게 말을 했었다. 이 남자는.

"수요일 강의 기대하고 있겠습니다."

"네. 그때 뵐게요."

공손하게 답을 한 서우는 현관을 나서는 강준후를 배웅했다.

이내 문이 닫히고 강준후는 이 공간에 없던 사람처럼 사라졌다. 테이블을 차지한 커다란 도시락 가방 두 개만 남긴 채.

준후는 어느 층 허공에 매달린 엘리베이터를 기다리는 대신 비상구를 택했다.

아무래도 힘을 실은 걸음으로 계단을 내려가는 게 빠르기도 하고 자신이 이곳에 온 사실에 대해 잠시 생각해 볼 여지가 있었다.

아침에 출근한 이후 계속 지서우를 생각했다.

그 이유는 주말 내내 회자된, 윤정미 여사가 소장한 작품에 대한 가족 저마다의 느낌과 평가 때문이었다.

윤정미 여사는 작가이자 화가에 대해 그 어떤 말도 하지 않으셨다.

그날 밤 지민화의 작품을 가지고 계신다는 커밍아웃은 그날 밤만의 신기루인 듯했다.

그런 이유로 지민화를 찾아 섭외하라시던 회장님은 지민화의 책거리에서 그린 이의 소박하고 정직한 성정이 느껴진다고 하셨다. 마지막에 한 말씀 보태시긴 했다.

'왠지 우리 윤정미 여사만큼 아름다운 사람일 거 같아. 외모도 소양도.'

외부에 따로 작업 공간을 가지고 있어 일주일에 한 번 안부 인사 겸 집에 오는 동생은 그림을 그린 이는 분명 뜨거운 열정을 가진 매혹적인, 여자일 거라 평했다.
그처럼 평가한 이유에 대해 준영은 말했다.

'뭘 물어? 내 육감과 감상인데. 근데 확실한 건 이 작가 나만큼이나 재능도 그렇고 피가 뜨거운 부류 같아. 어설프게 힘준 그림들과 달리 여유가 있는 걸로 보아 내 과가 분명하고. 이렇게 보니까 내 자화상을 보는 듯하네. 이쁘면 좋겠다. 꼬셔서 연애하게.'

저마다 다른 평가와 해석이지만 하나는 동일했다.
작가가 매력적인 여성일 거라는 추측과 분명한 기대감.
그 같은 이유로 지서우가 모두의 관심 밖이자 그녀의 존재를 아무도 몰랐으면 하는 이상한 바람을 갖게 됐다. 이는 필시 작품과 작가를 동일시한 애착 감정이자 나름 적확한 개인 평론가로서의 입장인 듯했다. 그게 아니라면 이 정도의 소유욕 가득한 해석은 이해되지 않았다.

그를 제외한 더 이상의 관심 폭주는 싫다는 이기적인 판단과 욕심도 그렇고.

공간 이동을 했는지 회의를 마치고 엘리베이터에 서 있었는데 문이 열리고 보니 바림이었다.

지민화가 지서우란 이름으로 숨어 지내는 곳.

정신을 차리니 도시락을 들고 그 사람의 공간으로 스미듯 들어서고 있었다.

아무래도 그 밤, 옥상에서 넋을 놓고 밤바람을 맞던 지서우의 표정이 기묘한 여운을 부르고, 윤정미 여사가 그토록 자랑한 그 순간의 감정과 감상이 강렬해 그런 듯했다.

그렇다고 해야 이 기막힌 발걸음과 무의식이 설명됐다.

이틀 사이 낯선 감정은 빠른 페달을 단 듯 달렸다. 지금 이 순간도.

❀

민화 초급반의 강점은, 매력은 이런 점이다.

침묵과 정적, 고요의 바다인 심화반에는 전례 없고 전혀 없는 격한 탄성. 같은 마음으로 어울려져 숨넘어가는 신음과 탄식. 더불어 이런 환호.

"어머나! 짱 신기해요. 제가 진정 이 밑그림을 그린 건가요? 강사님."

유독 질문이 많아 진도를 빼지 못하던 강남 꽃 제비가 오늘 전사를 마치고 세필까지 무사히 마친, 의미 있는 순간이었다.

오늘은 채색의 묘미까지 경험할 수 있게 되었다. 어쩌면 바림까지.

"바림은 언제 해요?"

"뭘 알면서 물어? 밑그림 전부 꼼꼼히 채색해야 음영이 들어갈 거 아니야?"

서우보다 늘 한발 앞서 거들어 주는 꽃 제비 친구였다. 일명 초급반의 만담 커플.

"나 하는 것 봤잖아. 내가 어디 채색 다 하기도 전에 바림하디?"

"넌 입 좀 닫으시고 그림이나 완성하세요."

"너야말로 손과 눈, 집중력으로 그리세요. 입으로만 그리지 말고. 그죠? 강사님."

일순간 두 친구의 초롱한 네 개의 시선이 서우에게 집중됐다.

예전과 다르게 순발력이 부실한 서우는 마땅한 답을 하지 못했다.

"그게……."

"강사님, 저 좀 봐주세요. 모란꽃 바림이 잘 안 돼요."

마침 적절한 순간 난처한 그녀를 살리는 멘트다 싶어 서우는 어설픈 미소를 얼버무린 채 자리 이동을 했다.

"지 강사님 그런 건가요? 지금 대답을 회피하신 거죠?"

"시끄럽고 얼른 채색이나 해. 이 중에서 네가 가장 늦잖아. 쓸데없이 입만 바쁘고."

자리 이동을 한 후에도 결코 밉지 않은 만담 커플의 소란은 계속됐다.

민화 초보자에게 바림의 묘미와 매력은 상당한 듯했다.

동양화를 전공하지 않은 이에게 바림은 두근거리며 매 순간 숨죽이는 터치인 건 분명하고.

서양화를 전공한 서우에게도 바림은 그랬었다.

그리 특별한 기법 같지도 않으면서 묘하게 매력을 느꼈다. 이들처럼.

"자, 이렇게 조금씩, 천천히 해 보세요."

자연스럽게 색을 피는 건 말처럼 쉽지도 않거니와 물기 가득한 상태에서는 마른 후의 모습은 물론이고 감도 오지 않는 게 당연했다.

한지 위에서 색이 마른 후, 그 고유한 색이 발색돼야만 바림을 잘했는지 알 수 있었다.

중급반과 심화반은 바림을 하면서 알 수도 있지만 초급반 수강생들에게는 어려운 일이 분명했다. 바림을 하면서 감을 잡고 촘촘하게 색을 도포하는 건.

한지는 절대 한 번에, 단번에 깊은 색을 보여 주지 않는다.

어렵고 난해한 사람의 마음 길과 다르지 않았다. 정성과 시간이, 인내와 끈기가 보태져야 비로소 보이기 시작한다.

몇 번 숨을 고른 채 부르르 떨리는 마음을 단속하며 손끝에 모든 기와 숨을 모아 색을 반복해야 깊이 있고 은은한 발색이 되며 전체적으로 조화로운 색을 발했다.
 민화의 많은 매력 중 이 정성스런 과정의 반복이 좋았다.
 반복되는 붓질만큼이나 이 그림을 받는 누군가의 행복과 기쁨 가득한 얼굴을 상상했기에 그 많은 붓질이 고역이지 않았고 고되지도 않았다.
 민화는 처음부터 끝까지 즐거운 과정이기에 좋아하는 이와 연애하는 마음이라고 표현해도 틀리지 않았다.
 즐거운 과정에서 오는 결과는 당연하다 싶을 정도로 찬란했다.
 지금은 그 모든 감정과 과정의 빛남을 잃고 잊어버렸다. 그보다는 잊은 척 살고 있다.
 이렇게 강의를 할 때면 어느새 그 모든 과정과 설렘이 기억나면서 알 수 없는 기운이 솟기도 했다.
 그건 아마도 오래전 지민화의 전부이자 자체였던 민화의 에너지, 남다른 화제성과 이야기, 또 다른 이야기로 이어지는 연속성과 생명력이지 싶었다.
 "지 강사님이 도와주신 이 아이 바림이 잘돼서 그런지 너무 이뻐요."
 "……."
 "물기가 마르니까 생각보다 색도 깊고 은은한 게 제 그림이지만 너무 뿌듯해요. 여기 살짝 색이 번지고 또 요기는 선 밖으로 나가서 포기해야 하나 싶었는데… 이 아이 끝까지 가 봐야 알 것 같아요."

자신의 그림을 똑 닮은 말간 표정에서 유난스레 빛이 났다.

부끄러워하면서도 분신과도 같은 그림에 대한 애정과 애착이 수강생을 다시 한번 바라보게 했다.

지난 시절 서우도 이럴 때가 있었다.

이렇게 순수하고 솔직한 모습으로 그녀만의 우아하고 의미 가득한 민화를 그리던 가슴 뜨겁던 시절이.

할머니, 할아버지의 든든한 지원과 인정을 받으며 무럭무럭 성장하던 그때가.

요사이 이전과는 다르게 자주 생각났다. 무언가를 아무도 모르게 감금하고 봉인했던 그날, 이전의 지민화가 이렇게 가끔, 뜬금없이 되살아나는 횟수가 늘어났다. 길어지고.

'듣고 싶습니다. 돈을 벌기 위한 저축성, 장기 투자형 그림이 아닌 내 가족을 비롯해 진심으로 교류하는 지인들과 저녁 시간에 편하게 이야기 나눌 수 있는 민화를 배우고 싶습니다. 진심으로.'

'보살님은 그림을 그려야 행복한 팔자야. 천생 환쟁이지.'

도발 같은 의지 표명도 그렇고 몇 해 만에 들은 할머니의 말은 서우를 강하게 흔들었다.

어쩌면 지민화의 그림이 가장 필요한 이는 다른 누구도 아닌 할머니가 아닐까…….

아주 오래전 지서우가 지민화일 때, 늘 완성을 미룬 채 습작만 하던 자신이 민화를 처음 완성했을 때, 그 완성품의 그림을 누구도 아닌 할머니께 선물했을 때, 그 모습이 또렷하게 기억나고 떠올랐다.

마치 세상 전부를 얻은 듯 행복해하시던 모습과, 손녀의 얼굴과 그림을 함께 품에 안으시며 눈물 보이시던 그 순간이.

"강사님, 매화에 칠하는 붉은색이 말랐어요."

"……."

"물만 좀 더하면 똑같은 색 나오는 거죠? 시간을 너무 끌어서 꽃잎마다 톤이 달라지는 건 아니겠죠? 이러다 그림 망치는 건 아니죠? 여기, 저 좀 봐주세요."

이러다 영영 민화를 그릴 수 없는, 막연하고 막막한 순간이 올까. 그처럼 무섭고 두려운 순간이 오게 될까. 만약 그렇다면 어떡해야 하는 걸까.

누군가 말을 해 줬으면 싶었다.

이 순간, 마치 한 세기와 같이 느껴지는 이 찰나의 순간 두려움과 갈망, 막막함과 공복감과 같은 갈증으로 인해 미치도록 그림을 그리고 싶었다.

이 공간 누군가로 빙의해 언젠가처럼 지민화다운, 지민화스러운 민화를 완성하고 싶어졌다.

손이 아닌 마음이 문제였다.

억지를 부리듯 손 때문이라고 핑계를 대도 종국엔 이 뜨거운 마음이.

❀

수요일 저녁 7시 강준후와 함께하는 첫 수업.

점점 다가오는 시간을 확인하며 빈 물통에 물을 채우고 뽀야니 동그란 도자기 접시에 필요한 물감을 풀었다.

한동안 하지 않던 일대일 개인 레슨이라 그런지 긴장이 됐다.

강준후의 또렷하고 분명한 눈빛과 함께, 독특한 저음의 울림을 들으며 수업을 할 생각에 벌써부터 긴장이 되면서 왜 이 고생을 해야 하나 싶었다.

"돈을 받았으니 하지 왜긴 왜겠니, 멍청한 지서우."

단호하게, 무례하고 무식하다 할 정도로 거절하며 잘라야 했는데 그걸 못 해 이렇게 불 위를 걷는 이처럼 안절부절에 앙앙불락하는 꼴이 돼 버렸다.

지민화를 찾아온 인물에게 지서우의 이름으로 민화를 가르치다니…….

이건 도박이자 위험한 게임이 분명했다.

즐길 수도, 즐기지도 못하면서 운명이 건 장난에 겁도 없이 손을 잡은 듯한 무거운 기분.

딩동. 초인종이 울려 서우는 그 같은 감정을 재빨리 수습했다.

어차피 시작하기로 했고 이미 시작된 일이라면 잘 해내고 싶었다.

강준후의 직업이 민화와 관련된 일을 하며 개인적으로도 민화에 관심이 있는 것 같으니 어렵게 생각하지 않기로 했다.

그렇게 스스로를 달래며 문을 열었다. 강준후는 오늘도 역시 슈트 천재였다.

"어서 오세요."

"안녕하세요, 지서우 강사님."

"네, 안녕하세요."

서우는 세팅해 놓은 자리를 가리키며 앉으라고 했다.

강준후는 창가 쪽에 있는 옷걸이에 슈트 재킷을 걸고 흰색의 셔츠 팔 부분을 두세 번 접어 올리며 자리에 앉았다.

그 모습이 마치 CF의 한 장면을 보는 듯 느리게만 보였다. 아무래도 김태평 외 낯선 남자와 이만큼의 거리감은 오랜만이라 그런 듯했다.

서우는 두 팔을 말아 올린 강준후와 시선을 마주한 채로 설명을 시작했다.

"민화를 처음 시작하는 분들께는 민화가 어떤 그림인지, 전통 동양화와 무엇이 다른지, 왜 뜻 그림이란 말을 하는지 설명하는 시간을 먼저 가져요."

경청하는 강준후는 그 자체로 모범적인 분위기를 자아냈다. 숨소리조차 내지 않으며 시선은 오직 서우에게만 향했다. 민화 강의를 듣는 모든 초급자들이 그렇듯.

"하지만 강준후 씨는 적을 두고 있는 회사의 특성상 그 같은 설명은 하지 않아도 될 듯한데, 어떤가요? 바로 수업에 들어가도 될까요?"

"질문이 있습니다."

"말씀하세요."

말을 하라고 했지만 은근 긴장이 됐다. 괜히 난처한 질문을 하면 어쩌나 하고.

"지서우 강사님께 민화는 어떤 의미입니까?"

이게 또 무슨 의도이자 작당인가 싶었다. 애써 수습한 마음과 달리.

이 같은 마음을 모르는 강준후는 주저 않고 말을 이었다.

"적지 않은 시간 민화를 가까이했고 이렇게 화실을 운영하는 정도면 직업적인 의미 말고 다른 이유가 있지 않을까 해서요."

요사이 한 번도 생각해 보지 않은 말이었다. 굳이 할 필요도, 하고 싶지도 않았고.

그렇다 해도 답은 해야 했다. 결코 적지 않은 수강료를 내는 유독 진지한 수강생에게 질문을 받았으니.

"저에게 민화는……."

순간 아무런 생각이 나지 않으면서 너무도 많은 감정이 가슴과 머리를 스치듯 지나갔다.

마치 꿈이 아닌 현실에서 타임리프를 하는 듯한 찰나의 불비하고 불완전한 기분이었다.

지민화에게 민화는 존재의 이유 그 자체였지만, 민화 작가가 아닌 민화를 가르치기만 하는 지서우에게 민화는,

"그림일기 같은 거예요."

급조하거나 과장된 표현이 아닌, 듣기 좋으라고 한 말도 아니었다.

분명 행복한 일기를 쓰는 이처럼 매일 민화를 그렸었다. 지서우이자 과거의 지민화는.

"학교에 낼 숙제가 아니라면 일기라는 게 누군가 강요해서 쓰는 건 아니잖아요. 자기 자신이 스스로에게 하고 싶은 말이나 다짐, 각오, 기억하고 싶은 일과 상황은 물론 꿈과 희망을 쓰기도 하죠. 다른 누군가를 생각하면서 희로애락을 쓰기도 하고요. 저에게 민화가 그래요."

"……."

"제가 생각하고 느끼는, 바라고 희망하는 모는 것들을 그림으로 그리는 거. 민화는 제게 그런 의미예요."

한때는 삶 자체였다.

모든 감정의 기반이자 발로였고 감히 생이자 삶이라고 말

할 수 있었다.

"지금도……."

낮은 톤으로 흘러나오는 강준후의 입을, 남자의 신중한 표정을 놓지 않고 응시했다.

"그림일기는 꾸준히 쓰고 있나요?"

단순하면서도 중의적인, 실로 기묘한 질문이었다.

처음 지민화를 찾아온 강준후를 생각하면 대답이 망설여졌지만, 지금 강준후 앞에 서고 강준후를 가르치는 사람은 지민화가 아닌 민화 화실 바림의 지서우일 뿐이었다. 피하며 못할 대답은 없었다.

"전처럼은 아니지만……."

강준후의 표정은 궁금함과 호기심이라기보다 걱정과 우려가 큰 듯 보였다. 분명 오버에 착각인 걸 알겠는데 그랬다.

"그리긴 해요."

민화 화실을 운영하는 지금 완전히 감춘다는 건 무리였다.

그리긴 그린다고 모두에게 떠벌리며 할 말도, 그럴 이유도 없기에 서우도 잊곤 하지만 이곳이 아닌 개인적인 공간에서는 어느 날, 어느 밤에 몽유병 환자의 모습으로 민화를 그리는 자신을 확인했다. 기억하고.

어느 밤은 그리 즐기지 않던 파초도(끊임없이 돋아나는 파초의 새순처럼 선비에게 지식과 열정을 이끌어 준다는 의미와 질긴 생명력으로 인해 기사회생이란 의미가 있다.)를 간결하고 대담한 구성으로 그렸고, 어느 새벽은 춘화도(남녀 간의 사랑을 해학적으로 그린 풍속화)를 그리고 있는 스스로를 보며 깜짝 놀라기도 했다.

춘화도는 몽롱한 의식 속에서 그려서 그런지 지민화일 때 간간이 그렸던 아련한 춘화도보다 열 배는 더 에로틱하고 관능적이기까지 했다. 그렇다고 일본의 우끼요에처럼 노골적이면서 과장된 그것은 아니었다. 절대로.

춘정 가득한 춘화도는 지금 저 꼭대기 집 어딘가에 꽁꽁 숨겨 두었다. 맨 정신으로 보기엔 너무도 민망하고 꽤나 야릇하기에.

"주로 어떤 일기를 그리는지 궁금하네요."

"네?"

나름 구성은 멋스럽지만 그만큼 멋쩍기도 한 춘화도를 생각하고 있던 서우는 놀란 마음에 조금 큰 소리도 되물었다. 그러자 강준후는 이제까지와는 조금 다른 시선으로 쳐다봤다.

"왜 그렇게 놀랍니까?"

"놀라긴요……. 어떤 일기냐고 물으셨는데 사실 일기는 지극히 개인적인 거라 답하기는 곤란하네요. 뭐, 기분에 따라 다르겠죠. 일긴데."

서우는 강준후의 추측을 잘라 낼 의도로 재빨리 답을 했다.

"서론은 이 정도로 하고 본격적인 민화 수업을 시작할까요?"

"질문이 있습니다."

무슨 질문이 이리도 많아 진땀나게 하는 건지. 아무래도 초급반이란 정형적인 프레임에 넣을 이는 아니지 싶었다.
"말씀하세요."
"제가 수업을 받는 중에 지 강사님은 무얼 하시나요?"
"저요?"
"네."
무슨 일을 하다니, 그걸 지금 질문이라고 하는 건지.
"일대일 수업을 하니까 강준후 씨를 어시스트하면서 그림을 잘 그릴 수 있게 도와야죠. 최대한 정성껏."
그 같은 설명에 강준후는 잠시 골몰하는 듯한 표정을 했다.
흰 셔츠를 입은 남자의 고뇌하는 모습은 의외로 보기 좋았다. 왠지 모르게 시선을 끌기도 하면서 섹시하달까. 여하튼 그런 색다른 기분을 느꼈다.
"지금 말한 것처럼 이 시간은 개인 수업이고 다른 강의와 다르게 시간과 텀이 많이 날 것 같은데 지 강사님도 저와 같이 그림을 그리는 건 어떨까요?"
"……!"
"스케치도 그렇고 지 강사님 도움이 필요할 때는 주저 않고 요청을 할 테니까, 그 외 혼자 해야만 하는 순간에는 강사님도 그림일기를 그리는 게 어떨까 해서 묻는 겁니다. 옆에서 지 강사님 그림 그리는 거 보면 자극은 물론이고 동기 부여도 될 테고, 덤으로 감상도 하는 의미 있는 시간이 되지 않을까 싶어요."

강준후는 그 같은 말을 하고 쳐다봤다. 그 시선과 표정이 너무 아무렇지 않아 서우는 자신이 잘못 들었나 싶을 정도였다. 그런 건 아니었다.

분명히 들었다. 강준후의 엉뚱하고 의도가 불분명한 제안을.

"다른 의도는 없습니다."

서우의 감정이 얼굴 어딘가에 나타난 건지 강준후는 추가 설명을 했다.

"오늘도 그렇고 앞으로 삼 개월 가까운 시간 우리 두 사람이 함께하는 시간이 적지 않기에 각자의 일기를 쓰는 게 어떤지 의견을 낸 것뿐이에요."

표정으로 타인의 생각을 읽거나 판단하고 판정하는 게 무의미하고 무례할 수 있지만, 지금 이처럼 황당한 말을 하는 강준후의 의도는 그의 말과 다르지 않은 듯했다. 그렇다 해도 받아들일 생각이 없었다.

"강준후 씨……."

"개인적으로 지 강사님 그림일기가 궁금한 건 사실입니다. 오랫동안 그림일기를 쓴 사람은 대체 어떤 그림을 그리는가 싶기도 하고. 또 그처럼 가느다란 한 손에 힘을 주면 그 손은 대체 어떤 마법을 부릴까 궁금했습니다."

"……."

"보고 싶고."

서우는 생각을 가감 없이, 기탄없이 내뱉는 남자 수강생을 가만히 들여다보듯 쳐다봤다.

강준후는 실로 묘한 사람이었다. 알 수 없는 남자고.

분명 어떤 소문과 풍문을 듣고 의도를 숨긴 채 찾았을 것이다.

애초와는 또 다른 계산을 품고 이곳 바람에서 민화를 배우겠다고 했을 텐데, 이상하게 이 남자가 하는 말은 전부 진심같이 느껴졌다.

그림을 함께 그려 보자는 제안도 진심. 순수하게 궁금하다는 말도 진심. 지서우의 그림일기가 보고 싶다는 말까지 전부 다 진심처럼 들렸다.

그야말로 그럴 리가 만무한데도 그렇게 전해졌다.

신기한 일이었다. 강준후의 말과 마음이 이처럼 왜곡과 굴절 없이 그대로 느껴지는 건.

"조금만 크게 그려 보세요."

"이렇게 말입니까?"

강준후는 조심스런 터치와 다르게 엄청나게 큰 선을 그리고선 영 감을 못 잡겠다는 아리송한 표정을 지었다.

"아니요. 그렇게까지 크게, 하마 입 수준은 아니고요."

"……!"

비유가 충격적이었는지 강준후의 시선이 조금 얇고 길어졌다. 그러니까 좌우로.

"자신이 지금 꽃 중의 꽃인 모란을 그린다는 사실을 잊지 마세요."

"나도 잊지 않고 있습니다."

"한데 왜 완전히 잊은 것처럼 고래 입 같은 모란을 그리시는데요?"

나름 적확한 평가에 강준후는 대놓고 째려봤다.

"방금 전엔 하마 입이라더니 이젠 고래입니까? 지서우 강사님."

"아니, 그게……."

"상당히 터프하시네요. 민화 초급자를 대상으로 한 지 강사님의 교육 방식과 남다른 철학은."

"……!"

좀 심했다 싶어 서우는 시선을 빠르게 돌렸다.

사실 어디 가도 빠지지 않을 미학적 얼굴도 그렇고 색감도 잘 배합해 차려입는 슈트 천재인지라, 무엇보다 실전에 돌입하기 전 나눴던 이야기로 인해 그림도 어느 정도 그릴 줄 알았는데 강준후의 눈대중과 원본 해석 능력은 참담하니 안타까운 수준이었다.

개인 레슨인지라 평소보다 열 배의 노력과 열정을 아끼지 않는 서우의 노력과 디테일한 참여, 참견이 무색할 정도로 강준후 수강생의 손은 한지 위에서 길을 잃고 있었다.

지금 이 순간도 자신이 들고 있는 카탈로그 속 탐스런 모란

이 아닌 어느 육식 동물의 늘어지고 처진 목젖을 그리는 수준이었다. 정절미로 유혹하듯 만개한 모란꽃잎이 아니라.

서우는 맘속으로 긴 한숨을 삭였다. 그런 후,

"이리 줘 보세요."

내민 서우의 손을 보며 주저하던 강준후는 결국 연필을 건넸다. 강준후 옆으로 의자를 바짝 당겨 앉은 서우는 연필과 다르게 끝까지 사수하려는 한지를 두 사람의 중간 지점에 둔 채 고래 입을 닮은 모란을 부지런히 지워 나갔다.

"원래는 이렇게까지 손을 대지는 않아요, 제가."

왠지 모르게 새침하게 말을 해 버렸다.

"나도 이제껏 이렇게 구박받은 적 없습니다."

반박이 만만치 않았다.

"구박은 아니죠. 수강생을 위해 이렇게 눈높이 교육과 빨간 펜 버금가는 수업을 진행 중인데요. 지금."

"말만 그렇게 하지 말고 여리고 예민한 수강생의 마음까지 배려하고 독려하는 수업을 받았으면 합니다, 난."

"……!"

"……."

결코 말로는 이길 수 없는 위인이었다. 그림에 남다른 재능을 보이지 않는 강준후 수강생은.

또한 어느 저녁, 옥상으로 이끌었던 섬세한 감성의 남자는 지금 이곳에 없는 듯했다.

"강준후 씨는 어디 가면, 아니 어딜 가든 웬만하면 그냥 서 있기만 하는 게 좋겠어요. 뭐 한다고 앉거나 더불어 손으로 어필할 생각 마시고."

"지서우 강사님……."

"자, 여길 보세요. 여기."

서우는 강준후의 반발 가득한 목소리를 모르쇠로 되받고 이합지 위에서 움직이는 손이자 앞으로 그려질 모란에 집중했다.

한지 위, 먼저 위치를 정하고 형태를 대략적으로 잡아 주인공인 게 당연한, 귀하고 귀티 나는 모란을 좀 더 구체적으로 그려 나갔다.

"……!"

순간 욕심껏 뻗어 나가는 손과 선을 제지하거나 움츠리게 하는 그 무엇도 느낄 수 없었다.

그런 이유로 모란은 금세 모란다워졌다.

"자, 보세요. 이 모란 어느 쯤에서 하마와 고래가 연상되는지?"

짓궂게 할 마음은 결코 없었는데 왠지 모르게 입은, 말은 그렇게 나와 버렸다.

"지서우 강사님."

오랜만이었다. 모란도 속 모란과 이렇게 대면하는 건. 그래서 그런지 왠지 모르게 이 순간이 즐거웠다.

"지 강사님."

"네…에……."

"이제 그만 넘겨주시죠."

"…잠…깐만요. 여길 이렇게. 요기는 여기보다 크게. 그러면서 접힌 부분의 디테일은 살리고!"

왠지 모르게 모란도 속에 들어앉은 듯한 기분이 들었다. 즐거웠다. 그로 인해 손은 빠르게, 유연하니 거침이, 막힘이 없었다.

"지서우… 씨."

조금은 엄격한 톤으로 인해 고개를 돌리니 강준후의 얼굴이 바로 앞, 조금의 틈도 없이 다가와 있었다.

사시가 될 정도로 서우는 강준후를 쳐다봤다. 아니, 볼 수밖에 없는 거리며 유일한 대상이었다.

이 순간 모란꽃처럼 붉어 보이는 강준후의 입술은 촉촉했다. 남자의 입술이라고 하기에는 반칙일 정도로.

서우는 그런 스스로에게 놀라 머리를 뒤로 물리는데 강준후가 손을 낚아채듯 잡았다.

"……!"

떨어지며 차츰 멀어지던 고개가 그대로 멈췄다.

"손…은 왜?"

"연필, 줘요."

"네?"

"내가 그립니다. 이제부터는."

어지간히 자존심이 상한 듯한 멘트였다. 서우가 위축이 될 정도로 얼마간은 협박조이기도 하고.

연필을 넘겨받은 강준후는 서우가 그린 모란도 위에 조심스레 선을 더하면서도 야금야금 수준으로 그려 나갔다.

이상했다.

경직된 듯 굳었던 손이 주저 없이 자연스러운 것도. 누군가 앞에서 그린다는 게 두렵지 않고 즐거운 것도. 또 강준후와의 이런 시간이 예상보다 편하고 이 순간 집중하는 이 남자의 옆모습을 근거리에서 볼 수 있단 사실이 흥미로운 것도 전부 다.

마치 오랜 저주와 주술이 풀리는 듯한 이상한 기분이 들었다.

준후는 줄곧 생각했다.

그야말로 고군분투했던 민화 수업이 아닌 자신이 지서우에게 한 말이 진심인지 아닌지를.

그 자신도 헷갈렸다. 지서우에게 품은 개인적인 관심을 차치하고 그가 한 모든 말에 진정 숨은 의도와 계산은 없었는지…….

지서우는 민화를 그림일기라 말했다.

그림일기란 건, 결코 누군가에게 보여 주려는 의지와 마음이 없단 말을 에둘러 말한 듯했다. 진심이 내포됐다는 건 충분히 짐작할 수 있었다.

 일기는 거울이자 또 다른 자아이고 무의식 속 자신이기도 해 거짓일 수 없었다.

 확실한 건, 지서우가 민화를 그린다는 사실이었다.

 실제로도 그 앞에서 누군가를 한 큐에 기죽이려는 듯 유연하고 거침없이 그렸고.

 결국 도통 그려지지가 않아 그리기 싫었던 모란도를 포기하고 연화도로 우회했다. 나름 개인적으로 만족도 높은 연화도를 스케치하는 동안, 지서우는 모란도를 그릴 때와 달리 창밖으로 시선을 하고 생각에 잠겼다.

 갑자기 급전환된 분위기 탓에 무슨 생각을 하냐고 묻고 싶었다.

 무례하니 우매한 질문이라는 걸 알면서도 저 너머로 시선을 한 지서우에게 바싹 붙어 그를 긴장시키며 떨리기까지 했던 그 당돌한 모습으로 돌아가 물어보고도 싶었다.

 또한 사진 속 그 정도의 미소는 아닐지라도 연화도를 그리기 전후로 나눈 대화와 한순간 보인 불안한 눈동자, 살짝 비켜 보는 각도의 가만한 표정, 모란보다 붉은 입술까지 전부 다 복기하고 반복해 다시금 보고 싶었고.

 이 모든 게 한순간 매료된 사진 속의 모습, 지서우 개인에게 향하는 감정인지, 아니면 어떤 의도와 목적을 품은 채로 찾고 싶었던 미스터리한 작가에게 쏟아 내는 다양하고도 복잡한 감정인지 적확하게 알 수 없었다. 자신할 수도 없고.

준후는 평소 그답지 않은 혼란으로 인해 주차장에 도착한 후에도 차에서 내리지 않았다.

'저에게 민화는 그림일기 같은 거예요.'

그 말을 하는 표정은 슬프지도 억지스럽지도 않았다.

지민화일 때 민화가 그녀에게 어떤 의미인지는 알 수 없지만, 현재 지서우에게 민화는 그런 뜻인 것만은 확실했다.

그 정도의 무게. 그만큼의 의미와 일상적인 행위.

"후우……."

그보다 더한 무게이자 어쩌면 그녀의 전부일 게 분명한 민화를 그처럼 담백하게 표현한 지민화가 조금 더 많이 궁금해졌다.

의외의 모습과 함께 장난기와 심술까지 보인 지서우의 모든 게 알고 싶고 궁금했다.

이처럼 강렬한 충동과 열망은 처음이었다.

단 한 번도 다른 이를 상대로 이만큼의 동요와 소요는 없었다.

누군가를 만나고 연애라 할 수 있는 만남을 가졌었지만 궁금하지도, 특별히 더 알고 싶지도 않았다. 그런 이유로 시작과 함께 시들해져 이내 끝이 나 버리는 만남과 달리 지민화에게는 매번 다른 톤의 다양한 감정과 의문이 일었다.

확신을 갖기 위해서라도 더 가까이, 좀 더 부지런히 다가가야 할 것 같았다.

뛰어난 그림 실력으로 누군가의 자존심과 자존감을 무참히 박살 냈으면서도 결코 미워지지가 않는, 지서우 당신에게.

3부

 민화 아트페어의 목적이 일반 대중들의 시선몰이 및 끌기라면 성공한 듯했다.

 비교적 좋은 위치와 편리한 교통 때문인지, 아님 주최 측의 홍보처럼 다양하고 흥미 있는 프로그램 때문인지 모르지만 색다른 축제에 관심을 갖고 온 이는 적지 않았다.

 얼마 전 방송됐던 드라마의 덕을 보고 있는 게 어느 정도는 분명했다. 하나 드라마 속 남녀 주인공은 진정한 민화인이라 할 수 없었다.

 민화는 본시 이름 없는 화가와 민중이 자유롭게 그린 그림이기에 당대 이름 있고 명망 있는 양반이나 왕손의 그림을 전통 민화라고는 할 수 없다. 궁중화라면 모를까.

요사이 좀 더 다르고 다양한 의견과 견해도 있었다.

누가, 어느 계층의 사람이 그린 그림을 민화로 분류하고 봐야 하는지 하는 그런 이야기들이.

그 같은 세심한 의견과는 별개로 행사는 나름 선전 중이었다. 주요 관심과 참여 계층이 중년으로 대거 쏠렸다는 게 간과할 수 없는 사실이기도 하고.

이곳을 지원과 함께 왔다는 사실이 엄청난 실수였다는 게 분명한 것처럼.

지원은 모든 부스에 들러 자신의 존재를 각인시키며 그녀가 오늘 행사의 주요 인사이자 진행 요원인 듯 구경 온 이들에게 홍보를 자처했다. 그로 인해 서우는 신인 작가들의 부스도 그렇고 오랜만에 익히 아는 작가님들의 작품을 자유롭게 감상일 수 있었다.

지원은 그녀만이 할 수 있는 남다른 배려를 하는 것도 같았지만 저토록 흥에 겨워 즐거워하는 걸 봐서는 꼭 그런 것도 아닌 듯 같고.

"지서우 씨."

지원이 인사를 나누는 무리와 일정 거리를 두며 주위를 살피던 서우는 갑자기 나타난 강준후를 보며 놀란 마음을 감추지 못했다.

"여긴 어떻게……."

순간 머리를 스치고 지나는 말이 있었다. 강준후와 마주한 첫날 명함과 함께 자신을 소개한 이 남자의 직업이.

"안녕하세요."

서우는 고개를 숙이며 인사했다. 꽤 가까이 선 강준후에게.

"일 때문에 오셨나 봐요."

"그것도 있고 만나고 싶은 사람도 있어서 왔습니다."

"네에."

오늘도 역시나 민화를 그리는 그림 실력과는 판이 다른, 슈트 천재 강준후는 모델 핏을 자랑했다. 그러면서 다른 이와 함께가 아닌 혼자였다. 주위를 둘러봐도 일행인 듯한 무리는 보이지 않았다.

"그럼 천천히 둘러보세요."

"……."

"재밌는 기획을 한 부스가 여럿 있어서 볼거리가 적지 않아요."

살짝 어색한 서우는 부연 설명을 보태며 연한 미소를 보였다. 그런 그녀를 강준후는 집요할 정도로 응시하며 관찰했다. 마치 무언가를 타진하는 듯이.

"다 봤습니까? 지서우 씨는."

강준후는 이동 않고 서서 여전히 부산한 지원을 반쯤 가리고 있었다.

"네, 어느 정도."

서우는 강준후를 보며 그녀의 상황을 어필했다. 동시에 조금은 어색한 기색도 함께.

"동행이 있어서 기다리고 있는 중이에요."

강준후는 이내 서우의 시선을 따라가 지원을 발견했다. 지원은 개인적으로 친분이 있는 무리를 만났는지 정신없이 이야기 중이었다.

"만약 일행이 저기 저 키 큰 여자분이라면 앞으로도 상당한 시간이 더 걸릴 것 같은데, 그동안 나와 함께하는 건 어때요?"

"네?"

예상 밖의 제안이었다. 난처하고 불편하기도 한.

"만나 보실 분이 있다고 하지 않으셨어요? 전 괜찮으니까 가 보세요. 저는 여기 좀 더 있다가 함께 온 일행과……."

"만나고 싶은 사람은 이미 만났고, 지금 하지원 씨를 기다리는 거라면 지금보다 한참을 기다려야 할 것 같으니까, 갑시다."

"네, 네? 지금 뭐라고 하셨어요? 누구요? 하…지원 씨라면… 어어, 강준후 씨."

말이 채 끝나기도 전에 강준후는 손목을 잡아끌었다.

아프게, 그렇다고 아주 살짝도 아닌 적당한 힘을 준 남자는 혼잡한 공간에서 벗어나기만을 바라듯 어딘가로 이동하기 시작했다. 목적지도 모른 채 적당한 속도의 걸음은 계속됐다.

서우는 손을 빼지 못한 채 어딘가 그와 닮은 걸음으로 분주히 걸었다.

도착한 곳은 아트페어 행사장 맨 뒤쪽 조금은 외져 있는, 구경 온 이들이 간간이 지나가는 장소이자 큰 창으로 반대편 아파트 불빛이 보여 조금은 차분할 수 있는 곳이었다.

강준후는 잠깐 기다리라는 말을 하고 어딘가로 향했다. 서우는 그런 강준후를 붙잡으려다 창밖을 보며 기다리기로 했다.

사실은 얼이 빠질 듯 정신이 없었다.

너무도 오랜만에 많은 이들이 붐비는 곳에 왔고 시야에 잡히는 모든 곳에 그림이, 낯설면서도 익숙한 민화가 전시돼 있어 행복하면서도 쓸쓸하고, 울적하면서도 즐거웠다.

마음은 미로 속에 던져진 미아 같았다.

그만큼 아무 생각도 나지 않으면서 너무도 많은 감정이 휘몰아쳤다.

다양한 작가들이 자신의 색과 감성을 입힌 성적표이자 이름표와 같은 민화를 자랑하며 제 기량을 자신 있게 선보이고 있었다.

자칫 유치할 수 있는 형광 색을 적절하게 배합해 색다르면서도 색감과 발색이 남다른 민화를 선보이는 이도 있었다.

전통 민화의 맥을 이을 듯 크고 화려한, 오방색(한국 전통 화화의 대표적인 색. 청, 적, 흑, 황, 백)으로만 풍성한 감성을 그린 이도 있었고 몇 전 전에 등장한 모던 민화풍의 그림도 눈에 많이 띄었다.

인테리어에 관심이 많은 요즘 시대, 거실이나 침실에 어울리면서도 존재감을 자랑할 만한 민화들도 많았다.

그림을 비롯해 병풍, 책장, 쿠션, 캐리어, 부채 등의 생활용품과 공예품도 눈에 띄었다.

그중 합죽선을 비롯해 사각의 장을 붉은 모란으로 전부 장식한 모란 이층장도 그렇고 오동나무 장식함, 화접도 도시락, 매화 쟁반, 손수건 등 실로 풍성하고 다양했다.

민화라는 그림을 바탕으로 연계하고 콜라보할 수 있는 많은 제품과 물건들이 총동원된 듯해 눈이 즐거웠다.

그 틈에서 강준후가 다닌다는 다온의 부스를 찾기도 했는데 연이 닿지 않았는지, 아님 이번 아트페어에 참가를 하지 않았는지 다온만의 색을 입은 생활용품은 찾아볼 수 없었다.

"참가는 한 건가? 이곳에 온 거 보면……. 아니지. 참가하지 않고도 와 볼 수는 있지. 회사에 도움이 될 작가를 알아보는 데 이만큼 좋은 곳도 없으니까."

다온의 색에 맞는 작가를 찾아 섭외했으면 했다. 진심으로.

강준후가 찾는 지민화로서는 도움을 줄 수 없지만 다온과 이곳의 모든 작가들을 응원했다.

우리 민화를 기본으로 분명 민화인들에게 도움이 될 다온과 그곳에 몸담고 있는 강준후란 남자까지.

"무슨 생각을 합니까?"

그 같은 질문과 함께 아이스커피를 건네는 강준후를 봤다. 커피를 받다 살짝 손끝이 닿았다. 손끝은 차가웠다. 건네받은 아이스커피 속 차가운 얼음처럼.

상당한 거리를 걸어 사 온 듯했다. 민화를 그릴 때 빼고는 대체적으로 매너가 좋은 이 남자는.

"다온의 부스를 보지 못해 안타깝다는 생각?"

이 남자의 수고에 대한 감사 표시로 환하게 웃으며 말했다. 그와 동시에 스트로를 무는데 강준후의 시선은 여전히 그녀에게 고정된 채였다.

그 시선은 재고의 여지가 있었다. 왠지 심각하기도 하고 조금은 당황스러운 표정인지라 궁금함을 자아냈다.

"왜 그렇게 보세요?"

"놀라서요."

놀라다니? 왜? 무엇 때문에.

"지서우 씨 깜짝 미소가 너무 예뻐서요."

"……!"

스트로를 물고 커피를 삼키던 서우는 놀라서 입을 뗐다. 다행히 커피는 어디에도, 누구에게도 튀지 않았다. 대신 삼키다 만 커피로 인해 사레에 걸려 기침이 시작됐다.

계속되는 기침에 강준후는 심각한 표정을 하고 곁으로 와 안절부절못했다.

그사이 갑작스럽게 터진 고집 센 기침은 서서히 잦아들었다. 간신히 진정된 서우는 창밖에 시선을 두고 안정을 찾아갔다.

어느새 밤이 소리 없이 내려앉고 있었다. 이 분주한 동네이자 도시에.

"미안해요."

그 소리에 강준후를 쳐다봤다. 표정은 눈에 띄게 풀 죽어 있었다. 의도치 않은 상황과 멘트인 게 분명했다. 그러니 풀 죽을 일도 탓할 일은 아니었다.

"괜찮아요. 그보다 반성하게 되네요. 제가 민화 수업도 그렇고 전반적으로 강준후 씨와 함께인 시간에 긴장한 채인가 봐요. 그런 소리를 하시는 거 보면."

이 순간 역시 반성과 위로의 의미로 연한 미소를 아끼지 않았다.

"앞으로는 좀 더 밝고 맑음 모드로 수업할게요. 구박도 일절 하지 않고."

"……."

"강준후 씨가 바라던 대로 여리고 예민한 수강생 상처 안 받게."

서우는 자신이 말을 하고도 우스워 미소가 절로 나왔다.

"아니, 그러지 말아요."

뜻밖의 대답이었다.

"수업에 상당한 지장을 초래할 것 같으니까요."

"……!"

서우는 강준후를, 그 같은 소리를 한 강준후도 연타로 놀란 서우를 응시했다.

도대체 속을 모르겠는 남자는 쉽게 읽히지 않는 눈을 하고 바라봤다.

매너와 배려 가득한 기분 좋은 문자도 그렇고 오늘로써 세 번의 만남이자 짧지 않은 시간을 마주하는 강준후는 모든 순간 솔직했다. 첫 만남처럼 목적과 자신만의 계획이야 있겠지만 그렇다고 매 순간 사람을 테스트하며 불쾌하게 만들지도 않았고, 늘 적당했다. 적절한 선에서 질문하고 요구했다. 무엇이든.

그 모든 이유로 지금 이렇게 강준후를 따랐고 이곳에서 기다렸다. 그런데 지금 이 남자가 묘한 말을 하고 있었다. 가볍지 않고 그리 장난스럽지도 않은 슈트 천재가.

"아, 이 분위기 뭔가요?"

서우와 강준후는 동시에 뒤돌아봤다. 그곳에는 이 안을 상당히 헤맨 듯한 지원이 허리에 양팔을 올리고 쳐다보고 있었다.

"두 사람, 데칼코마니처럼 쳐다보지만 말고 누구든 설명을 해야지 않겠어?"

그 소리에 정신을 차린 서우는 지원에게로 한 발 다가갔다.

"죄송해요. 아는 분을 만나서……."

"잠깐만. 내가 설명할게요."

그녀 곁으로 온 강준후가 말했다.

"부스 앞에서 우연히 만났고, 정신없이 바쁜 지원 누님 맥놓고 기다리는 맘 좋은 지서우 씨 내가 이리로 데리고 왔어요."

…지원 누님? 서우는 강준후를 보다 다시 지원을 봤다.

"지 강사, 우리 사촌 지간이야. 그닥 친하지도 닮지도 않은 사촌."

지원의 간략한 설명에 서우는 강준후에게 시선을 돌렸다.

"맞아요, 사촌 누님이세요. 그래서 아까 하지원 씨 기다리는 거면 한참 걸린다고 한 거예요. 누님 성격을 익히 알고 있으니까."

비난이나 흉은 아닌데 그렇다고 칭찬도 아니었다.

"내 성격이 뭐? 그러는 넌 여기 무슨 일이야? 이번에 너희 회사 부스도 배정받지 않고 별다른 족적이나 흔적도 없던데. 참, 후원은 꽤 한 것 같더라. 전시 곳곳에 다온 이름이 이따시만 하게 걸린 거 보면."

지원다웠다. 받은 건 그대로 돌려주는 정직한 성격 그대로.

"왜? 앞날 창창한 신인 작가라도 포섭하려고 온 거야? 대표가 직접?"

대표? 본부장 아니고? 강준후에게 받은 명함에서 분명 확인했다. 본부장이라고.

"아, 지 강사, 강준후 얘 그쪽 업계에서는 본부장인데 실질적으로는 그 회사 사장이야."

"……."

"지 강사, 다온이 한양도자기 자회사인지는 알고 있지? 얘네 집안, 강준후 아버지가 경영하거든. 그 촌발 날리는 이름의 한양도자기."

예상치 못한 설명에 시선은 강준후에게 향했다. 강준후는 그런 서우를 보면서 말했다.

"일 때문에 온 것도 있지만 그보다는……."

입과 함께 눈이 동시에 말했다.

"보고 싶은 사람 볼 수 있을까 해서 왔습니다. 그 사람은 만났고요."

그 같은 말을 한 강준후는 서우에게서 시선을 떼지 않았다. 서우의 시선은 강준후의 시선에 오롯이 둘러싸여 다른 곳으로 향할 수 없었다. 그로 인해 짧지 않은 순간, 서우는 이곳에 강준후와 그녀 자신만이 존재하는 듯한 이상한 기분을 느꼈다.

"그나저나 두 사람은 어떻게 아는 사인데? 별다른 접점이 없어 보이는 두 사람이 이렇게 함께 있다는 건 보통 인연은 아니라는 건데 말이지."

그 소리에 정신을 차린 서우는 비로소 지원을 보았다.

"저와 강준후 씨는……."

"저, 바림에서 민화 수업을 받고 있습니다. 저번 주부터 지서우 씨한테 일대일 개인 레슨."

"……!"

지원은 꽤나 놀란 표정을 지으며 서우를 봤다. 마치 확인을 하려는 듯한 표정이었다. 지금 들은 이 놀라운 사실에 대해.

"사실이야?"

"네."

죄지은 것도 아닌데 이상하게 목소리가 잦아지는 듯했다. 그런 서우를 지원은 집요하게 쳐다보고.

"그렇구나."

이 모든 게 그리 대단한 건 아닌데도 왠지 묘하긴 했다. 지원이 강준후를 보는 눈빛과 서우에게 보내는 시선도 그렇고.

전시회 입구 쪽에서 어느 부인의 수신호 같은 제스처에 강준후와 지원이 동시에 자리를 떠났다. 조금 떨어진 공간에서 두 사람을 기다리던 서우는 이야기 도중 간간이 보내는 귀부인의 시선도 그렇고 시간 소요가 있을 듯해 주차장 쪽으로 향했다.

오늘의 아트페어는 지원과의 동행이었기에 주차장에서 기다리기로 했다.

주위는 불빛으로 인해 많이 어둡지 않았다. 조도가 낮지 않아 기다릴 만했다.

아트페어는 내일까지. 그 말은 내일 또 올 수 있고 볼 수 있단 얘기다. 마음만 먹는다면.

그렇다 해도 반반이었다. 조금 더 보고 싶은 마음과 굳이 봐서 뭐하나 하는 마음은.

이런 자리는 실로 오랜만이었다.

애써 발품을 팔지 않고도 요즘 왕성하게 활동 중인 작가들과 작품을 맘 편히 볼 수 있는 기회는.

서우 자신도 결국엔 민화란 카테고리 안에 들기에 마냥 좋을 수만은 없었다. 사실은 어딘가가 지근거리고 어딘가는 쓰렸다.

그녀 인생에 아무 일도 없었더라면, 하는 가정을 하게 됐다.

그 같은 사고와 사건이 없었더라면 자신도 지금 저 안 어딘가에서 분주히 움직이고 있을지 몰랐다.

입지 조건이 보다 좋은 부스를 얻기 위해서 민화협회의 눈도장을 찍으려고 했을 테고 구경 온 사람들의 시선과 관심을 붙잡기 위해 든든한 지원군 태평을 동원해 다양한 체험 프로를 기획했을 것이다. 저들처럼.

그녀가 그린 작은 소품과 작품이 팔리면 천진한 아이처럼 좋아했을 테고 할머니, 할아버지 두 분께 자랑도 하고 뻐기기도 했을 테다. 분명.

오래전 민화대전에서 상을 받았을 때가 생각났다. 그때는 세상을 전부 가진 것 같았다.

우주의 기운이 열렬히 응원을 하며 그녀 안에서도 알 수 없는 기운과 에너지가 가득해 늘 자신만만했었다.

그 당시 세상 모든 행운과 행복은 독차지인 듯했다. 그만큼 그 순간의 기분을 만끽했다. 서서히 다가오는 것들에 대한 아무런 준비나 두려움 없이.

"후우……."

설명할 수 없는 기분에 하늘을 올려다봤다.

어둠 때문인지 하늘이 바로 머리 위까지 내려앉는 듯했다. 어느 밤, 강준후의 제안으로 올려다본 밤하늘과는 또 달랐다. 현재 내려앉으려는 어둠이 무섭거나 무겁지는 않은데 씁쓸했다.

"지…서우."

저 검은 하늘처럼 까만 세계 속에 갇히고 스스로를 가둔 그녀를 누군가 불렀다. 크지도 작지도 않지만 분명하니 안정감을 주는, 어쩌면 걱정과 애정 가득한 톤으로.

서우는 감은 눈을 뜨고 앞에 선 남자를 봤다.

방금 전의 걱정스런 목소리를 꼭 닮은 눈을 하고 말했다.

"누님이 바빠서 내가 왔어요. 가요. 데려다줄게요."

서우는 거절하려 했다. 여기 조금만 더 있다가 가겠다고 말하려 했다.

"혼자 간다는 말은 하지 말아요. 누님의 부탁도 있지만 그보다는 내가 데려다주고 싶으니까."

"……."

"지서우 씨가 잘 들어가는 걸 봐야 내가 안심을 합니다."

주차장은 조금 더 어두워졌고 강준후의 표정은 정확하게 보이지는 않았다.

익숙한 목소리에는 배려하려는 마음이 가득했다. 어딘가에서 어둠을 밝히는 사명과 임무를 다하는 우아한 달처럼.

"지서우… 씨."

"네."

"이런 데서 그러고 있으면 위험해요."

"……."

"앞으로는 절대 혼자 있지 말아요."

"네."

진심 어린 걱정에 진정성 있게 답했다. 늘 그렇지만 강준후의 목소리 톤은 좋았다. 불안하고 불안정한 마음을 꽉 잡아 주는 적절한 무게감과 밀도가 느껴져 듣는 이에게 안정감을 주었다. 지금도 그랬다. 좋았던 관람과는 별개로 까만 밤하늘만큼 급속도로 가라앉는 마음을 이제 그만, 하면서 잡아 주는 듯했다.

그럴 이유도, 의도도 없겠지만 그렇게 느꼈다.

준후는 고집을 피우는 이의 말을 듣지 않고 엘리베이터를 잡았다.

"어서 타요."

"여기까지 데려다준 거면 임무 완수하신 거예요. 그러니까 그만 가세요. 제가 애도 아니고 엘리베이터는 혼자서도 충분히 탈 수 있어요."

차에서 내려서부터 똑같은 말을 하는 여자에게 준후도 똑같이 응대했다.

"알고 있어요. 그러니까 어서 타요."

"……."

"여기까지 왔는데 바림까지 올라간다고 얼마나 피곤할 거 같아요?"

"제 말은 그게 아니고… 어… 어… 가앙…준후 씨!"

준후는 서우의 팔목을 잡아 부드럽게 당겼다. 이내 비틀거리는 지서우가 가슴 안으로 살짝 부딪혀 왔다. 품 안에 비껴 안긴 지서우에게서 경직된 기운과 함께 좋은 향이 났다.

그때 민화 첫 수업 때도 그렇고 아트페어에서도 간간이 느껴지던, 만지고 싶은 마음을 불러일으키는 은근히 위험한 향.

지서우는 당황스런 얼굴로 빠르게 물러나려 했다. 준후는 그런 서우의 허리를 부드럽게 감쌌다. 예상치 못한 상황과 그의 반응에 놀랐는지 지서우의 얼굴에 당혹스러움이 가득했다. 미열이었으면 하는 분홍빛 홍조도.

가까이서 보는 지서우에게서 과거 지민화의 모습이 조금 더 많이 보였다.

보기 좋게 그을려서 환하게 웃던, 소년의 모습을 빌린 매력적인 소녀의 발랄한 모습이.

"넘어져요."

"……."

"조심해요."

"알겠으니까… 놔…주세요."

정중한 요청으로 인해 팔에 힘을 풀었다. 엘리베이터가 이동하는 동안 지서우는 닫힌 문을 응시했고 준후 역시 지서우가 보는 문에서 시선을 놓지 않았다.

짧은 순간 반짝이는 은색 문 어딘가에서 시선이 부딪혔다. 찰나와도 같은 순간 준후는 서우의 시선을 놓아주지 않았고 놓아주기 싫었다.

"……."

"……."

그만의 은색 카드 안에 봉인한 듯한 지서우를 보며 준후는 만족을 하면서 긴장도 함께 했다. 그 기묘한 착각과 상상은 오래가지 못했다. 잠시 체면술과 같은 욕심으로 인해 꼼짝 못 하고 붙들렸던 지서우가 금세 봉인한 시선을 비켜서 피해 갔다.

이 좁은 공간 전부 차지하고 싶은 어딘가로…….

익숙한 소리와 함께 문이 열렸다. 먼저 움직인 건 지서우였다.

바림 문 앞에 선 지서우는 유독 조심스런 몸가짐으로 준후를 바라봤다.

"고맙습니다. 데려다주셔서."

"고마워요. 데려다줄 수 있게 해 줘서."

속내를 어느 정도 꺼낸 듯한 말에 지서우의 표정이 조금 더 긴장하는 듯했다.

"안녕히 가세요."

"내일 봐요."

"내… 내일이요? 내일은 왜요?"

"기억 안 납니까? 우리 내일 만나기로 한 약속."

"우리가 만나기로 했나요?"

"내 기억으로는 그래요."

지서우는 대체 뭐지 하는 표정을 하며 골몰했다. 그러다 뒤늦게 생각이 난 듯 볼이 빨개져 어색하게 웃었다.

"…금요일이네요. 내일이."

"맞아요. 그러니까 우리……."

"지서우."

짧은 호명으로도 충분히 전해지고 느껴졌다. 지금 익숙한 이름을 부른 남자의 명확하고도 분명한 심리 상태가.

"누구십니까?"

남자는 다가와 지서우 옆에 나란히 섰다. 그 모습이 묘하게, 거슬렸다.

"태평아."

태평이란 이름의 인물도 체격도 좋은 남자는 그 같은 호명에도 반응 않고 마주 선 준후를 쳐다보며 관등 성명과도 같은 대답을 기다렸다.

"저, 이분은……."

"강준후라고 합니다."

성격이 이름과는 영 다른 듯해 지체하지 않고 답했다. 태평이란 이는 이름 정도로는 의문과 경계가 풀리지 않아 그런지 얼굴은 여전히 경직된 채였다.

마치 가능하다면 준후의 모든 것을 투시하고 스캔하듯 집요하게 쳐다봤다. 이 밤 두 남자의 미묘한 신경전을 보고 선 지서우가 결국 입을 뗐다.

"강준후 씨, 이쪽은 제 친구 김태평이라고 해요. 그리고 오늘은, 정말 감사했습니다."

지서우는 이 상황을 어서 종료할 마음에 친구가 아닌 준후에게 김태평을 소개했다. 친구이니 걱정 말고 어서 가라고.

"그럼 내일 봅시다, 지서우 씨."

준후는 모든 걸 눈빛으로 해결 보고자 하는 김태평이 아닌 서우에게 인사를 하고, 옆에 선 남자에게 그가 원하는 방식으로 짧은 눈인사를 했다.

눈인사는 매너의 범주에서 벗어나지는 않지만 그렇다고 정중하지도, 준후의 방식도, 인사도 아니었다.

지서우는 멈춰 있는 엘리베이터의 버튼을 대신 눌렀고 문이 열렸다.

준후는 엘리베이터에 탄 후 문이 닫힐 때까지 어색한 표정을 한 지서우에게서 시선을 놓지 않았다. 그런 그를 지서우도 그렇고 뒤에 버티고 선 김태평이란 남자도 끝까지 쳐다봤다.

 마치 내가 당신을 알았고 앞으로 주시한다는 걸 충분히 느낄 수 있도록 그렇게. 그 정도로 노려봤다. 지서우의 사람 남자 친구는.

❀

 취조까지는 아니라도 스무고개 하듯 캐묻는 태평에게 시달려 그런지 하루 시작부터 컨디션이 좋지 않았다.

 태평에게는 강준후가 지민화를 찾은 이라고는 말하지 않았다. 만약 그 같은 이야기를 한다면 반응은 보지 않아도 뻔했다.

 이미 삼 개월의 강습비를 받았고 수업은 시작됐으며, 강준후란 인물과 배경에 대해서 조금 더 알게 된 상황에서 그 사람의 의도가 의심스럽고 의심한다고 해서 내칠 수는 없었다.

 그런 이유로 누구든 미심쩍어하는 태평에게 오래전부터 강의를 받던 이의 친척이며 당연히 여자인 줄 알고 신청을 받았는데 만나 보니 남자였노라 설명했다. 더는 걱정하지 말라면서.

 태평은 반대했다. 어떤 이유와 명분이든 남자와 일대일 수업은 말이 되지 않고 너무 위험하다고.

태평의 강경한 대응에 다소 위험했던 대화는 결국 서우의 정리로 끝났다.

'결정은 내가 해. 내 판단에 대한 책임도 내가 지는 거고. 그러니까 그만해.'

태평을 서우가 잘 알듯이 김태평도 지서우를 알았다.
자신이 고민 끝에 내린 결정을 결코 번복하지 않는다는 사실을.
태평이 어제 일로 기분 나빠하지 않길 바라지만 지금 서우의 머릿속을 가득 채운 생각은 하나였다.
오늘이 마지막 날인 아트페어에 한 번 더 가느냐, 이대로 마음을 접어 닫느냐.
간다고 해서 누군가 알아보거나 뭐라고 하는 게 아닌데도 맘속은 꽤나 치열했다.
혼자 조용히 감상하고 싶은 마음과 가서 본다면 결국 마음만 더 무겁지 않을까 해 혼자서 엎치락뒤치락했다.
그 공간에서 맘껏 그림을 감상하는 건 즐겁지만 그로 인해 어느 날, 어느 밤의 잔인한 기억은 다시금 반복될 것이고 타자에 대한 원망, 스스로에 대한 연민은 깊어질 게 분명해 현명한 이라면 가지 않는 게 당연했다. 하지만 달라진 외향과 달리 감정적 동물 지민화이기에 흔들렸다.

현명함보다 본능과 감정으로 움직이던 천둥벌거숭이이면서 어느 시절만큼 천진하지 않지만 지서우는 지민화니까 봐야만 했다. 가고 싶다면 가야만 하고.

결국 소규모의 개인 전시회를 구경하는 마음으로, 가볍게 응원하는 마음으로 나섰다.

오전 내내 고민한 결과는 처음 생각 그대로였다. 결정 이후 마음은 예상보다 가벼웠다.

마지막 날이라서 그런 건지 볼 사람은 이미 다 본 건지 전시회는 관람객이 많지 않았다. 그렇다고 그림을 보는 이 곁으로 와 눈총을 주며 부담스럽게 하는 이도 없었다.

천천히, 어제 눈여겨본 작품 위주로 감상했다.

전시회 입구에서 조금 멀리 떨어진 부스의 그림 중 소품 위주이지만 어떤 작품보다 즐거운 마음으로 감상했던 민화 앞에 다시 섰다.

모든 작품 속, 귀여운 고양이가 주요 모델이자 그림의 주인공이었다.

다른 부스에도 고양이를 주체로 한 작품은 적지 않았지만 왠지 이 작가의 냥이가 요란하지 않으면서 순해 보여 끌렸다.

민화에서 고양이는 장수를 의미했다. 중국어로 70을 의미하는 모와 발음이 유사하고 예전에는 70세까지 장수하는 경우가 많지 않아 생긴 말이라고 들었다.

그 같은 뜻과 의미를 가진 고양이가 현대적으로 해석한 영

문 문자도 위에서 그르밍을 하며 한껏 장난을 치고 있고, 화조도에 등장해 나무에 앉은 새를 궁금한 듯이 올려다보는 모양새가 보는 이를 미소 짓게 만들었다.

그중 가장 큰 사이즈라 할 수 있는 묘접도에는 칠십 노인인 고양이와 팔십 노인을 뜻하는 우아한 나비를 절묘하게 그려 놓아 장수를 상징하는 의미도 그렇고 전체적인 구도, 색감이 전부 좋았다.

혼신을 다해 그린 그림을 이처럼 전시함으로써 얻는 기쁨에 대해 알고 있다.

그건 작품에 대한 자랑을 넘어 작가의 자존심이자 그림으로 말하고 싶은 생각, 가치관이자 세계관이었다. 그 같은 생각을 타인과 교류하고 공감하고 싶은 마음이 모든 작가, 창작자들에게는 있었다. 당연히 이 자리에 작가가 아닌 관람객으로 선 서우에게도 있었고.

"그림이 좋죠?"

낯선 목소리에 옆을 보니 왠지 낯이 익었다. 왜 그렇지, 하고 생각하는 사이 어제 본 영상이 스치듯 지나갔다.

지원과 강준후 두 사람이 동시에 알아보고 인사를 하러 갔던 귀부인.

상당한 거리가 있었기에 자세히는 알 수 없지만 두 사람 모두에게 중요하고 가까운 이인 듯했다. 그렇다 해도 서우로서는 전혀 모르는 타인.

"네."

대답을 한 서우는 어색한 미소를 지으며 천천히 고개를 돌렸다. 친분도 없거니와 더 이상의 대화는 부담스러워 슬그머니 자리를 옮기려는데,

"민화 좋아하세요?"

"……!"

그 순간, 마치 거짓말처럼 책 제목이 생각났다. 브람스를 좋아하세요, 라는 오래된 책 제목이. 그 같은 깜찍한 제목을 지은 프랑수아즈 사강의 책을 유난히 좋아하며 탐독하던 반이랑 여사가.

귀부인의 질문은 그만큼 발랄하고 기분 좋은 톤이었다. 대답은 솔직할 수밖에 없었다.

"네, 좋아해요."

많이 좋아하고 여전히 사랑했다. 좋아하는 그림을 맘껏 그릴 수 있었던 그때도, 그릴 수 없는 지금도 짝사랑은 절찬리 진행 중이고.

"그래요? 나도 많이 좋아해요."

그렇게 보였다. 민화를 많이 아끼고 즐기는 부인으로.

"혹시 혼자 왔어요?"

"네."

"잘됐네요."

잘됐네요, 라는 말은 거만함으로 인해 거부감을 느끼게 하

기보다 다행이라는 말처럼, 안도하는 말처럼 느껴졌다.

"그럼 우리 같이 보는 거 어때요? 혼자 보니까 사람이 좀 추레하고 그래서요. 부스 안에 있는 분들이 뚱하니 앉아 있거나 다가오기라도 하면 왠지 모르게 어색하고 위축되면서 시선 처리도 그렇고 대응하기도 좀……. 이런 말 실례인가요?"

"……."

"모르는 노친네가 너무 부담스러운 부탁을 하는 건지 모르겠네."

고민과 갈등이 되지 않는다면 거짓말이었다.

오늘은 어제와 달리 전시회의 모든 그림을 혼자 조용히 보고 싶은 만큼 충분히 보고 싶었다. 하지만 아주 잠시 눈이 마주친 부인의 모습에서 반이랑 여사가 생각났다.

반이랑 여사도 민화를, 손녀가 그린 남다른 민화를 몹시도 사랑하고 자랑스러워했었다. 지금 그녀 앞에 선 이 부인의 모습처럼.

그 같은 생각은 의지와 조금 다른 형태로 말하게 했다.

"네, 그러세요."

전시회를 전체적으로 한번 훑어본 후라 그 같은 대답이 나온 듯했다. 민화를 사랑하는 민화인끼리 이 정도의 배려와 수고는 어려울 것 없다고.

"고마워요. 피곤하게 하지는 않을게요."

"아닙니다."

"그냥 곁에 있어 줘요. 나이 먹어도 혼자는 좀 그러니까."
"네."
 풍기는 이미지는 혼자서도 씩씩하게 볼 듯한데 당신 안에 있는 여린 감성은 아직 소녀인 듯했다. 반이랑 여사처럼.
 할머니를 안내하고 할머니의 말을 듣는다는 맘을 기본으로 앞서지도 처지지도 않게 보조를 맞춰 걸었다.
 부인의 심미안은 남달랐다.
 서우가 눈여겨본 작가의 작품을 부인도 똑같이 느끼면서도 짧게 쏟아 내는 비평이나 감상평은 절묘하고도 탁월했다.
 비난이 아닌 비평이었고 의문이 아닌 궁금함으로 자신의 감성과 감상을 그린 이의 의도와 재주에 투영시키는 현명함과 유연함도 있었다. 아무래도 민화의 세계에 빠져 산 연륜도, 투자한 시간도 상당한 듯했다. 안목은 타고남과 함께 꾸준히 배양한 듯하고.
 바림에도 이 같은 어르신들이 몇 분 계셨다.
 그림을 전공하지도 않은 내가 되겠어, 하는 앞선 걱정과 오래돼 언젠가부터 굳어져 버린 두려움으로 내내 미루다 뒤늦게 용기를 내 취미로 시작해 어느 순간 경지에 올라 자신만의 기품 있는 작품을 그려 내시는 어른들이.
 그런 분들은 의외로 많았다. 민화를 아끼는 마음은 가득하지만 아직까지 개인 전시라는 타이틀에 겁을 갖고 계신, 사랑스럽고 자랑스러운 분들이.

"서우 씨는 어떤 작품이 가장 좋았어요?"

"……."

"역시나 아까 우리 두 사람을 만나게 해 준 작가의 고양이 문자도?"

부인은 센스도 각별했다. 서우는 대답 대신 미소만 지었다.

"말해 봐요. 우리 둘 마음에 든다면 그건 정말 굉장한 작품이란 소리니까 구입해야지 않겠어요."

부인은 발랄하고 솔직했다. 바림의 어르신들과는 다른 면이 많았다.

"어서요."

"전……."

부인은 서우의 표정과 입, 이제 막 하려는 말 전부 캡처할 듯 유심히 관찰했다. 그 모습에 조금 긴장이 됐지만 솔직하기로 했다.

"네, 전 그 작가 작품이 좋았어요."

그럴 줄 알았다니까, 하면서 부인은 뿌듯해했다. 자신의 안목과 센스에.

"이 시점에서 굳이 이유나 장점을 꼽는다면요?"

이유라면 그건 바로 오래전의 지민화를 떠오르게 했다.

민화라는 걸 모른 채로 할아버지 책방에서 이우환 화백의 이조의 민화를 보고 읽으며 급속도로 빠져들어 어설프게 그려 대던, 그렇지만 열정과 에너지는 누구에게도 지지 않던 그 시절의 청춘의 빛을 소환시켰다. 고양이 작가의 민화는.

"제가 아는… 누군가를 떠오르게 해요."

부인은 부드러운 시선으로 서우를 쳐다봤다.

"그 작가도 어느 시절엔 꼭 그랬거든요. 작은 소품인데도 작품 세계나 화풍이 결코 작지 않게, 그녀답게, 강하지만 자극적이지 않게 그렸었어요. 고양이 작가는 개인적으로 그때를 떠오르게 해요. 그래서 작품의 가치보다 조금 더 많이 칭찬해 주고 싶고 애정이 가요. 소장하고 싶을 만큼."

사려면 살 수 있었다. 가격은 문제가 아니었다.

가격보다는 작품 자체가 지서우를 계속 충동하며, 어느 새벽 스스로를 연민하며 지금의 생과 삶 자체를 회의하게 만들까 봐 그게 두려웠다.

"오케이!"

"……!"

"갑시다. 구입하러."

부인은 서우의 팔짱을 낀 채로 걸음을 재촉했다. 두 사람이 처음 만난 그 방향, 그 부스로.

고양이 작가의 작품은 부인의 품에 안겼다. 물론 지금 당장 안고 갈 수는 없겠지만.

두세 걸음 떨어진 곳에서 그 모습을 지켜본 서우는 마치 그녀의 작품이 팔린 듯 떨렸고 뿌듯했다.

저 자그마한 작가의 수줍은 마음이 똑같이 느껴지고 전해졌다.

　작가는 오늘 자신의 분신이 판매됨으로써 실로 많은 생각을 하며 책임감도 갖게 될 것이다.

　앞으로 더 잘 그리려는 마음에 작품을 선택한 이의 행복과 안위도 바랄 것이다. 진심으로.

　오래전 작품을 판매한 지민화가 그랬듯이.

　저녁을 함께 하자는 부인의 제안을 조심스럽게 거절하고 화실에 도착하니 강준후와의 일대일 수업이 한 시간 앞으로 다가와 있었다.

　어제 강준후의 눈빛과 그 사람의 모든 말을 더는 되짚으며 생각하지 않기로 했다.

　아주 무섭고 무거운 말이 아니니까. 이 시대 매너남이자 배려남이 충분히 할 수 있는 말이라 생각하며 더는 불편함을 자초하지 않기로 했다. 그랬는데,

'지서우… 씨.'
'이런 데서 그러고 있으면 위험합니다. 앞으로는 혼자 있지 말아요.'
'고마워요. 데려다줄 수 있게 해 줘서.'

　생각이 났다. 기억은 지워지지도, 모른 척이 되지도 않았다. 여전히 울리는 언어에 무언가 더 보태지는 않았다. 제멋대

로 해석과 망상에 가까운 상상으로 괜히 오버하며 과잉된 언어 미학과 분석을 펼치지도 않았고.

생각해 보면, 지금까지 쌍방이 같은 마음과 온도로 발열하는 연애다운 연애를 해 보지 못했다.

이런 생각을 할 정도로 연애는 다른 이들의 특별한 존인 줄만 알았다.

연애도 연민도 모두 민화(民畵)와 했다.

과거 재훈과의 해프닝은 서로의 계산과 욕심이 만든 지독하고 가혹한 참사였다.

재훈은 숙취와도 같은, 깨지 않은 자신의 감정과 오기. 지민화는 사랑하는 가족을 위한다는 명분으로 위태롭게 이어지다 결국 대형 사고로 끝났을 뿐, 사랑은 없었다.

감정의 저울질과 자제라는 게 전혀 불가능하다는 사랑이 아니었다.

첫사랑이라는 감정 몰락과 가족이라는 울타리를 추종하고 강화하려고 한 똑같은 멍청이 둘이 있었을 뿐.

핸드폰 벨 소리로 인해 불필요한 상념을 지운 채 전화를 받았다. 태평이었다.

"응. 어디야?"

-편집실.

"다행이네. 파도가 굽이치는 배 위나 외딴 섬은 아니라니."

-그런 건가? 그래서 넌 지금 뭐 하는데.

"수업 준비하고 있지."

-일대일 수업?

"그래. 그 수업."

-정말 할 거야?

아무래도 태평의 걱정, 근심을 덜어 주기 위해서라도 열애는 아니라도 연애는 필요한 건지 몰랐다. 하나 누가 먼지벌레 사촌인 지서우와 연애를 하겠는가.

운명을 거스르지 못하고 신내림을 받은 조모에 그 같은 신기를 이어받고 타고났다는 과거를 부정하는 여자와.

-내가 좀 더 알아볼까?

발동 걸렸다. 김태평의 무한 의심병이.

"그러지 마. 이미 확인할 만큼 했고 짐작할 정도로 그 사람에 대해서 알아."

-알아? 그 남자에 대해서? 네가 뭘 아는데? 그 남자가 가지고 있을 수도 있는 계산과 계획. 언젠가처럼 지민화를 노리고 접근한 이들과 다르지 않은지 네가 어떻게 아는데? 뭘 보고 아는데?

지금 할 대화는 아니었다. 무엇보다 강의 전 떠올려 도움 될 기억도 아니고.

"태평아, 나 수업 준비해야 돼. 그만하자."

-뭘 그만해? 난 아직 시작도 하지 않았는데. 생각해 봐. 잘 알지도 못한 남자와 일대일로 하는 수업이야. 그것도 문 닫히

고 꽉 막힌 공간에서. 만약 무슨 일이 나면 넌 힘으로 어찌할 수도 없어. 그 모든 게 빤히 보이는데도 그냥 두라고? 네가 나라면 그렇게 할 거야?

"응. 그렇게 할 거야, 난."

-……!

서우는 솔직하게, 차분하게 말했다.

-너 지금 뭐라고 했어?

"난 그렇게 하라고 한다고."

-지금 그걸 말이라고…….

"잠깐만 김태평, 내 말 먼저 들어."

태평은 대답은 하지 않았지만 기다려 주었다. 늘 그렇듯.

"나 네 말대로 지서우야. 이젠 지민화가 아니라. 나 혼자 잘 살자고, 내 거지같은 운명 어떻게든 피하자고 얼굴에 이름까지 개명한 재수 없는 지서우."

-그건…….

"그런 나한테 뭐가 아쉽고 궁금해서 한 회사의 본부장이란 사람이 제 운과 운명을 걸겠어? 더군다나 희롱? 농락이라는 말은 가능성 없고 설득력 없어."

-…….

"그런 오해와 상상은 말이야……."

서우는 가볍게 한숨을 쉬었다. 이 문제는 결코 심각할 필요가 없었다.

"태평이 너만의 기분 좋은 상상이고 이 세상에 다시 없는 동화야."

그림일기와 그림동화가 뭐가 다를까 싶지만 그 둘은 전혀 다르다.

그림일기는 보아 주는 이 하나 없어도 모노드라마를 찍듯 혼자서도 가능한 일이지만, 아름다운 동화 속 해피엔딩은 반드시 동참하려는 상대가 있어야 한다. 그래야만 의미가 있고 완성형일 수 있는 거다.

그 같은 상대이자 주인공이 지민화였던 지서우일 리 없다.

그처럼 아껴 주던 재훈의 가족들이 반이랑 할머니의 남다른 운명, 결국 당신의 손녀를 위해 희생하듯 받아들인 숙명에 대해 알게 된 순간, 차갑게 돌아선 것처럼 집안끼리의 결속과 사랑은 전혀 다른 문제이기에.

가벼운 연애는 몰라도 진지한 미래의 설계는 불가했다.

서우는 방금 전보다 조금 잦아진 숨소리로 감정을 대신했다. 그런 후 이러지도 저러지도 못하는 태평의 지루한 편집을 응원하며 전화를 끊었다.

강준후가 호감이든 관심이든 있다 해도 그건 지서우가 지민화일 수 있다는 전제와 가정이 밑바탕인 마음일 거다. 진지한 마음과 대단한 끌림보다 단순 호기심일 테고. 그러니 이렇게 걱정할 일은 없는 거고.

가벼운 연애라면, 수정이 가능한 기획엔딩이라면 강준후를 비롯해 누구와도 할 수 있었다.

지난 일을 추궁하거나 복기하지 않는다면 무얼 바라고 원하든 거부 않고 동참할 의사도 있고.

오래전에 정리된, 사실은 다 정리된 이야기이자 감정인데도 지금까지 혼자 실제와 주체를 혼란스러워하며 구분 못 하는 바보 같은 태평을 위해서라도 연애는 필요한지 모르고……

가벼운 연애를 먼저 제안할 정도로 지금의 지서우는 과거의 지민화가 아니다.

결코 철없고 순진하지 않다. 그러고 싶어도 이제 다시는 그럴 수가 없다.

오늘의 지서우는 매우 흐림과 간간이 안개.

수업 시작 전부터 감지된 지서우의 감정 기후도와 마음속 도로표지판은 수치도 그렇고 방향계의 움직임이 거의 없었다.

적확하게는 정지면서 침몰이었다.

지서우는 지금 정체된 마음의 거리 어딘가에서 길을 잃고 가라앉아 있었다.

본인은 애써 아닌 척을 하며 어느 민화 작가 도록에 시선을 두다 간간이 창밖을 응시하기도 하지만 모든 조짐과 변화는 준후에게 그대로 느껴졌다.

그만큼 지서우를 신경 쓰고 있었다. 저 여자의 표정과 감정의 온도에 이렇게나 민감해진 자신이 신기하면서도 당연한 건가 싶었다.

이해타산으로 다소 혼란스럽던 감정이 어느 정도 명확하게 인식되면서 피하지 않고 받아들이니 어느 순간 명료해졌다.

이 감정의 실체는 오롯이 지서우 개인에게 향하는 감정이 맞았다.

그날 알았다. 자신만의 소유라는 듯 각을 잡고 날을 세우는 김태평을 저 여자 옆에 두고 엘리베이터 문이 닫혔을 때, 그때 알게 되었다. 이 감정의 본질을.

누군가의 기막힌 표현처럼 아무래도 이번 생은 지서우만을 학습하며 생을 함께 횡단하는 게 삶의 본질적인 계획인가 싶을 정도로 마음이 기울어지고 허물어져 버렸다.

이 같은 마음이 도대체 언제부터였을까 되짚다 사진 속 보기 좋게 그을린 미소가 떠올랐다.

그 폭파 직전의 시한폭탄처럼 위태롭고 상쾌한 웃음에 놀랐던 순간이, 그 웃음을 직접 보고 싶다는 열망을 가진 그 순간이 아마도 시작이었던 것 같다.

래퍼처럼 삐뚜름하게 눌러쓴 학사모에 반쯤 눌린 동그란 이마가 궁금한 그 순간부터.

등 돌리고 앉아 어딘가를 떠도는 당신은 내 이런 상태를 절대 모르겠지.

지금까지 까다로운 심미안으로 예술과 미술을 빙자해 늘 감정에 시큰둥하고 시시했던 이유가 바로 당신이었어, 지서우.

당신을 궁금해하고 당신의 전부를 누구도 아닌 이 강준후가 사유하고 독점하고 싶어서…….

준후는 지금도 지서우의 시선과 생각을 오롯이 자신에게로만 향하게 하고 싶었다. 그 누구도, 어디도 아닌 바로 이곳, 두 사람의 지점이자 공간 안에.

"지 강사님."

어떤 블랙홀에 빠져 있는 건지 듣지도 못한 채 생각에 잠겨 있었다.

"지서우 강사님."

"네… 네?"

지서우는 그제야 듣고 곁으로 다가왔다.

"다 칠하셨어요? 잘하셨네요. 스케치 실력과는 참으로 대조적인 실력이자 눈부신 발전이에요."

지서우는 이제껏 관심 두지 않은 수강생에게 미안한 마음이 들었는지 이전에는 하지 않던 과한 칭찬을 했다.

"그럼 이제 고대하던 연꽃 바림을 해 볼까요?"

"저도 가능하면 그러고 싶지만 지금은 수강생이 지 강사님한테 바림이 된 것 같아서 더는 수업을 받을 수 없을 것 같은데요."

그 같은 말에 지서우는 멍한 표정을 하고 준후를 봤다.

"수업 시작 전부터 내내 그랬어요."

"……."

"정신도 그렇고 마음이 이곳이 아닌 다른 곳에 가 있는 듯한 표정. 그런 표정을 하고 강의하는 거, 열심히 수업받고 싶고 받으려는 열렬 수강생에게 결례 아닌가요?"

충고와 질책이라기보다는 시선과 마음을 이곳에 두었으면 하는 바람에서 한 말이었다. 물론 더 이상의 수업은 의미가 없기에 그만두려는 수작이기도 하고.

잠시 어리둥절하다 이내 스스로의 상태를 인정한 지서우는,

"죄송해요. 다른 생각을 하고 있던 건 맞아요."

"……."

"그렇지만 이제부터는……."

"이제는 배우는 학생이 하기 싫어졌습니다. 그러니까 오늘은 더 이상 수업하지도 받지도 맙시다, 우리."

당당한 요구이자 의지 표명에 지서우는 짧은 한숨을 쉬었다. 그러면서도 표정은 대체적으로 안도하는 듯했다.

"오늘 일은 죄송해요. 정말."

"……."

"다음 주 수요일에 보충해 드릴게요."

"보충보다 다른 걸 원해요, 난."

"어떤……."

"요즘 민화에 대해서 공부를 하고 있어요. 그러다 알게 된 사실인데, 우리나라 사찰에서도 민화의 발자취도 그렇고 사

찰 안에 우리가 알지 못하는 민화가 있다고 하더군요. 특히 통도사 명부전(죽은 이의 명복을 비는 전각)을 비롯해서 팔만대장경이 있는 해인사 전각에도 그곳에서만 볼 수 있는 민화가 있다고."

늘 한 번쯤은 가 보고 싶었는데 어제의 공부가 이렇게, 이 순간 이런 식으로 적용될지는 예상하지 못했다.

"지 강사님."

"네?"

"우리 사찰에서 현장 학습하는 거 어떨까요?"

혹여 거절을 할까 싶어 강사라는 지서우의 입장이자 위치를 강조했다.

자신은 민화를 배우는 학생. 지서우는 그런 자신을 가르치는 지도자, 선생의 입장을.

"거긴 너무 멀고……."

"이동 수단은 다음 이야기니까 그건 걱정 말아요."

"그게 아니라, 두 곳 중 한 곳이라도 가려면……."

"지 강사님은 가느냐, 가지 않느냐만 생각하고 결정해요. 그 외는 내가 알아서 할 테니까."

"……."

"어때요?"

조금의 틈도 주지 않고 순차적으로 몰아붙였다.

"배움과 현장 학습에 목마른 제자의 이 같은 바람과 소망을 외면할 겁니까?"

준후는 간절함보다는 절실함, 욕심보다는 민화에 대한 학구열이란 걸 강조하기 위해 그 자신이 정성껏 칠한 연화도를 지서우 앞에 슬며시 밀어 내보였다.

연화도는 마지막 작업 전, 바림만을 앞두고 있었다.

그림은 그 자체로도 은은한 기품이 느껴졌다. 그 모든 건 지서우가 도와준 덕분이었다.

천연 안료인 분채나 봉채가 아닌 튜브형의 동양화 물감을 풀어 채색을 하는 수준인데도 지서우가 배합해 만든 색감은 우아하니 깊이가 있었다. 배합된 색을 기본으로 정성스레 칠해진 그림은 수수하면서도 맘을 편하게 하는 안정감을 주었고. 이 모두가 가르치는 이의 특별한 능력이자 남다른 재능이었다.

"너무 과한 요구 아닌가요?"

준후는 그처럼 묻는 지서우를 보면서도 포기하지 않았다. 이 정도로 물러설 요량이면 시작도 하지 않았기에.

"네… 그렇게 해요."

지서우는 약간의 미소와 함께 담백하게 말했다.

담담한 척, 꽤나 여유로운 척을 하고 있던 준후의 긴장이 이제야 풀렸다.

애늙은이라는 혹평까지는 아니지만 유년 시절부터 감정의 파고는 깊지도 높지도 않았다.

타고난 이타심으로 이제라도 봉사하며 살겠다며 떠나 버린 형을 대신해 회사를 맡게 되었을 때도 갑자기 우회된 인생에 이의를 제기하지 않았다.

모든 일은 언제든 일어날 수 있는 일이기에 애써 감정을 컨트롤할 그 정도의 사건은 아니었다.

지서우가 그런 강준후를 이렇게나 변화시키며 좌지우지하고 있었다. 길지 않은 시간에. 몇 번의 만남과 지금처럼 담담하니 담백한 눈빛을 하고, 당신은.

"그리고……"

지서우의 눈빛이 조금 부드럽게 휘었다.

"혜인사보다는 통도사로 갔으면 해요."

"……"

"통도사는 사찰의 민화 박물관이라 불릴 정도니까요. 그러니 배움에 목마른 강준후 씨에게 좋은 학습이 될 거예요, 그곳이."

그처럼 말하고 지서우는 배시시, 해사하게 웃었다. 사진 속 그을린 청춘의 웃음과는 다르면서도 닮은 미소를.

아마도 이 말간 미소가 해답인 듯했다.

누군가에게는 뜬금없는 감정인 듯 보이는 이 모든 것의 시작은 의외로 단순명료했다.

그 무엇보다, 어떤 이보다 지서우의 웃음과 미소가 강준후라는 남자를 매료시켰고 끌어당겼다.

이제껏 보고 즐겼던, 감상하고 감동했던 어떤 예술작품보다 더. 아니, 그와 비할 수 없이 강렬하고 뜨겁게.

❀

"네, 여보세요."

-나예요.

"네, 알아요. 누구신지."

요 며칠 사이, 뜬금없는 순간 이렇게 전화가 걸려 왔다. 강준후 본부장님에게서.

-혹시 전화 기다렸어요?

이 무슨 오버에 오해인지, 참.

"기다린 건 아니고……. 그보다 무슨 일이세요? 이 시간이면 CF 속 남자들처럼 회의도 하면서 한창 일할 시간 아닌가요?"

사실 오피스 걸로서 직장 생활을 한 적이 없어 자세히는 알지 못했다. 하지만 드라마나 영화에서 종종 나오던 신이기에 그러지 않을까 짐작했다.

-그런 스타일 좋아합니까?

"어떤 스타일이요?"

-슈트 입고 회의도 곧잘 하는 그런 진두형 카리스마 스타일?

"……."

강준후는 한마디로 정의하기 어려운 남자인 건 분명했다.

매너는 기존 사양인데 성격은 가끔 뜬금없이 널뛰는 성향인지라 섣부른 짐작은 실수일 수 있었다. 그 정도로 강준후는 블랙홀이었다.

"다온."

-…….

"분발해야겠어요. 본부장이 이렇게 전화로 시간 때울 만큼 느슨하고 여유롭다는 건, 상황이 좋지 않다는 거 아니겠어요? 아니, 너무 안정적이라 그런 건가요?"

-지서우 씨.

"네?"

-내일 잊지 않았죠?

"뭘…요? 여행이요?"

-그래요.

"잊지 않았어요."

-그래요. 그럼 이만 끊고 얼른 일해야겠어요. 내일 지서우 씨랑 외근 가려면 오늘이라도 열심히 해서 지서우 씨의 불신과 염려를 불식시켜야 하지 않겠어요? 참, 고마워요. 다온을 자기 일처럼 걱정해 줘서요.

"뭘, 그 정도 갖고요. 얼른 일하세요. CF를 찍으시든지요."

서우는 끝까지 장난스럽고 강준후는 마지막까지 아닌 척, 심각한 척을 했다.

오늘 통화는 이랬다.

다른 날처럼 별거 없고 별거 아닌, 그런데도 괜히 즐겁고 여운이 남는 통화 정도로.

충동적인 결정이었건 회유에 의한 판단 미스였던 간에, 어쨌든 전화 통화로 확인받고 약속을 한 지금 서우는 강준후의 차를 타고 있었다. 고속버스도 고속철도도 아닌 이 남자의 차를.

기억을 더듬어 보면 그 순간은 그러고 싶었다.

어떤 이유나 변명 없이 좁은 공간을 벗어나 어디든 가고 싶었다. 분명.

동행할 상대가 꼭 강준후이길 바랐는지는 알 수 없지만 지금 이렇게 함께였다.

왠지 클래식만 들을 것 같던 강준후의 차 안은 김동률의 음악이 흘렀다. 이동 중인 오늘의 날씨는 매우 좋고.

누군가 굳이 외근이라 말하는 강준후를 위해 미세먼지를 전부 다 흡입한 듯 하늘은 파랗고 5월은 시처럼 푸르렀다.

"통도사, 마지막으로 간 게 언제입니까?"

강준후는 운전에 뛰어난 자질을 보였다. 억 소리 나게 어마어마한 차도 아닌데 승차감이 좋았다. 그 같은 편안함은 차가 아닌 운전자인 강준후의 능력인 듯했다.

"…작년 4월이요. 통도사는 매년 그쯤 간 것 같아요. 사실 지금이 움직이기 좋은 시즌은 아니잖아요. 여행 주간이고 연휴도 많아서. 그래서 전 3월 말경이나 4월 초에 주로 갔어요. 그때쯤이면 통도사에 있는 홍매화가 이쁘게 피거든요. 혼자서 소박하고 의연하게."

사찰 안 어느 작은 담 밑에 홀로 핀 매화나무는 크지도 않으면서 보는 순간 어디든 담고 싶을 정도로 청아한 매력을 발산했다.

어느 해는 민화가 아닌 홍매화만 실컷 보다 온 적도 있었다. 혼자란 게 대부분은 나쁘지 않은데도 어떤 날 너무도 싫은 어느 눈부신 봄날에…….

"혼자서?"

"혼자서요."

강준후는 의외라는 듯 봤다. 이상할 게 없는데도 그렇게 봤다.

"혼자 다니는 게 이상한가요?"

"그렇지는 않아요."

"그럼요?"

"친구, 있잖아요."

"친구? 태평이요?"

강준후는 대답 대신 고개를 끄덕였다. 아, 그 태평하지 않은 태평이.

"태평이는 사찰 무서워해요."

"의외네요."

그건 서우를 비롯해 모두에게 의외이고 충격이었다.

뛰어난 두뇌에 남다르다 못해 남을 기죽이는 체격, 괴력이라 할 수 있는 체력과 파워까지 겸비한 태평은 불당도 그렇고 반이랑 보살님이 계신 신당도 피할 정도로 무서워했다.

어릴 적부터 할아버지보다 할머니를 더 좋아하고 따랐던 우뢰매, 아니 우람한 태평이었다.

장애가 있는 부모님께 최고의 아들이기도 했지만 옆집 할머니에게도 최고로 사랑받는, 골목대장 지민화의 수석 보좌관이자 난이도 높은 꼬봉이었다.

할머니가 적지 않은 나이에 자리보전 끝 결국 눈물로 신내림을 받았을 때, 태평은 그 자리를 피해 거친 바다로 촬영을 떠났다.

나중에 얼마의 시간이 지나 태평은 말했다.

그날 가자미 잡이 배의 베테랑 선원들도 혀를 내두를 정도의 높은 파도에 뱃멀미를 해 속을 깨끗이 비우고 타고난 손맛의 화장(배에서 밥해 주는 선원)이 해 준 밥을 먹었는데 너무 맛이 있어서 먹으면서 내내 눈물이 났다고…….

먹어도 먹어도 배는 허하고 그러다 다시 토하고를 돌아오는 날까지 반복했다고.

그건 아마 속상하고 섭섭한 할매가 부린 심술이라며 헛헛하게, 미어지도록 웃었었다.

태평은 그런 벗이고 친구였다. 우정보다는 가족애에 가까운 오빠 같은 동생.

"그 친구와는 역사가 오래됐습니까?"

질문을 하는 강준후의 목소리가 조금 가라앉아 있었다. 아무래도 그날 첫인상이 그리 좋지 않아 그런 듯했다. 생각해 봐도 그날의 김태평은 괜스레 오버였다.

"오래됐어요."

"……."

"서로가 꼬꼬마일 때 만났… 미안해요. 잠깐만요."

서우는 이야기를 중단하고 전화를 받았다.

"네, 아저씨. 아니요……. 제가, 제가 갈게요. 지금."

준후는 한순간 톤이 낮아지고 갈라지는 지서우를 보며 속도를 줄였다.

"강준후 씨, 차 좀 돌려 주세요."

지서우는 사색까지는 아니지만 긴장으로 굳어진 표정을 하고 말했다. 준후는 아무것도 묻지 않고 내비게이션부터 확인했다.

"조금만 가면 고속도로에서 벗어날 수 있어요."

그 같은 설명에도 긴장과 함께 걱정스런 지서우의 표정은 똑같았다.

"목적지 주소 불러요."

"……."

"그래야 최대한 빨리 갈 수 있어요."

지서우가 살짝 떨리는 목소리로 불러 준 주소를 입력한 후 조금씩 속도를 높였다.

문이 닫힌 헌책방 안을 면밀히 확인한 지서우는 급히 건물 뒤로 돌아갔다. 준후는 동행을 하면서 아무것도 묻지 않았다. 무언가를 물어도 대답을 할 것 같지 않았다. 지금의 지서우는.

건물 2층으로 성큼성큼 뛰어 올라가 번호 키를 누른 문이 열림과 동시에 불렀다. 아니, 외쳤다.

"할아버지!"

준후는 그런 지서우를 따라 집 안으로 들어갔다.

집 안은 조용했고 외부에서 보이는 것과 달리 천장은 높고 공간은 넓었다. 아무래도 누군가를 위한 맞춤형 인테리어를 한 듯했다.

"할아버지! 할아버지 어디 계세요!"

지서우는 모든 문을 열며 확인했다.

"할아버……."

다른 방보다 작은 방 한쪽, 누군가 몸을 동그랗게 말고 굽은 채 눈을 감고 계셨다. 품 안에는 작은 액자를 품고.

"할…아…버지……."

준후는 덜덜 떨면서 꼼짝도 못 하고 선 지서우보다 먼저 누워 계신 어른을 안아 살폈다.

"할아버지……."

그제야 곁으로 다가온 지서우는 음소거 직전의 메마르고 기어들어 가는 목소리로 간신히 물었다.

"우리 할…아버지……."

"체온이 높기는 한데 괜찮으세요. 일단 병원으로 옮기는 게 좋겠어요."

"……."

"어서요."

준후는 여전히 경직된 채로 떨고 있는 지서우를 최대한 안심시킨 후 어르신을 품에 안았다. 그와 동시에 액자는 둔한 소리를 내며 바닥으로 떨어졌다.

언뜻 스치는 시선 속, 사진 속 여인은 고왔다.

스치듯 보기에도 충분히…….

40도 가까이 오르던 열이 떨어지고 어르신은 링거를 맞고 잠이 든 상태였다.

의사는 감기라고 진단하면서도 연세를 언급하며 몸 상태를 좀 더 확인하길 권했다. 일단 열이 내리길 기다렸다. 준후도, 속이 타들어 가는 얼굴로 금세라도 쓰러질 듯한 지서우도.

그녀는 꼼짝도 하지 않았다.

특실로 옮긴 후 누가 옆에 있는지, 왔다 가는지 모르는, 관심 없는 얼굴로 누워 계신 어른에게만 시선을 고정했다.

조용히 병실을 나온 준후는 간호사에게 몇 가지 부탁을 하고 건물 지하로 향했다.

당장 필요한 것들을 구입해 돌아오니 병실 앞에 지서우가 서 있었다. 아까와 다르게 퉁퉁 부은 붉은 눈을 하고.

이렇게라도 눈이 마주친 지서우를 한참 동안 쳐다봤다. 지서우도 시선을 피하지 않았다. 지금 무슨 생각을 하는지 모를 여자는 아직까지도 반쯤 넋이 나간 상태였다.

준후는 지서우의 손목이 아닌 손을 잡았다.

길고 가느다란, 차가우면서 여전히 떨고 있는, 내내 잡고 싶었던 손을 이 순간에.

병원의 자랑인 듯 보이는 옥상 정원은 잔인하다 싶을 정도로 탐스러웠다. 화사하고.

앉은 자리에서 보이는 풍경은 부풀어 오른 꽃 위로 파란 하늘이 전부였다.

마치 미술 작품을 관람하는 듯한 기분이 들 정도로 색의 대비와 분할은 적확하고 강렬했다.

지서우는 시야 가득 차올라 만발한 붉은 꽃을 보며 말했다.

"우리 할아버지 꽃 엄청 좋아하시는데……."

"……."

"그중에서도 꽃 중의 꽃, 모란꽃을 가장 좋아하세요. 우리 할머니 닮았다고."

듣기만 했다. 어떤 말이라도 해 지서우의 감정이, 불안함이 잦아들길 바랐다. 그럴 일은 없겠지만.

"요즘 모란꽃 좋아하는 사람이 어디 있겠어요. 본 적 없는 이들이 더 많을 거예요. 그죠?"

고개를 돌린 지서우는 그제야 미소를 보였다. 어색하고 불안한, 그 정도만으로도 고맙기만 한 미소를.

"오늘 고마워요."

"……"

"강준후 씨 아니었으면 큰일 날 뻔했어요. 나 혼자였다면 아마 마냥……."

쳐다보다 얼어붙은 채로 의식을 잃은 어르신보다 더 아픈 표정을 하고 마냥 울었겠지. 아이처럼. 지금과 다르지 않은 표정을 하고 말이야.

준후는 어떤 말이든 지서우가 계속 말하길, 말해 주길 바랐다.

어떤 말이든 해서 조금 더 가까워지고 싶었다. 그게 무엇이든 좀 더 나누면서 지금보다 열 배는 더 다가가고 가까워지고 싶었다.

난 당신에게, 당신도 강준후에게, 마치 서로가 서로에게 서서히 바람이 되는 것처럼.

"열도 내렸고 이제 깨어나시기만 하면 되니까……."

"밥 먹어요, 나와."

"……"

"그럼 갈게요."

더는 요구하지도 바라지도 않았다.

지금 중요한 건 이 여자에게 무언가를 먹이고 그 모습을 보는 것뿐이었다.

다른 건 전부 다 그다음 차례고 순서였다. 일단은 지서우 입으로 무언가가 들어가는 걸 봐야 안심할 것 같았다.

"밥은 이따가……."

"이따 말고 지금 먹어요."

"……."

"많이 먹는 건 바라지 않으니까. 그렇다 해도 지서우가 조금이라도 먹는 걸 봐야 강준후가 갈 수 있으니까 얼른 가길 바라면 밥 먹어요, 나와."

지서우는 어떤 말이나 질문 없이 보기만 했다. 말없이 봐 주는 무심한 시선에 맘이 놓이는 듯했다.

할 수 있었지만, 하고 싶었지만 이대로 가면 금세 뒤돌아 다시 올 것 같다는 말은 하지 않았다.

어차피 지서우는 이해하지 못할 테니까…….

횟수로 치자면 마음의 질량과 밀도를 떠나 그게 무엇이든 간에 두세 번이 전부이지 싶을 테고, 그러니 강준후란 남자가 왜 이런 말을 하는지도 모를 테다.

또한 이상하기만 할 테니까. 의도가 의심스럽기도 하고.

한동안 준후 자신이 그랬던 것처럼.

그 모든 이유로 이 순간 입은 다물고, 마음은 여전히 키우고 다스리는 게 맞았다. 아직까지는.

고집스럽게 잠만 자는 할아버지를 보며 서우는 안도하고 서운했다.

한 번쯤 눈을 떠 우리 민둥이네, 그 한마디만 해 주고 다시 주무시면 될 것을 그게 뭐 그리 어렵다고……

뜬금없이 심술이 나면서도 고르고 반복된 숨소리에 만족했다.

할아버지를 발견했을 때를 떠올리면 그 어떤 불평불만도 할 수 없었다.

몸을 굽히고 쓰러져 계신 할아버지의 품엔 반이랑 여사의 젊었을 적 사진이 있었다.

할아버지는 할머니에 대해 따로 말씀하신 적이 없었다.

보고 싶다고, 그립다고, 이대로는 죽을 것 같다며 당신의 속내를 표출하거나 표현하신 적이 없었다. 그래서 매일매일이 긴장이고 매 순간이 걱정이었다.

어떤 표현도 하지 않기에 침묵은 늘 가시방석보다 아프고 두려웠다.

어느 날은 목 안 깊숙이 파고든 가시가 마치 당장이라도 죽일 듯 숨통을 조여 오기도 했다.

두 분이 의기투합해 사랑하는 손녀를 위해 받아들이고 벌이신 그 일이 당신들의 희생만큼, 아니 더한 무게로 당사자인 서우를 압박하고 옥죄었다.

어떤 이유에서든 사랑하는 두 분을 갈라놓았다는 사실은 고문이고 고통이었다.

재훈과의 일도, 그쪽 집안에서 보인 반응도 상처일 수 없고 절대 모욕이 아니니 이혼은 안 된다고 빌고 빌었었다.

부탁드리고 부탁했었다. 이 모든 일을 계획하고 사주한 반이랑 보살님께.

사랑하는 당신들이 이혼을 해도 신내림을 받은 반이랑 보살님은 지민화 할머니라고. 유일한 가족이라고. 그건 절대 변하지도 바뀌지도 않는다고. 그렇다면 지금 이대로 다 같이 살자고. 결혼도 그렇고 어떤 미래든 상관없고 그저 그림만, 민화만 그릴 수 있으면 되니까 가족의 해체는 절대 불가하다고.

사랑은, 사랑하는 이와의 소소한 행복은 할머니 말씀처럼 다음 생에 하겠노라고……

"민…둥아."

쏟아지는 눈물을 미처 닦지도, 숨기지도 못하고 할아버지를 봤다. 할아버지가 연하게 웃고 계셨다. 웃어 보이려 애쓰고 계셨다.

할아버지의 굵고 진한 주름들이 너무 적나라하고 노골적이라 마음 어딘가 그만큼의 깊고 굵은 선이, 상처가 패어 새겨지는 듯했다.

"왜… 울고 있어? 못난 얼굴 더 못나 보이게."

"……."

"할…비 괜찮…아."

대답도 못 하고 고개만 끄덕였다. 어떤 말이든 하고 싶은데 입을 떼면 그대로 엉엉 울어 버릴 게 뻔해 착한 아이처럼 부지런히 고개만 끄덕였다. 부단히 노력해 미소까지 보태며.

"나, 좀 더 잘란다……."

응. 주무셔, 할아버지. 내가 지키고 있을게.

"거… 이…상하게 졸리…네."

할아버지는 그간 자지 못한 잠을 한꺼번에, 몰아서 주무실 요량인지 서서히 눈을 감으셨다.

잠이 든 할아버지의 손을 조심스럽게 잡았다. 충전기에 코드를 꽂은 듯 비로소 숨이 쉬어졌다.

누군가에게 기운과 숨통을 내주고 처분을 기다리듯 내내 호흡이 가빴는데 이제야 편해졌다. 편해지면 안 되는데 어느새 편해져 버린 몸은 익숙한 체온을 찾아들었다.

아주 살짝, 잠든 이는 절대 모를 정도의 강도로 할아버지 품을 빌렸다. 조금 더 파고들었다.

이렇게라도 해야 평화로운 이 순간을 실감할 수 있을 것 같기에.

부메랑처럼 병원으로 되돌아왔다.

새 모이만큼의 양을 억지로 삼키던 지서우를 병실로 들여보내고 집으로 와 한참을 앉아만 있었다. 내내 생각했다. 어떤 빌미로, 무슨 이유를 대며 지서우를 다시 볼지.

아직까지도 이렇다 할 변명을 찾지 못한 채 준후는 병원을 올려다봤다.

거대한 병원 건물 속, 어느 병실인지 단번에 알 수 있었다. 신기할 정도로 확신이 갔다.

저기 저쯤 네모반듯한 창 안에 지서우가 있겠구나. 어쩌면 혼자 울고 있겠구나.

첫눈에 반한다는 말은 인위적이고 작위적이라 의심하기만 하던 자신이, 그토록 편협하니 오만방자했던 강준후가 반한 모습은 생기로 가득한 청춘이 싱그럽게 웃는 모습이었다.

애써 울음을 감추며 속으로 삭이며 금세라도 소멸될 듯 우는 모습이 아니고.

이제는 지서우의 모든 행동과 희로애락 전부 다 의미 있었다.

고개를 숙인 채 억지로 몇 수저 뜨는 모습도. 멍하니 어딘가를 응시하던 쓸쓸하니 그늘진 표정도. 잠깐잠깐 멈추며 힘없이 이어지던 맥 풀린 걸음도. 손가락으로 벽을 짚으며 간신히 버티던 애처롭던 강단도. 고맙다는 인사를 하며 애써 보여준 미소까지.

혹여 놓친 모습이 있었던가 하며 고개를 드니 복도 끝에 지서우가 보였다.

 긴 복도 끝 창문 앞에 선 지서우는 팔짱을 낀 채로 어둠 저편을 응시하고 있었다. 그 모습이 마치 벌을 받는 이 같으면서 자초해 벌을 기다리는 이처럼도 보였다.

 이 순간 저 작은 몸과 마음은 따로 분리된 채 어딘가를 헤맬 것이다. 스스로를 자책하면서. 아님 자신의 존재 자체를 부정하면서……

'조부모님 손에 컸는데 사고가 있던 그해 두 분은 헤어졌습니다. 한데 그게 위장 이혼이라는 말도 있고. 그보다는 지민화 씨의 조모인 외할머니께서……'

 최 실장에게 들었던 말을 떠올리며 걸었다.

 몇 번을 반복해 떠올려도 닿을 곳은 지서우가 있는 곳이었다. 다른 지점이랄 게 없었다. 언젠가부터.

 강준후 인생 전반을 통틀어서 이제 가 닿을 곳은, 최종 종착지는 지서우였다.

 발소리 때문인지, 아니면 검은 창문이 조금씩 허용하며 보여 주는 그의 음전한 모습 때문인지 큰 창문 어딘가에서 지서우와 눈이 마주쳤다.

 마주친 상태로 멈추지 않고 걸었다. 움직이지 않고 선 지서우에게로만.

마침내 지서우 옆에 서자 의아해하는 얼굴로 쳐다봤다. 솜털이 선, 대체 어떤 느낌일지 궁금한 가는 팔을 천천히 풀면서.

그 모습이 마치 그에게 걸었던 마음의 빗장을 푸는 듯해 그처럼 해석을 하고 오해를 하고 싶어 준후는 앞서는 감정을 단속하며 미소를 보였다.

"왜 그렇게 놀랍니까?"

"어떻게……. 아니, 왜 다시……."

"아무리 생각해도……."

준후는 살짝 동공이 확장된 채여도 보기 좋은, 아니 이쁜 여자를 보며 말했다.

"저녁을 너무 조금 먹었어요."

"……!"

"저녁 한 번 더 먹을 거 아니면 함께 있어요, 우리."

납득도 그렇고 수긍할 수 없는 말이라는 건 안다. 하지만 고작 이유 하나를 찾아 꺼냈다. 이 여자에게.

"아주 오래는 아니니까 그렇게 보지 말고."

지서우는 쳐다보기만 했다. 그 같은 결정과 억지스럽지 않은 태도가 고마웠다.

우려하고 예상한 바대로 걱정이 돼서. 더는 앉아 걱정만 할 수는 없어서. 이대로 잔다는 건 아무래도 불가능할 것 같아서…….

결국 어느 장소, 어느 곳에 있건 강준후는 지서우로 인해 밤을 새게 될 테니까.
 밤의 여행자처럼 머릿속을 걷고 걸으며 누군가를 속수무책으로 떠올릴 테니까.
 그렇다면 이렇게라도 봐야, 다소 일방적이지만 그래도 봐야 할 것 같아서 고민 끝에 왔다고는 말하지 않았다.
 조심스레 어쩌면 당신도, 라는 간사한 기대를 품고 싶지만 아직은 그럴 일이 없을 테니까 말할 수도 없었다.
"할아버지께서는?"
"잠깐 정신이 드셨다가 다시 주무세요."
 목소리 가득 안도하는 게 느껴졌다. 준후 또한 이제야 마음이 편해지는 듯했다.
"열은?"
"내렸어요."
"다행이네요."
"네."
"지서우 씨."
"네."
"안 추워요?"
 복도는 춥다고 할 수 없는 적정 온도였다. 하지만 지금 두 사람이 서 있는 곳은 창가 바로 앞. 여지가 아주 없지는 않았다.
"그냥 좀……."

"감기와 사랑은 방심할 때 걸리는 거예요."

"……!"

준후는 입고 있던 슈트 재킷을 벗어 서우의 어깨에 살짝 걸쳐 주었다.

"입고 있어요."

올려다보는 작은 얼굴에 의아함보다는 의문과 두려움이 가득했다.

그래, 그렇게. 그 정도로 짐작하고 생각을 하는 것도 나쁘지 않을 거야. 이 강준후만큼은 아니라도 당신도 이제 조금씩, 천천히 혼란스럽고 생각이 많아지길 바라.

이 남자가 대체 왜 이럴까. 왜 시간에 되돌아와서 이상한 말과 함께 옷을 벗어 주고 걸쳐 주고 싶어 하는 걸까.

지서우, 당신도 이 정도의 고민은 해 줬으면 해. 오늘부터라도.

준후는 그 같은 말 역시 하지 않았다.

어떤 답이든 답은 스스로 찾아야 하기에. 자신처럼.

4부

서우는 택배로 받은 상자를 풀어 본 후 넋을 놓고 있었다.

그림이라고는 생각지 못했다. 그것도 아트페어 고양이 민화라고는 전혀.

그림 속 고양이는 마치 살아 움직이는 것처럼 생생한 털을 뽐내며 초롱초롱한 눈을 한 채 올려다보고 있었다.

그래, 나야, 나. 이제 어쩔 건데? 뭐 이런 새침하니 도전적인 눈빛을 하고.

이 그림은 고양이 작가의 작품 중에서 그중 큰 편에 드는 작품이었다. 또한 노고와 정성, 불면의 밤이 가장 요하는 그림이기도 하고.

고민을 하다 핸드폰을 찾았다. 번호를 누르자마자 밝은 톤의 목소리가 들려왔다.

-응, 지 작가. 웬일이야? 먼저 연락을 다 하고.

"바쁘세요? 잠깐 통화 가능하세요?"

-가능하지, 그럼. 누구 전화라고.

"감사해요. 다름이 아니고 일주일 전에 갔던 아트페어에서 강준후 씨와 셋이 있다가 어떤 귀부인 보고 인사드리려 가신 적 있었죠? 기억나세요?"

-기억나지. 근데 왜?

"혹시 그분 연락처 알 수 있을까요? 지금이요."

서우는 급한 마음에 별다른 설명 없이 연락처부터 물었다.

-연락처?

"네."

-이런 상황에 이런 목소리라면 이유는 나중에 묻고 먼저 연락처부터 알려 주는 거 맞는 거겠지, 지 작가.

"네. 죄송하지만 그래 주시면 좋겠어요."

-…….

"제가 지금 너무 급해서요."

솔직하게 말했다. 사안이 상당히 다급하다고.

-그래, 알았어. 전화 끊고 바로 보낼게. 근데!

"……."

-나중에라도 말해 줄 거지?

"네, 그럴게요. 감사해요. 죄송하고요."

-감사는 알겠는데 죄송까지야. 그럼 끊어. 얼른 보낼게.

지원이 먼저 전화를 끊었다. 이후 바로 문자가 왔다.

문자를 확인하고 바로 연락을 한 서우는 숨을 가다듬으며 상대의 목소리를 기다렸다.

-네, 여보세요.

"안녕하세요, 여사님. 지서우라고 합니다."

서우는 공손히 인사를 하고 본론을, 사실을 바로 꺼냈다.

"다름이 아니라 제가 지금······."

긴장을 해 약간 떨리기도 했지만 차분하면서도 조곤조곤, 이 당황스런 상황을 설명했다.

약속 장소에 먼저 도착한 서우는 손목시계를 확인했다. 15분의 여유가 있었다.

방문이 처음인 이곳은 고급 한정식 레스토랑이었다.

통화상에서 들은 대로 도착 즉시 매니저를 찾으니 안내받은 곳이 이 룸이었다. 룸 안은 생각보다 넓으면서도 식당이라기보다 방이라는 느낌을 받았다.

방 안은 온통 민화로, 민화풍의 인테리어로 장식돼 있었다.

식사하는 테이블 위 식기 세트를 시작으로 작은 소품까지 전부 변형된 민화의 색과 옷을 입고 있었다. 사방을 장식한 실크 벽지도 한 폭의 그림, 아니 그보다는 10폭의 병풍을 반듯하게 편 듯 고급스러우면서도 단아한 느낌을 주었다. 그렇다고 화려함만을 전면에 내세운 인테리어가 아니었다.

민화라는 정체성에 맞게 모든 컬러와 도상이 어우러져 한 세트인 듯 느껴졌다.

아주 조금의 더함이 있었다면 분명 자랑을 하기 위한, 우리 이 정도라는 거만과 명백한 생색이 불편해 폄하할 수도 있지만 모든 장식은 딱 좋다 싶을 정도로 적정선을 유지하고 있었다.

기분에 따라서는 우리 민화가 자생하고 성행한 조선 후기 호기심 많은 사대부 부인의 교방이나 혈기방장하고 글과 그림에도 조예가 깊은 어느 기방의 예술 기생의 방인 듯한 착각을 하게 만들었다.

그만큼, 타임리프를 한 듯한 즐거운 상상을 하게 만드는 기묘한 방이었다.

정신없이 둘러본 서우는 눈앞에서 자신을 봐 달라며 매력지수를 높이는 식기 세트에 시선을 두었다. 식기는 심플했다.

이처럼 화려한 방 안에 자신까지 화려함에 동참할 수 없노라 하는 확고한 정체성을 한 식기는 조선백자만큼 심플하고 단아한 품위가 있었다.

공간을 적당히 커버해 주는 4단 장식장도 그렇고 딱 좋을 개수의 패브릭 쿠션에는 전부 민화가 그려져 있었다. 서로 다른 사이즈의 쿠션에는 모양새가 다른 나비가 날아가고, 장식장 옆에 버티고 선 책가도 액자는 이 안에서 가장 고풍스러웠다.

감탄을 하는 사이 노크 소리와 함께 문이 열렸다.

 방금 전 안내해 준 매니저 뒤로 기다리던 부인의 모습이 보였다.

 "지서우 양!"

 부인은 반가운 얼굴로 다가왔다. 자리에서 일어나 있던 서우에게 앉으라고 한 부인은 맞은편 의자에 앉았다. 두 사람이 거의 동시에 앉는 순간 부인은 매니저에게 음식을 들이라고 말했다.

 매니저가 나가고 어서 이 마음의 짐에서 해방되고 싶은 서우를 부인이 저지했다.

 "미안한데 우리 저녁부터 먹고 이야기했으면 해요."

 여유가 없었다. 서우에게는. 그 같은 감정이 얼굴에 여실히 드러났는지 부인은 부탁조로 설명을 이었다.

 "나 오늘 이 식사가 첫 끼니예요."

 "……!"

 "두 시간 전에 일본에서 온 거라 서우 양이 양해 좀 해 줬으면 해요."

 서우는 놀란 마음에 대답도 못 하고 부인을 쳐다봤다. 그 얘기는…….

 "맞아요. 서우 양 전화를 받은 곳, 공항이었어요."

 그랬구나. 상당히 소란스러운 감이 있어 통화를 하면서도 부담스러웠었다.

"내 상황을 말하면 다음에 보자고 할 것 같고, 또 그러자니 우리 서우 양이 잠을 못 이룰 수도 있어서 급하게 약속을 잡은 거예요. 그러니까 미안하지만 우리 밥 먹고 이야기해요."

그 말을 끝으로 저녁상이, 저녁이라기보다 만찬과도 같은 시간이 이어졌다.

음식은 훌륭했다. 과거 잡식성이었지만 지금은 입이 짧아진 서우조차 골고루 즐기고 맛볼 만큼 저녁상은 제대로 대접받는 기분을 들게 했다.

사실 대접을 할 사람은 그녀였는데 되레 엄청난 대접을 받는 기분이었다. 제법 긴 저녁 시간이 흐르고 차와 함께 두 사람만의 시간을 가질 수 있게 됐다.

"그림 때문에 많이 놀랐어요?"

돌리지 않고 묻는 부인의 질문에 솔직히 답했다.

"네."

"그림은 마음에 들었어요?"

질문엔 기대와 우려, 취향을 제대로 저격한 걸까 하는 걱정과 궁금함이 가득했다. 그 사실을 알기에 거짓을, 아닌 척을 할 수 없었다.

"네."

"어머, 그랬어요? 다행이네요."

부인은 아이처럼 좋아했다. 자신의 선택이, 당신의 눈썰미가 적중한 데에 대한 만족감과 자긍심이 대단한 분 같았다.

"저… 그림은 받을 수 없을 것 같아요."
"이미 받았는데?"
부인은 마치 천진한 아이 같은 표정을 하며 말했다.
"그렇다 해도 다시 드리고 싶어요."
"……."
"대신 감사한 마음은 충분히 받을게요."
"난 마음도 그렇고 그림도 받아 줬으면 하는데."
"그러기에는 여사님과 제가 특별한 인연이 있는 것도 아니고, 또 그날 제가 부인께 해 드린 게 없어서 그처럼 큰 선물을 받기에는 무리가 있어요."

 서우는 최대한 감사한 마음을, 기쁘고 반가웠던 마음을 표현하려 했다. 그 이전에 당황스럽고 이를 어쩌나 싶어 막막하기도 했지만 그림을 보면서 내내 좋았다.

 이틀 전까지 할아버지와 벌인 대치 아닌 대치로 맘이 많이 상한 상태였는데 그림을 보는 순간 위로받는 심정이었다.

 건강검진 후 아무런 이상이 없다는 진단을 받은 할아버지는 그날로 책방 문을 여셨다.

 할아버지 성정으론 당연한 일이지만 손녀 입장에서는 결코 당연할 수 없었다.

 그날 만약 연락을 받지 않았더라면, 서우가 몇 년 전부터 부탁을 했던 이웃 어른의 남다른 눈썰미와 빠른 판단이 아니었다면 분명 큰일이 날 수 있는 상황이었다.

그 모든 감정의 격노와 상처가 그림으로 인해 다독임을 받는 듯했다.

묘하게 바라보는 고양이의 시선과 한 올 한 올 생생해 마치 실사 같은 털은 애써 만지지 않고도 체온을, 마음의 온도를 높여 주었다.

결국 그림을 선물한 이의 마음으로 인해 생각지도 못한 순간 어딘가가 따뜻했고 위안이 됐다.

"왜 우리의 인연이 특별하지 않다고 하죠? 서우 양은."

윤 여사는 불만이라기보다 무척이나 의외라는 듯이 물었다. 말하고.

"그건……."

"우리는 그날, 그 장소에서 수많은 사람들 속에서 서로를 알아봤어요. 시계와 취향이 동일하다고 해서 모두가 만나지고 인연을 맺는 건 아니에요."

틀린 말은 아니었다. 그때 반이랑 여사를 떠올리게 하면서 먼저 손을 내민 부인도, 그에 대응한 서우에게도 그 순간의 선택과 만남은 일반적이라고 할 수 없으니까.

"인연일지라도 결국엔 스쳐 지나가는 인연도 있어요."

"……."

"그렇다면 그 정도의 인연이었나 보지, 이렇게 말하는 건 너무 야박한 거라 생각해요. 또 우리의 인연은 둘 다 동시에 선택하고 행동한 거니까 지금 이렇게 이 자리까지 이어진 거예요. 약간의 차이 같은데 생각해 보면 큰 차이기도 해요. 사람과의 인연이라는 건."

인연, 선택, 노력. 그 모든 말들은 반이랑 여사가 자주 하던 말이었다.

신내림을 받기 전부터 할머니는 모든 것들과의 인연을 소중히 하셨다.

풀 한 포기, 밤새 내린 이슬이 만들어 보이는 작은 세계의 환희, 잠시 앉았다가 날아가는 이름 모를 새의 울음, 헌책방에서 책을 팔고 사 가는 이들까지, 전부 당신의 전생과 인연에 속한 이들이라며 의미를 두곤 하셨다.

두 분은 참 많이 다른 듯한데 겹쳐 보이는 부분들이 있었다.

"그러니 내가 서우 양에게 우리 둘의 인연을 이어 준 그림을 선물한 건, 과한 것도 이상한 것도 아니에요. 당연한 일이지. 누군가에게는 감사한 일이고."

물론 감사했다. 작품을 받는 걸 당연하다 생각지는 않지만.

"난 그 고양이 민화 작가한테 여러모로 감사해요."

부인은 즐겁고 행복한 표정을 하며 말했다.

"첫째는 그림이 기대 이상으로 좋아서 감사하고, 둘째는 서우 양과의 인연을 이어 줘 감사해요. 세 번째는……."

"……."

"셋째는 뭘 것 같아요?"

"네?"

순간 수수께끼까지는 아니라도 스무고개인가 싶었다.

"우리의 많은 인연의 의미 중 세 번째는 무언지 다음에 서우 양이 알려 줘요."

"네에?"

"어머, 그럼 우리 또 만나야겠네. 난 벌써부터 기대가 돼요. 어느 날, 어느 순간 서우 양을 만나서 지금처럼 기쁘고 즐거울지."

말이 묘하게 엔딩스러워 다른 질문을 하기도 애매했다.

"참! 제일 중요한 걸 빠트렸네."

제일 중요하다는 말에 서우는 몸을 앞으로 기울이며 귀를 쫑긋했다.

"여기 어때요? 분위기나 음식이 취향에 맞아요?"

"아, 네……."

부인은 당신에게는 상당히 중요한 질문인 듯 묻고는 반응을, 대답을 기대하는 걸 숨기지 않았다. 당당하고 솔직한, 묘하게 신비하고 친근한 분이었다.

아이처럼 눈을 반짝이며 왠지 모르게 긴장과 흥분을 동시에 하고 있는 이 우아한 부인은.

준후는 신문 기사를 다시 한번 읽어 내려갔다.

기사는 여름에 방한하는 네덜란드 여왕에 대한 기사였다.

아르헨티나 출신의 네덜란드 여왕은 개인적으로 그림을 좋아하며 그중에서도 동양의 그림을 수집하는 걸로 유명하다고 했다.

언젠가 프랑스 국립 기메 박물관에서 민화를 본 후 그때부터 우리 민화에 관심과 함께 개인적으로 구매하기도 한다는 뜻밖의 기사였다.

프랑스 기메 박물관에 있는 작품들은 오래전 기증한 민화였다. 당시 국내 미술계의 복잡한 사정은 알지 못하지만 한 작가의 집념 어린 노력과 노고로 일본에 흩어져 있던 우리 민화 130점을 품에 안았고 지금은 이렇게 남의 나라 박물관에 있었다. 그 소중한 예술 작품들이.

미술계에 뿌리 내린 고정관념은 여전했고 일관됐다.

그 같은 고수와 보수, 고답적인 사고방식으로 인해 아직까지도 미술계에서 제대로 된 인정과 평가를 받지 못하고 있는 게 민화였다.

이런 시기, 지민화가 다시금 세상으로 나온다면 어떨까…….

모두가 쉬쉬하면서도 인정하며 결국엔 소장하길 소망했던 지민화의 민화가 다시금 부각돼 구매력과 함께 영향력 있는 외국 여왕의 호기심을 자극한다면, 민화의 입지는 지금보다 공고해지며 언론과 여론도 집중되지 않을까.

언론의 스포트라이트가 득일 수만은 없고 분명 양날의 검일 수 있지만 민화의 바람은 어딘가, 누군가에게 조용히 안착해 좋은 영향을 줄 게 분명했다.

그 모든 소란에 지서우가 중심에 있다고 생각하면… 싫었다.

과거였다면, 지민화를 알기 전이었다면, 어떤 형태로든 지서우를 마음에 담기 전이라면 예술을, 민화를 아끼고 지지하는 입장에서 반길 만하지만 지금은 달랐다.

그 사람의 아픔과 혼란, 눈물을 본 지금은 달라졌다.

지민화가 바라지 않는다면 그 자신도 바라지 않았다. 지서우가 원치 않는다면 준후도 달갑지 않고.

'내가 바라고 원하는 건 지 강사가 하고 싶고 원하는 대로 두는 거야.'

그때는 동의하지 않았다. 지원의 의견과 판단에.

지금은 지원과 다르지 않고 다를 수 없었다.

지서우에게 품은 마음의 밀도와 톤은 다르지만 아끼는 마음은 동일하기에.

그 밤, 창가에 서서 많은 말을 하지는 않았다.

많은 말을 할 수 없을 정도로 지서우는 침잠한 상태였다. 의식도 감정도.

그녀에게 가족이 어떤 의미인지 알고 있었다. 어떤 존재인지.

최 실장의 보고는 디테일하면서도 정확도로 유명했다.

보고서엔 많은 정보가 담겨 있었다. 실로 많은 사건과 여러모로 난제인 사실들이.

생각이 많아지는 준후는 내일 어떤 모습으로 지서우를 볼지 생각했다. 그보다는 어느 정도의 감정을 내보일지.

자신이 작게나마 분명하게 피력한 행동으로 의식하기 시작했다 해도 아직 걸음마 단계일 게 뻔했다.

여직까지 스스로의 문제와 그림일기라고 칭했던 민화로 인해 고민 중일 테니까.

"태어나 처음으로 이렇게 목하 짝사랑 중인 남자도 있는데……."

당신은 모를 테지. 상상도 못 할 테고.

"억울하네……. 한 남자는 누구 때문에 이렇게나 고민이 깊어지는데 말이야."

천천히, 하루에도 몇 번씩 '슬로'라는 단어를 떠올리며 강준후 본연의 모습으로 이런 생각을 하다가도, 눈에 불을 켜고 보던 김태평이란 인물이 생각나고 그 남자의 애매한 감정선과 날 선 시선을 읽은 지금 평정심 유지는 쉽지 않았다.

그와 별개로 궁금해졌다. 알고 싶어졌다. 자꾸만 떠올리게 되고.

지서우의 붉은 입술이. 매혹적인 모란꽃처럼 벌어진 입술은, 그 입술 속에 숨은 꽃술일 게 분명한 타액은 어떤 느낌이고 맛일지.

여직까지는 모두가 그렇듯, 모나리자의 눈썹에 대한 분분한 해석이 흥미롭고 천재 화가 로트렉의 불후한 인생사가 가슴 아픔과 동시에 작품을 소장하고 싶었다.

우수 서린 처연한 모습과 미스터리한 광기. 그 시대에는 드문 매혹적인 에스프리를 발하던 전혜린의 육필 원고가 한없이 욕심나고, 동화적이고 이상적인 내면세계와 자연, 그중에서도 나무의 푸르른 생명력을 그린 올해 탄생 100주년 기념전을 하는 장욱진 화백의 나무 시리즈 몇 점을 소장하는 게 큰 과제이자 목표였다.

지금도 그들의 작품과 예술 세계를 사랑하지만 지금은 무언가 달라져 버렸다.

열정과 소장, 소유욕은 그대로인데 대상이 유일화, 단일화가 돼 버렸다.

지금은 지서우의 옅고도 짙은 체향이, 미열에 가깝던 손의 온도가, 부유하던 검은 눈동자의 최종 목적지가, 유난히 하얀 목을 살짝 넘긴 얇은 머릿결의 미묘한 감촉이, 목 왼쪽에 있는 작은 갈색 점이 궁금했다.

어떤 음식을 어떻게 요리해 먹는 걸 좋아하는지도 알고 싶고 어느 시간대 주로 무슨 음악을 듣는지, 어떤 장르의 음악에 입문하고 싶은지, 무슨 이유로 서양화에서 민화로 전향을 했는지, 현대 화가 중 호기심과 궁금함을 자극하는 작가와 화풍은 무언지…….

사실 그보다는 청바지 입은 모습만을 봤는데 스커트를 입은 당신도 보고 싶다고.

지서우에 관해서 좀 더 많이, 세밀하게 알고 싶었다.

어떤 예술가의 치열한 인생사보다 그 모든 궁금함이 준후를 뜨겁게도 하고 차갑게도 했다.

강준후는 여전히 냉온탕인데 이제 그 원인은 지서우에게 있었다.

궁금하고 신비롭기도 한 당신에게.

지원이 느긋하게 기다려 준다면 그게 이상한 일일 거다.

건너편 건물 지원이 운영하는 카페에서 가지고 왔다는 커피와 번, 조각 케이크로 원 모양의 케이크를 만들어 온 지원은 눈을 반짝이며 서우 주위를 서성거렸다.

알고 있다, 이 같은 행동의 숨은 의도와 의미를.

"실천가답데 기다림의 미학을 실천하려고 했는데 나도 지 작가한테 말해 줄 것도 있고 해서 겸사겸사 올라왔어."

"저한테 말씀해 주실 거라는 게……."

"일단 내가 듣고 싶은 것 먼저 듣고."

지원은 아이스커피를 한 입 쪽 빨고는 자, 이제 말 좀 해 봐, 하는 표정을 했다.

서우는 조금 더 지체되면 분명 궁금증으로 인해 삼단 변신도 할 지원을 익히 알기에 여사님과의 인연에 대해 간단하게, 핵심적인 얘기를 추려 말했다. 설명을 들은 지원의 질문은,
"그 고양이 한번 보여 줘 봐. 뭐 얼마나 대단하신 냥인지 보게."
왠지 질투 비슷한 감정이 배어 있는 말이었다. 서우는 화실 작은 방으로 들어가 그림을 가지고 나왔다. 두 사람이 서 있는 반대편 벽면에 그림을 세워 놓고 천천히 뒤로 물러났다. 지원은 고개를 한쪽으로 기울이며 작품을 감상하기 시작했다.
작품은 아직 꼭대기 집으로 가져다 놓지 않고 있었다.
아직까지도 생각이 많았다. 좋은 느낌의 부인이지만 잘 모른다는 것 또한 사실이기에 그림을 받아도 될까 하는 의문과 자문. 또 한 가지는 이 그림이 줄 수 있는 파장과 여파였다.
그림을 보고 있으면 충동이 일 것만 같아 두려웠다.
무의식에 그리는 그림이 아닌 지민화로서 민화를 그리고 싶다는 마음, 욕망, 욕구가 들 것만 같았다.
누군가 흐릿한 시야에 뚜렷한 관점을 가지게 한다면 그 또한 사랑이라 말했다.
이 그림이 그 같은 작용과 역할을 할 것만 같았다.
아직까지도 갈피를 잡지 못하는 혼란스런 마음에 작은 파문일 수도 있기에…….
"지 작가는 이 그림의 뭐가 그렇게 좋았는데?"

시비는 아닌데 결코 공감할 수 없다는 뉘앙스가 적지 않았다.
 "글쎄요, 저는······."
 감상은 그때와 동일했다. 막연히 지난날의 누군가를 떠올리게 하고.
 "잘 아시잖아요. 우리 민화의 특징."
 누구보다 잘 아는 지원은 고개를 끄덕였다.
 "개인적으로 끌리는 부분은 설명하기 어려운 부분이고 일반적인 감상은 민화의 특징과 강점, 색감을 잘 살렸다고 생각해요. 요즘 시대 고양이가 특별한 주제는 아니지만 너무 현대적이지도 않고 유니크하지 않아서 전 오히려 좋았어요. 저 개인적으로는 우리 전통 민화를 조금 더 선호해요. 모던 민화라는 이름으로 현대미술 쪽에 가까운 민화보다."
 "······."
 "이 작가의 그림은 제 그런 취향에 부합돼요."
 어차피 예술도, 장식미가 강한 그림이라도 개인적인 취향과 소유욕에서 애정은 시작된다.
 가격을 떠나 대단한 작품일지라도 이게 뭐지? 무슨 뜻인 거야? 하면서 의문을 품는 것도 좋지만 개인에 따라서는 마음에 와 닿지 않으면 금세 잊고 비평가의 난해한 어록에 의지하거나 평론가의 리드를 무조건적으로 따르게 될 뿐이고.
 민화의 앞으로가 밝다는 건 아마 그 부분일 거다.

누군가의 가슴에, 미적 감각에, 취향에 어렵지 않게 안착할 수 있는 매력을 가지면서도 결코 가볍지도 한없이 무겁지도 않다는 것.

"지 작가, 왠지 모르게 다른 날과 다르다."

"네?"

"뭐랄까… 좀 더 적극적이면서 의견을 내는 것도 상당히 구체적이잖아. 자기 늘 민화는 이래요, 저렇거든요, 하면서 원론적이고 이론적인 부분을 설명하는데 지금은 그런 강의가 아니라 본인의 생각을 말하고 있잖아."

"……!"

"몰랐어?"

몰랐다. 지금 자신이 그랬다는 걸.

초급반 강의나 중급반, 심화반 강의 때 민화에 대해 이야기하지만 그건 스승님께 받은 사사로 시작해 책에서 보고 강연에서 들은 이론과 풍월이었다. 물론 전문적인 서적을 통한 이론 공부이기도 하지만 그 모든 것들은 지서우의 의견을 배제한 이 세상에 흩어진 많은 정보와 지식이 먼저였다.

개인적인 생각은 그날 이후 누구에게도 내놓지 않았다.

그때 인간의 가장 추악하고 적나라한 이기심과 폭력에 질려 감정을 드러내는 일은 가급적이면 피했다.

감정과 함께 관계에서도 한발 물러나 지냈다.

적당한 바로미터, 거리감만이 냉정과 함께 이성을 유지할 수 있어 사랑은 더더욱 피했고.

타인에 대한 평가 또한 다르지 않았다. 그랬는데 어느샌가 감정을 실어 진심을 말하고 있었다니······.

도대체 어디서, 언제부터 빗장이 풀리고 느슨해진 건지 모르겠다. 그런 빌미는 일체 허용하지 않고 지냈는데. 지난 4년 가까이.

"결국은······."

"······."

"민화인 건가."

서우는 지원을 쳐다봤다. 무슨 말인가 해서.

"그렇잖아? 자기 생활에서 유일하면서도 가장 밀접한 건 하나잖아."

"······."

"민화."

틀린 말은 아니었다. 지난 시간 민화를 그리지는 않았지만 늘 함께했었다.

지난 시간 민화를 빼고는 지서우는 존재할 수 없었다.

"그런 면에서 보면 이 고양이가 보통 냥이가 아닌 거네."

지원은 벽에 기대고 있는 고양이를 다시금 쳐다보며 말했다.

"무슨 말씀이세요?"

"소장하게 된 과정이 어쨌든 간에 지서우가 그간 드러내지 않던 호불호 및 취향에 대해 커밍아웃하게 만든 작품인데 이 고양이가 보통 냥이야? 안 그래?"

지원은 그 같은 말을 하고는 방금 전과는 다른 시선으로 고양이를 쳐다봤다.

"이렇게 보니까 좀 남다르긴 하네."

"……."

"아무래도 쟤 수컷인가 봐. 냥이한테서 강한 양기가……. 그래, 양기!"

지원은 무언가 즐거운 일이 있는지 얼굴에 장난기가, 아니 흥분이 일었다.

"요즘, 그렇다고 요 근래는 아닌 것 같고 나 모르게 기간이 꽤 된 듯한데 말이야. 우리 가게에 아침마다 일명 슈트 천재가 출몰한다는 특급 정보가 있어 가지고 내가 알바생들도 모르게 잠복근무를 했는데 말이지."

지원은 영 무슨 말인지 모르겠는 서우를 쳐다보며 피식피식 웃었다.

"왜 그러세요?"

"묘한 게 말이야, 그 슈트 천재가 머물다 가는 시간이 누군가의 활동 시간, 기지개 켜는 시간이랑 겹치더라고. 웃기지?"

"네에?"

지원은 도통 모를 말을 했다. 좀 더 구체적으로 풀어서 말을 해야 알 것 같은데 그럴 생각은 없는 듯 보였다.

"생각해 봐. 여기가 슈트쟁이들이 많은 동네도 아니고 지네 동네에도 우리 매장 정도의 커피 전문점, 이보다 더한 핫 숍이 있을 텐데 그 슈트발 남자는 꼭 우리 집 창가 쪽에서 커피를 마시는 거야."

"……!"

아무래도 지원이 좀 이상했다. 혼자 독백을 하는 것도 같고 설명을 하는 것도 같은데 잘 들어 보면 알아듣기 난해한, 뜬금없는 이야기일 뿐이었다.

"근데 더 웃긴 건 창가에 앉아서 건너편, 그러니까 이 건물 1층 카페만 죽어라 노려보다가 어느 시간이 지나면 호박 마차 타고 떠나는 신데렐라처럼 휑하니 간다는 거야. 시킨 커피는 일절 마시지도 않고."

"……"

"그러니까 그 말인즉슨, 일명 돈 지랄에 제 금쪽같은 시간만 축낸다는 거지. 취향도 아닌 커피 가게에서 잠복하면서 말이야. 큭큭큭."

더 듣고 있는다 해도 지원처럼 웃음이 나지는 않을 것 같았다.

도통 공감할 수 없는 뜬금없는 이야기라 맞장구를 칠 수도 없고 리액션도 나오지 않았다.

"아이고, 고소해라. 사람 위에 예술입네 하면서 은근 지 잘난 맛에 살던 인간이 가지가지 하고 있어요. 사랑에 눈이 멀어 가지고설랑."

"아시는 분이세요?"

그러고 보니 서우도 아는 슈트 천재가 한 명 있긴 했다.

007 제임스 본드처럼 슈트가 잘 어울리는 남자. 어느 밤, 자신의 슈트를 걸쳐 주던 이. 기억으론 슈트에서 좋은 향이 났었다.

향수 냄새일 게 분명하지만 남자의 체향과 섞여 전혀 일반적이지 않았다.

과하지도 노골적이지도 않으면서 이 향은 뭘까, 하는 궁금증을 자아내던 강준후만의 향.

그 밤 새벽 공기 속에서도 강준후의 향이 나는 듯해 몇 번이나 뒤들 돌며 좌우를 번갈아 쳐다봤었다. 왠지 모르게 여운이 남아서……

"어쩌면 자기도 아는 남자일 수 있지."

"제가요?"

"응."

지원의 시선은 묘했다. 자신은 여전히 흥미로운 표정을 하면서 그 이상은 말할 생각이 없어 보였다. 왠지 즐기면서도 감추는 기분, 그래서 묘했다.

"지 강사?"

"네."

"레어 아이템처럼 희귀종 부류에 속하고 전혀 아닐 것 같은 인간이 점차 일반적인 인간형으로 변하는 걸 지켜본다는 건 정말 짜릿한 것 같아. 딴엔 감춘다고 신문 들고 염탐하는 거 지켜보노라면 내가 아주 환장을 하겠다니까. 하루가 즐거워서."

"……!"

"이래서 관음증이라는 병도 있나 봐."

도저히 해석이 불가능했다. 지원의 소설 같은 이야기는.

"그러니까!"

서우는 깜짝 놀라 지원을 쳐다봤다.

"지 강사도 아침에 이 건물 1층 카페만 이용하지 말고 종종 우리 매장에도 들르란 말이야. 신호등 하나 건너는데 그게! 뭐가 그렇게 어렵다고 당최 오질 않아? 오면 내가 공짜 커피도 주고 맛난 브런치도 대접할 텐데 말이야."

그래서 가지 않는 거다. 그렇게 폐를 끼칠까 봐서.

"오면 내가 말한 그치를 지 강사도 직접 볼 수 있잖아. 생각만 해도 너무 웃기다."

공감도 동감도 할 수 없는 상황에서 지원은 혼자 행복해했다.

"혼자 온갖 우아란 우아는 다 떨던 인간이 얼마나 놀라겠어? 그러니까 부탁인데, 정말 자기 언제 날 잡아 와 주라. 우리 카페에."

"……."

"그럼 나 말이야, 그 전날부터 행복할 거 같아."

그 말을 끝으로 지원은 배꼽을 잡고 웃기 시작했다. 역시나 하지원은 난공불락 같은 존재다. 알수록 모르겠고 알면 알수록 낯설기만 하다.

"참, 식당은 어땠어?"

"네?"

갑자기 식당이라니, 대체 무슨 질문인 건지.

"거기 지 강사 밥 먹은 데 말이야. 미슐랭 가이든가 뭔가에서 우리나라 한식당 중 유일하게 별 받았다는 거기. 자기 취향에 맞았어?"

"아, 식당이요……."

"이건 비밀인데 말이지. 거기 한양도자기 안주인이 직접 운영하는 식당이거든. 회원제로 운영하는."

이제야 알 것 같았다. 식당 내부가 왜 그리 민화풍이었는지…….

"……!"

순간 무언가 생각이 난 서우는 지원을 쳐다봤다. 그러자 지원이 고개를 끄덕였다.

"맞아. 그 식당 강준후 모친이 운영하는 곳이야."

지원은 서우를 쳐다봤다. 역시나 알 수 없는 눈빛을 하고.

"그래서 어땠는데?"

"네에?"

"냥이를 선물한 여사님과 함께 한 식사는 좋았어?"

나쁠 수 없는 저녁 초대였다. 그림을 선물받은 것을 제외하면 즐거웠다. 편하고.

결코 편한 자리일 수 없었는데 대화는 계속됐었다.

"네, 맛있었어요."

지원은 그래? 다행이네. 하는 표정을 하며 여직 두 사람이 방치했던 작품에 시선을 돌렸다.

몰랐다. 그곳이 강준후와 연관이 있는 곳이라는 걸.

새로운 사실로 인해 강준후가 다시금 인식됐다. 이제껏 알던 것보다 조금 더 멀고 낯설게.

준후는 좁은 골목 같고 틈과도 같은 미로를 통과하며 천장까지 닿은 책들을 올려다봤다.

거대한 장벽 같았다. 책으로 쌓아 올린 바리케이드 같기도 하면서.

이곳은 그야말로 완벽한 서고였다.

어스름한 공간 속, 잘 찾아보면 근현대 시절 출간되고 절판된 시집이나 사상철학집도 있을 듯하고, 운이 좋다면 광복 전의 희귀 작품집도 나올 듯한 보물고며 수장고.

그런 이유로, 또 그와는 별개의 이유로 매일 이곳으로 퇴근

했다.

 첫날은 지서우의 공간에 대한 궁금함과 어르신에 대한 걱정. 둘째 날은 장서에 대한 놀라움과 그로 인한 탐서의 즐거움. 셋째 날은 이 특수한 공간이 주는 특유의 안정감과 알 수 없는 친밀함. 넷째 날은 점차 익숙해지는 냄새와 친근한 먼지, 더불어 차단되고 굴절된 빛이 만들어 내는 은근한 그늘이. 그리고 다섯째 날인 오늘은,
"커피……."
 이 서고를 아끼며 지키는 수문장에 대한 매력과 이끌림으로.
"한 잔 줄까?"
 만남의 횟수가 꼭 남다른 인연으로 이어지는 건 아닐 텐데도 어르신의 인성은 그와 다르지 않은지 매번 무심함을 가장하면서도 살뜰하셨다.
"아닙니다, 어르신."
"괜찮아. 나도 한 잔 마시려던 참이었어. 그리고 우리 민둥이, 아니 우리 손녀가 기계를 들여놔서 종종 사용해 줘야 해. 안 그럼 녹나, 녹."
 거절할 수 없는 유혹이었다. 지서우의 흔적과 스토리는.
"이리 와. 마시면서 천천히 봐."
"네, 어르신."
 준후는 얼굴도 잘 보이지 않는 협소하고 비좁은 공간에서의

이 같은 대화가 좋았다.

이 공간은 이 정도의 대화가 맞았다. 간소하면서도 정겨움이.

이 미로 속, 그중에서도 동산 정도로 책이 쌓인 한쪽 공간에서 어르신은 커피를 내리시고 계셨다.

"대충 앉아."

"서 있어도 됩니다."

"되기는. 내가 고단해서 그래. 청년 올려다보는 게."

그 소리에 준후는 주위를 둘러봤다. 그렇다 해도 마땅히 앉을 곳은 없었다.

"그지? 앉을 곳이 없지?"

장난스런 답에 준후는 소리 없이 웃었다. 그 모습에 어르신도 웃으시다 접이식 의자를 내주셨다.

"거, 앉아."

"감사합니다."

책이란 아군에 촘촘히 둘러싸인 듯한 기분을 느끼며 준후는 어깨는 날개 접듯 접고 긴 다리는 말듯이 앉았다.

그 같은 노고와 분투가 재미져 보이시는지 지서우 할아버지는 눈으로, 표정으로 웃으셨다.

"요사이 매일 오던데, 특별히 찾는 책이 있는 거야?"

눈썰미가 좋으셨다. 첫날과 이튿날은 눈에 띄지 않도록 조심하면서 손님들과 겹쳐 보이게 나름 애를 썼는데 그 같은 수고는 괜한 일이었다.

"있으면 말해."

"……."

"내가 찾아 주든 알아봐 주든 할 테니까."

"그런 건 없습니다. 그저 제 눈과 맘에 드는 책을 찾는 중입니다."

솔직하게 말했다. 절판돼 안타까운 책이나 나중을 기약해 소장하려는 책이 아닌 강준후의 기호와 취향에 부합되는 특별한 책을 찾노라고.

"탐서가인가 보네."

"아닙니다."

"취향이 그렇게나 심오해서 남다르니 청년 애인도 딱 그 짝이겠어."

어르신은 불편한 다리를 애써 옮기시며 당신 앞에 있는 책을 고르며 한 권 한 권 당신만의 오랜 방식으로 정리하기 시작했다.

"그렇게 생각하십니까?"

"응. 내 보기엔 그래."

마치 장담을 하시듯 단언하셨다. 준후는 웃음이 났다. 이 순간 왠지 모르게 어르신과 지서우가 겹쳐 보였기에.

"아직 연인이라고 할 수는 없지만 좋아하고 있는 사람은 있습니다."

솔직하게, 나름 이실직고했다. 당신의 귀한 손녀를 어느샌가 좋아하게 됐다고. 그 자신도 모르게. 어쩌면 첫눈에.

"내 보니 그 짝 맘이 깊어 보이는 게, 곧 애인 되겠어."

"……."

"미리 축하해."

어르신은 의외로 일사천리로 속도를 빼는 분이셨다.

"그러면 좋겠습니다, 저도."

꼭 그럴 수 있도록 어르신이 도와주셔도 좋구요, 이 말은 할 수 없었다. 아직은 염치없는 객이자 뜨내기손님에 가까우니.

"고백은 했고?"

"…아직."

그럴 단계는 아니었다. 사납게 요동치던 마음도 요사이 확실하고 분명해진 터라.

"사랑에 단계가 어딨다고. 왜? 확신이 안 가?"

그건 아닙니다, 하는 눈빛으로 어르신을 봤다.

"아니면?"

"그 사람은 제가 좋아하는 걸 모릅니다."

그래, 당신은 아니겠지. 그럴 일이 전혀, 하나도 없었다고 여길 테고.

생전 그런 일이 없던 어떤 남자는 사진 속 그을린 미소로 시작해 생명력 강한 담쟁이처럼 당신이란 담에 맘이 엉키고 이렇게나 성글고 있는데도 말이지.

어떤 예술 작품도 이렇게 빨리, 이렇게나 속수무책으로 좋아지고 욕심내지는 않았던 거 같은데 말이야. 정말 신기한 일이야, 지서우.

"말을 하지 않으니 모르겠지. 티를 내지 않으니 모르고. 좋아하면 티를 내, 티를."

티를 낸다고 좁혀질 관계라면 그러고 싶지만 그러기엔 지서우의 모든 것들이 견고하면서도 불안했다. 섣불리 감정만 앞세우다가는…….

"청년."

"…네, 어르신."

"아기들이 옹알이를 하면 말이야, 아기 엄마들이 무슨 생각을 할 것 같아?"

"옹알이요?"

"그래."

옹알이라고 하면 일종의 대화 요청이자 감정 표현, 아님 항거나 항변일 텐데.

"아기가 무슨 소리를 하나 알고 싶고, 원하는 게 뭔가 싶어 알아내려고 애를 쓰겠죠."

"그래, 바로 그거야."

"네?"

"어떻게든, 하여간 티를 내야 한다고. 그래야 그 여인이 알아듣고 알 수 있지 않겠어?"

"⋯⋯!"

"그렇게 침묵하고 노려본다고 알아지남, 사람 맘이. 청년이랑 나도 이렇게 가까이서 대화를 하니까 지난 며칠 전보다 가까워지는 거 아니겠어?"

그랬다. 지난 5일 궁금함과 걱정스런 맘으로 관찰만 했던 시간들이 아쉽고 안타까울 정도로 이 순간은 그동안의 시간과 걸음을 상쇄시켜 주었다.

"뭐든 하나라도 알아지고 말이야."

어르신은 그 같은 말씀을 하시곤 이제야 커피 잔을 드셨다. 지서우 할아버지는 아직까지 커피를 한 모금도 마시지 않으셨다.

어르신은 커피보다 누군가의 온기와 대화가 더 필요하신 건지도 모르겠다.

그동안 책방에 들러도 어르신 가까이 다가가거나 선뜻 질문을 하지도 않았었다.

그 같은 망설임은 일을 방해할 것 같아 취한 행동이자 배려였다. 그러면서도 내심 어떤 식의 대화든 나누고 싶었었다.

몸은 괜찮으신지, 컨디션은 나아지신 건지, 지서우는 이후에도 만나셨는지 하고.

어떤 이의 가족이란 걸 떠나서 어르신이 염려됐다.

그날 고통스러워하던 표정과 함께 외로움에 허기진 듯한 헛헛함이 준후에게도 전해졌기에.

"의도가 분명하지 않은 눈총은 쏴 봐야 상대만 혼란스러워. 그리고 길이 보이기 시작했으면 그 길만 보고 쭉 따라가면 되는 거고."

"……."

"그 길 끝이 어떤지는 직접 가 봐야 아는 거 아니겠어? 그러니 좋아하면 좋아한다고, 만나고 싶으면 만나자고, 손잡고 싶으면 손잡고 싶다고 말을 해."

어르신의 목소리엔 염려와 배려, 타인에 대한 관심과 애정이 가득했다.

순간 과거 지민화라 불렸던 지서우도 어르신 같지 않았을까, 하는 생각을 했다.

그때와 같지 않을 거라는 우려와 짐작은 순간순간 보이는 시선과 행동 때문이었다. 지서우에게는 보이지 않는 벽이 존재했다.

요즘 시대 모든 이들이 몇 겹의 벽을 쌓고 본연의 나는 안전한 곳에 두고 산다는 건 알지만, 그렇다 해도 지서우는 그 일반적인 범위와 범주보다 더 단단한 벽을 세우고 있다고 느꼈었다.

그 이유로 행군하는 마음의 속도만큼, 이스트처럼 부풀어 오르는 감정 전부를 표현하지 않고 일종의 유보를, 감정 유예를 시키고 있었다. 반강제적으로.

"사랑이라는 생각이 들면… 그때부터 사랑을 해도 지나고 보면 늦어."

 묘한 말씀이었다. 사랑은 사랑이라는 걸 안 순간부터 해도 늦다, 란 그 말은.

"우리 생이 말이야, 생각보다 참 짧아."

"……."

"사랑, 그 말을 떠올린 순간부터 사랑은 이미, 그 전부터 시작된 거야. 그러니 부지런히 사랑하도록 해."

"……."

"그런 묘비명도 있다잖아. 우물주물하다 내 이럴 줄 알았어, 라는 해학 가득한 명언. 난 말이야 그게 딱 우리네 인생사를 축약한 말이지 싶어."

 어르신이 처음으로 눈을 맞추셨다.

"그런데도 우물쭈물할 수 있겠어?"

 목소리 톤이 책망이자 선동, 독려이자 독백처럼 들렸다.

 시선 또한 〈백년 동안의 고독〉이란 책 제목처럼 헤아릴 수도, 짐작하기도 어려운 만 겹의 감정들이 전설처럼 배어났다. 더불어 연한 미소도 함께.

 훈훈하고 든든한, 마치 사랑꾼 같은 사랑스런 미소도.

 수업 전, 자신의 붓을 사고 싶다는 말에 강준후를 기다렸다.

 전화상으로 다음번이라는 기약을 하고도 싶었지만 다음이란 기회가 만남의 연장, 감정의 혼란스러움과 확신으로 이어질 거란 우려에 거절하지 않았다.

인사동에 가자는 연락을 받기 전 강준후에 대해 생각을 하는 중이었다.

지민화를 찾으며 묘한 눈빛으로 관찰을 하던 첫날부터 시작해 의심쩍어하는 지서우에게 민화의 의미를 묻던 일. 함께 통도사의 전각을 보러 가려고 했던 일. 할아버지를 병원에 옮긴 이후, 그 시간들 속에서 깊어지던 시선만큼 잦아지고 길어지던 강준후의 발걸음까지.

더불어 며칠 전 새롭게 알게 된 강준후 집안과 그 사람의 사회적 지휘까지 전부.

어쩌면 이 모든 게 불필요한 염려라 치부하면서도 적지 않은 부담이 됐다.

강준후는 지민화를 거론하던 그 순간까지도 정중했다. 장난기가 없지는 '않지만 매 순간 진지했고. 그래서 더 맘이 쓰였다.

강준후가 어떤 남자인지 알 것 같고 모든 행동이 곧 마음인 남자인 것만 같아서.

흔들림 없는 눈빛이 마음의 방향 같고 듣기 좋은 톤이 마음의 톤이자 상태 같아서 겁이 났다. 그러다 어느 순간 생각지도 못한 순간, 격렬하게 터져 버릴 것 같은 호흡과 체향, 손의 온도가 전부 다 의식됐다.

"지서우, 대체 왜 사서 걱정을 하는 건데……."

그동안 무슨 일이 있었다고 이러는 건지, 어이가 없어 그런지 괜한 웃음이 났다.

이러저런 생각 끝에 모든 걱정과 가능한 가설들을 내려놓았다.

그 누구와도 닿아서는 안 되는 인생인 거다. 지민화는.

이전의 사고로 운명이 바뀌고 개명을 했다 해도, 대단하신 반이랑 보살님이 구구절절이 말씀을 하셔도 지민화는 반이랑 보살님의 손녀고 그 피를 받은 지서우의 그림은 여전히 불길할 것이기에 누구와 닿거나 물들면 안 되는 운명인 거다. 그러니 강준후 당신도…….

"왜 여기서 기다려요?"

"……."

"전화하면 내려오라니까."

서우는 걱정할 일도 아닌데 역시나 걱정을 사서 하는 남자를 보면서 생각했다.

당신은, 좋을 것 같은 집안, 좋다고 말하는 직장에 다니는 강준후 당신은 지민화를 찾아서, 그래서 우리는 안 된다고.

그 이유 하나만으로도 안 되니까 더는 이렇게, 이만큼씩, 어느새 이 정도로 다가오지 말라고.

서우는 경고를 하듯 스스로에게 다짐을 했다.

"왜……."

경고를 한 궁극적인 대상은 서우 자신이었다. 모든 걸 감당할 자신이 없는 지서우. 모두가 슬퍼하는 걸 반복하기 싫은 지서우.

"그렇게 봅니까?"

눈치 빠른 남자가 무슨 눈치를 챘는지 얼굴에 운무가 가득했다.

"땡땡이치는 것도 참 정중하구나, 싶어서요."

서우는 의심스럽다는 눈빛과 표정을 하며 가볍게, 자연스럽게 말했다.

어떤 마음이건, 어느 정도이건 간에 지금의 소요와 혼란을 알릴 필요는 없다. 없는 거다.

"땡땡이라는 말 처음 들어 봅니다."

강준후가 재밌다는 듯 말했다.

"정말요?"

난 매일 귀가 아프도록 듣고 살았는데, 그처럼 천둥벌거숭이 지민화스러운 말은 하지 않고 목 안으로 삼켰다.

이 시간 이후 어떤 말이든, 마음이든 삼켜야 할 것만 같았다.

"그래요."

"그러시구나."

그렇겠죠. 강준후는 지민화와 전혀 다른 세상 사람이고 다른 부류니까.

"붓에 대한 욕심은 전부터 있었어요. 채색 붓은 절대적으로 필요하고."

강준후답다 싶었다. 예술과 미술, 그중에서도 민화를 가까이하고 사는 인물이니 대하는 자세 또한 남다를 거라고 짐작했다.

"초짜라 별다른 티를 내지 않았지만 자신이 사용할 물건에 대한 로망과 애착은 당연한 겁니다, 지 강사님."

매사 정중한 이는 분명한데 그만큼, 그보다 훨씬 열성적이고 열정적일 것 같다. 강준후는.

이로써 더 분명해졌다. 지금 눈앞에 선 이 남자를 경계할 이유가.

"알겠으니까 이제 가요."

서우는 다짐했듯 담담하게 말했다.

강준후가 조금의 동요도 알 수 없도록 어른스럽게. 충동주의자 지민화가 아닌 거리 유지의 달인 지서우답게. 뒤뚱거리는 오리면서 냉담한 백조처럼 그렇게, 강준후는 알지 못하게…….

인사동은 인산인해였다.

그 같은 소란스러움이 준후는 고마웠다.

주차장에서 느꼈다. 지서우가 조금 더 단단한 벽을 세우기로 했다는 걸.

관찰은 관심이고 관심은 의문에서 시작된다. 그 같은 의문은 질문이기도 하면서 모든 감정의 단초는 상대에 대한 매료고 매력으로 인한 설렘이다.

이 모든 수순은 꾸준히 반복한 예술 감상으로 터득했다.

그 시간의 반복된 진자와 사고의 꾸준함이 지금 분명하게 말하고 있었다.

지서우가 벽돌 하나를 더 올렸다고. 그를, 강준후를 의식하기 시작했다고.

지민화를 언급한 것이 만남의 시작이기에 어떤 식으로든 의식을 한다는 건 자연스럽지만 이전과 달랐다.

지서우는 한순간도 긴장을 풀지 않으면서 내내 간격을 유지했다.

태도도 그렇고 미소와 웃음, 딱히 흠잡을 게 없는데 보는 내내 마음이 불편하고 서늘했다.

많은 사람들 속에서는 어느 순간 경계의 끈이 풀리면서 자신이 반했던 천진한 미소를 보이기도 하는데 이곳에 들어온 이후부터는 온전히 지서우라는 가면을 썼다.

전시의 제목은 5월의 사랑이란 주제 아래 5인의 작가가 함께하는 민화 전시였다.

어느 때보다 민화 열풍이 강한 요즘 당연한 듯이 언급되는 건 그 진원지가 인사동이란 사실이었다.

인사동에서 그 씨앗이 발화됐다.

그 예로 윤정미 여사는 이곳에 갤러리 두 곳을 운영하고 계셨다. 그중 이곳은 1년 내내 민화만을 상설 전시했다.

시선에 들어 관람을 제안한 건 준후지만 먼저 발걸음을 한 건 지서우였다. 부단히 자신을 단속하기 바쁘신 우리 지서우 강사님.

소란스런 밖과 달리 갤러리 안은 조용했다. 마치 가면을 쓴 지서우를 위해 조성된 고요한 숲이자 쉼터처럼 갤러리는 서로 다른 느낌의 민화만 있을 뿐 대체로 한가했다.

전시된 민화는 전통 민화라 하기에는 톤이나 도상이 경쾌하고 발랄했다.

마치 대학 졸업생들의 용감무쌍한 작품을 연상시키듯 유니크한 감성이 소다처럼 톡 쐈다.

우아하면서도 개성 강한 지민화 화풍이란 말이 유행할 정도로 우리 전통 민화를 구현하길 즐겼던 지민화와는 확연히 달랐다. 그런 이유 때문인지 민화를 감상하는 지서우의 태도와 눈빛은 예리하면서도 진중했다.

그중 지서우의 걸음을 붙잡은 건, 다른 작품들과는 크기도 그림 풍도 확연히 다른 군접도(꽃과 나비가 함께인 그림은 화접도. 꽃과 곤충이 함께면 초충도. 병풍으로 제작되어 나비가 80마리, 100마리가 등장하는 그림은 호접도 또는 군접도라고 한다.)였다.

군접도는 오래 살라는 의미가 있는 걸로 아는데, 전시회 주제와는 다른 듯하면서도 통하긴 했다. 나비는 평안함과 부부 화합이라는 뜻도 있어 두 사람이 행복하게 오래 살라는 의미로 해석하면 무리는 없었다.

"이 그림이 좋습니까?"

준후는 서우가 꽤 오래 혼자만의 세계에 빠진 듯 보여 부러 물었다.

그 같은 질문에도 지서우는 고집스레 그림만을 보았다. 그러더니,

"이 많은 나비들을 그리려면 얼마나 수고스러울지 알 것… 상상이 되니까 좀 더 들여다보게 되는 것 같아요. 나비는 작고 가녀린 것에 비해 너무도 많은 색과 다양한 움직임을 가지고 있어서 본연의 몸짓을 표현하려면 두껍게 발려서는 절대 안 돼요. 또 모든 나비들이 똑같아 보여서도 안 되고……."

자신이 그리기보다 익히 아는 사실을 설명하려는 듯이 말하지만 느껴졌다.

지서우는 지금 과거에 그렸던, 화조도와 세트였으면서 그 역시 사라진 화접도를 염두에 두고 설명하고 있다는 걸.

그 화접도는 다른 작품들이 그렇듯 어느 소장가들의 비밀 수장고에 있어 몇몇 도록으로만 볼 수 있었다. 그때의 감상은 경의와 탄성이 시작이면서 전부였다.

한지 위를 날아다니는 나비의 몸짓은 자유롭고도 아름다웠다. 매혹적이었다. 마치 유혹을 하는 양 착각을 할 정도로.

"그래서 그런가 봐요."

"……."

"이 작가가 얼마나 긴 불멸의 밤을, 어둠과 같은 지루한 낮

시간을, 작업이 끝나기까지 매 순간 얼마나 긴장된 호흡으로 일상을 버티고 견뎠는지 알 것 같아서 이렇게 가벼운 맘으로 보는 게 미안하고 고맙고 그래요."

바로 그런 시간들 끝에, 인고의 시간을 거쳐 마침내 빛을 보게 된 작품은 지금 지서우에게 없었다.

'지민화는 작은 갤러리에서 하는 전시회를 좋아했지 개인 주문이나 의뢰받는 걸 기피했다고 합니다. 전시한 그림을 파는 것도 드문 일이고요. 그러면서도 주위 자신과 인연이 있는 이들에게는 선물하는 걸 좋아했는데……'

지서우의 시선은 아직까지도 그림 위, 군접도에 머물고 있었다. 왠지 아쉽고 안타까운 시선을 하고.

이 순간 준후는 지민화의 작품을 전부 다 찾아 주고 싶다는 생각을 했다.

어쩌면 그 그림들이 지서우라는 가면에 숨어 있는 지민화를 꺼내고 깨우지 않을까, 싶었다.

어떤 이유에서든 지금의 지서우는 제대로 된 작품 활동을 하지 않고 있었다.

그림일기를 쓰고 그리듯 아무도 모르는 공간에서 조심스런 무언가를 하긴 하겠지만, 그건 행복한 민화를 그리는 지민화 스타일이 아닐 것이다.

그때처럼 기쁘고 즐겁게, 스스로도 행복하고 만족하면서 동시에 다른 이들의 행복을 돕고 보태며 더하려는 마음 없이 두려움과 자책, 미련과 후회로 그럴 게 자명했다.

그 때문에 저렇게 편안함을 가장한 얼굴로 자신의 진짜 행복을 유보하며 유예시키고 있는 건 아닐까, 당신은.

당신을 위해 무엇을 해야 할까? 어떻게 하고 싶은 걸까?

강준후와 지서우를 위해서. 우리 두 사람의 동일한 시공간, 똑 닮은 미소와 함께할 이야기를 위해서.

'우리 생이 말이야 생각보다 참 짧아. 사랑, 그 말을 떠올린 순간부터 사랑은 이미, 그 전부터 시작된 거야. 그러니 부지런히 사랑하도록 해.'

어르신의 깊게 팬 얼굴과 마디마디 굵은 손끝. 먼지로 착각할 만큼 하얗게 일어난 손 거스러미. 그 거친 시간과 풍파 속에서도 여직 간직하신 그 순간의 미소와 여유는 분명 사랑을 믿고 사랑을 하기 때문일 거야. 그럴 거야. 그러니까,

"지서우."

그 같은 호명에 미간을 좁히며 그림을 보던 여자가 등을 곱게 펴고 고개를 돌렸다.

그 모습은 마치 놀란 아이의 천진한 호기심과 궁금증, 이면의 감춰진 미소처럼 보였다.

"당신을 좋아해."

"……!"

"당신 그림일기 속에 내가 있었으면 좋겠어. 어느 누구도 아닌 오직 강준후만."

점점 커지는 지서우의 반응. 눈동자. 굳어지는 표정을 보면서도 고백을 멈추지 않았다. 그럴 생각은 처음부터 없었다.

"내 안은 이미 당신뿐이야."

"……."

"여기 꽉 찬 상태야. 지서우가."

준후는 한 손을 가슴에 대고 짚었다.

"지서우만으로."

그 같은 행동에 지서우의 표정이 살얼음 위를 걷는 이처럼 그렇게, 그 정도로 파장이 일었다.

아직까지 하지 못한 말이, 전하지 못한 맘이 10폭 군접도 속 형형색색의 무수한 나비만큼 많았다. 저 안에 미처 담지 못한 나비들이 작가 맘속에 있듯 준후도 그랬다.

전부 꺼내 지서우에게 보인 후 누군가에게 날아가게 하고 싶었지만 그럴 수 없었다.

이 순간 좀 더 욕심을 부리고 솔직해진다면 겁쟁이 지서우가 기막힌 유리 가면을 하나 더 쓸 게 분명하기에.

그것만은 막아야 하기에 이쯤에서, 여기서 멈췄다.

맘과 몸, 그 어디에도 미치거나 닿지 않은 이 정도에서.

5부

심화반 수업 내내 멍했다. 멍할 수밖에 없었다.

이모티콘의 원조라 할 수 있는 문자도(효,제,충,신,예,의,염,치 여덟 글자에 회화적 요소를 가미시켜 교훈적이거나 길상의 의미를 지닌 그림)를 그리는 시간에 서우는 멍 때리는 이모티콘의 표본이 돼 늘어져 있었다.

심화반 회원들이 그림을 완성하기 위해 소리 없이 분투 중인 게 그나마 다행이었다.

그 와중에 성능 좋은 망원경이자 만화경처럼 경이로운 지원이 보지 못했을 리 없다. 그러니 지금 이렇게 옆에 있는 것일 테고.

"지 강사."

"네."

지원이 무슨 말을 할지 뻔했다. 분명 오늘 수업 중에…….

"아직 우리 매장에 한 번도 안 와 봤지?"

"길 건너 카페요?"

"그래, 우리 매장."

지원은 자신의 매장을 강조해 말했다.

"네… 아직이요."

미안한 마음에 목소리가 잦아들었다. 사실 1층 카페에 가는 것도 나름 일이라면 일인데 신호등을 기다려 건너편 매장까지 가는 건 무리였다. 그렇다고 자신이 독특한 취향이나 지독한 커피 마니아도 아니고.

"한번 오라니까! 길 하나 건너는 게 뭐가 그리 어렵다고. 요 앞이 무슨 도버해협도 아니고 말이야. 나 좀 섭섭해지려는 거 알아?"

지원은 진짜인지 얼굴빛이 어두워졌다.

"우리가 남남이긴 해도 내가 지 강사 좋아하고 또 보호해야 하니까…….""

보호라는 말에 서우는 다시금 지원을 봤다. 그러자 어둡던 얼굴이 금세 화사해졌다. 이래서 지원의 표정에, 순간의 낯빛에 속거나 졸면 안 되는 거다.

"여기서 보호라는 건 뜨내기 수강생들을 말하는 거야. 하튼 여러 이유로 이렇게 늘러 붙어 사는데 자기는 내가 뭘 해도 관심 밖이잖아. 안 그래?"

"관심 밖이라니요. 저… 관심 많아요."

서우는 지원이라고는 말을 하지 않고 쳐다보기만 했다. 오늘도 무지무지하게 고급스런 옷차림의 하지원을.

"그래? 그럼 한번 오라니까. 자기 모닝커피랑 샌드위치 사러 가는 그 시간에."

지원은 꽤 만족스러우면서도 다소 위악적인 표정을 했다.

역시나 하지원은 섣불리 판단하고 규정하기 어려운 인물이었다. 가는 건 큰 문제가 아니지만 굳이 커피 한잔 마시러 건너편까지 가야 하나 싶고 그 한잔으로 어마어마한 부자 지원이 더 무시무시한 부자가 되는 것도 아닌데, 하는 계산도 있었다. 그렇다면 같은 건물에 임대해 사는 1층 카페 주인에게 약간의 도움이 됐으면 하는 마음도 없지 않아 있었다.

부의 재분배는 아니라도 돈은 돌고 돌아야 하니까. 유난히 한 곳에만 편중돼 정체되지 않고.

"왜 있잖아? 내가 말한 그치."

"……."

"일전에 말했잖아. 매일 아침 우리 카페 창가를 사수하고 앉아서 오가는 여자들 심장 발작 일으키면서 싸구려 커피는 절대 마시지 않겠어, 하는 얼굴로 앉아 있다는 오만한 미련퉁이."

설명이 복잡 미묘했다. 언뜻 들으면 칭찬 같은데 다 듣고 나니… 아니었다.

"그분은 아직도 오시나 봐요."

서우는 자신과 비슷한 과인가 싶었다. 그 커피 맨이.

"매일 온다니까. 제 구역도 아닌 곳에 와서 커피 동냥이라니……."

지원은 한숨 비슷한 걸 쉬더니 서우를 쳐다봤다. 마치 너나 그 인간이나, 뭐 이런 한심하고 답답하다는 눈빛으로.

"그래서 하는 소린데 소개시켜 줄까? 그 사람."

"네에?"

맥락 없고 뜬금없는 제안에 서우는 지원을 봤다.

"왜? 싫어? 자기는 아직 그치 보지도 않았잖아? 지 강사가 이 응급 상황을 몰라서 그러나 본데, 우리 카페 알바생들은 요사이 생난리야. 그 남자 때문에."

"왜요?"

"왜요긴! 당근 잘나고 분명 잘나갈 것같이 생겼고 확인하지 않아도! 보나 마나 잘나갈 테니까 다들 난리 부르스지. 자기 알지? 내가 사람 잘 보는 거."

그건 맞았다. 지원은 사람을 보는 안목이 정확했다. 탁월하고.

한 번 보면 알아지는 사람이 있고 파악도 된다고 했다. 그 말은 거짓이 아니었다.

지원이 꺼림칙하다고 하면 꼭 회원들과 분란이 일어났으며 휴대폰으로 타인의 작품을 찍어 인스타그램에 올려 소란을 일으키기도 했다. 그래서 그런지 바람의 모든 회원들, 특히 심화반 수강생들은 지원의 입김과 내공을 무시하지 못했다.

여자 수강생들이 거의 전부인 민화 수업에 여자들의 눈빛 네트워크는 어떤 SNS보다 파급력이 크기도 하기에. 부작용도 그렇고.

"그 창밖의 남자 말이야……."

별명도 지은 모양이었다. 그 남자는 알까. 자신이 누군가로부터 지대한 관심과 총평, 평가와 함께 창밖의 남자라는 애칭이 생긴 걸.

"내 보기엔 괜찮은 것 같아."

서우는 그러냐는 얼굴로, 또 다행이라는 듯 고개를 끄덕였다.

"그 시추에이션은 뭐지? 소개팅 하겠다는 거야? 창밖남이랑."

"그건 아니고요."

"왜 아니고요인 건데? 자기 혹시 강준후랑 사귀어?"

지원은 무슨 촉이 어디서 온 건지 뜬금없이 예언과도 같은 말을 꺼냈다.

"사…귀다니요……. 아니에요, 그…건."

"그건 아니야? 그럼 진실은 뭔데?"

순간적인 실수로 인해 지원의 눈이 파르르 떨렸다. 아무래도 지원의 집중 사격과 집요한 추궁이 시작될 듯했다.

"뭐냐니까? 자기도 알지? 그 녀석 내 사촌인 거. 그러니까 얼른 말해. 아님 이대로 강준후한테 물어볼라니까."

"……!"

"아님 우리 매장 일일 찍새 창밖남이랑 소개팅을 하든가."

지원은 이렇게 사람을 당황스럽게 하는 재주가, 짓궂음이 있었다. 아무래도 둘 중 하나는 택해야 할 것 같았다. 사실을 말하거나 전부 아니라고 부정을 하거나, 목숨을 걸고.

"저, 그게……."

그 순간 핸드폰이 울렸다. 통상 하루에 한 번 정도 울리는 게 정상인 소탈한 핸드폰이 미친 듯이.

"잠시만요."

양해를 구한 뒤 얼른 전화를 받았다.

"네."

-서우 양, 나예요. 잘 지내죠?

윤 여사님이셨다. 냥이 그림을 선물해 주신 귀부인.

"네, 잘 지내요. 여사님께서도 잘 지내시죠?"

서우는 지원을 향해 입 모양으로 윤 여사님이라고 알렸다. 그러자 지원의 표정이 오묘해졌다.

-지금 바빠? 서우 양. 아니, 그보다 다음 수업 있어요?

"수업이요? 수업은 없는데……."

-어머! 그럼 나 좀 도와줄래요? 내가 지금 급하게 도움의 손

길이 필요해서 그러는데.

이 순간 어찌해야 하나 싶어 지원을 봤다. 지원은 담백하게 말했다.

"난 간다."

상황은 그렇게 종료됐다. 너무도 간단하고 쉽게.

윤 여사님을 만난 건 그로부터 40분 후였다.

거절을 하고 부탁을 드렸는데도 차를 보내 주신 덕분에 편하게 인사동에 도착했다.

갤러리 안으로 들어서자 윤 여사님이 보였다. 여사님은 초로의 댄디한 남자분과 말씀을 나누고 계셨다. 상대는 육십 대 가까운 연배 같은데도 사십 대처럼 젠틀하면서도 댄디한 옷차림으로 슈트를 소화했다. 두 사람은 갤러리에 걸린 민화를 보며 꽤 심각하게 이야기 중이었다. 그러면서도 두 사람 관계가 좋다고는 할 수 없었다.

윤 여사님의 표정과 기운이 왠지 모르게 단호하게 느껴졌다. 그 순간이었다.

"어머, 서우 양 왔구나."

서우는 다가가면서 공손하게 인사를 했다.

"구 회장님, 저는 이만. 제가 애타게 기다리던 손님이 와서요."

"그러시다면 할 수 없죠."

"……."

"안녕하세요. 구동제라고 합니다."

자신을 구동제라고 밝힌 이는 보기에도 과한 미소를 했다. 서우는 먼저 인사를 해 온 어른께 정중히 인사를 드렸다. 그렇지만 가까이 다가가거나 미소를 짓지는 않았다.

딱 정도만큼만 했다. 흠을 잡기 애매한 정도이자 적당한 간격으로만.

구 회장이라는 이가 나가고 서우는 윤 여사님에게 이끌려 안쪽으로 자리를 옮겼다. 사무실은 넓었다. 작은 갤러리라고 해도 될 만큼의 공간엔 적지 않은 그림들이 걸려 있었다.

"기다리게 해서 미안해요. 갑자기 들이닥쳐서 나도 어쩔 수 없었어요."

"저도 금방 왔는걸요."

"그런가?"

"네."

서우는 가능한 한 가볍게, 밝게 답했다. 그러자 윤 여사님도 연하게 웃으셨다.

"앉아요. 서우 양한테 보여 줄 게 있으니까. 사실 단순히 보여 준다기보다는 내가 부탁을 좀 하려고."

여사님은 잠깐만, 하면서 룸 한쪽 공간에서 무언가를 들고 왔다. 제법 큰 상자였다. 가방이나 우아한 챙 모자가 들어갈 정도의 뚜껑이 있는 상자.

사각의 넓은 테이블 위에 상자를 올려놓은 여사님은 그제야 맞은편에 앉았다.

"그 그림 좀 봐줘요."

서우는 미소와 함께 열어 보라는 여사님의 부탁을 충실히 따랐다. 뚜껑을 들자 드디어 그림이 반 정도 자신의 얼굴을, 정체를 드러냈다.

"……!"

서우는 숨이, 호흡이 멎는 듯하고 손끝이 매운 누군가가 명치를 집중적으로 누르는 것만 같았다.

뚜껑을 들고 있는 손과 손끝이 전기와 전선에 노출된 듯 달달 떨리고 있다는 걸 서우는 알지 못했다. 조금의 의식조차 없었다.

익숙지 않고, 손에 감이 익지 않은 아교 반수. 그렇다 해도 그 특별한 작업으로 인해 전체적으로 은은하면서도 자연스러운 밑 색을 입은, 꽃과 원앙을 조화롭게 그린 화조도.

"……."

단 하나의 소망과 염원을 품고 그린 그림이었다.

당신들의 소중한 딸을 일찍 떠나보낸 두 분이, 아픈 손가락 같은 손녀를 사랑으로 키우시는 두 분이 지금처럼 다복하고, 지금만큼만 건강하게 남은 생을 사시길 바라는 간절한 마음으로 그렸던 지민화의 초창기 작품이자, 어느 밤 어이없이 강탈당했던 그림 중 하나이자, 비슷한 풍의 화접도와 한 쌍이었기에 가장 가슴 아팠던 그 아이.

화조도는 민화 중에서도 한국적인 심성과 염원이 가장 깊게 깔린 그림이기도 하지만, 그보다는 지민화의 모든 오감이 오직 민화를 통해서 투영되던, 인생의 가장 행복했던 시기에 그린 그림이었다.

할머니는 간간이 아프셨지만 그렇다 해도 아직은 오롯이 지민화 할머니였고 할아버지가 당신의 아내이자 평생의 사랑인 할머니와 함께 살던 그 계절. 그 눈부신 시간들을 증명해 주는 민화이자 모두가 행복하게 웃었던 그때를 고스란히 담고 있는 화조도.

순간 목 안이 따갑고 눈이 매웠다.

마치 추운 겨울 매서운 혹한 속, 결로 현상으로 터져 버린 눈과 목처럼 그렇게.

눈 안쪽에서는 물기를 머금은 습기가, 심장에서는 너울 성 파도 같은 무언가가 어딘가를 사정없이 쳐 댔다.

이 순간 지민화가 아닌 서우는 떨리는 손끝으로 상자 뚜껑을 꼭, 목숨 줄처럼 부여잡기만 했다.

"…이 그림은."

서우는 이제껏 들고 있던 뚜껑을 소파 한쪽에 내려놓고 숨을 골랐다.

"내가 아는 분이 소장하고 계시던 귀한 작품인데, 이번에 대대적인 인테리어 공사 때문에 잠시 맡긴, 그런 이유로 내게 온 그림 중 하나예요. 어때요? 그 작품."

"……."

"서우 양 보기에도 좋은가? 가치가 있을 것 같아? 사실 난 꽤 좋거든. 그래서 자기도 좋다고 하면 이번에 내가 어떻게든 해 보려고."

그 어떤 평가, 감상 한 자락 할 수가 없었다.

서우는 투명한 거울을 보고 지나간 일기를 보듯, 행복하고 단란한 가족사진을 보듯 그림을 봤다.

풋풋한 자기소개서이자 명함과도 같은 그림은 보는 것만으로도 행복하면서 아팠다.

다시는 돌아갈 수 없는 그 시절에 헌사를 하는 마음으로 간신히 입을 뗐다. 어쨌거나 평을, 감상을 말하고 전해야 하니까.

"작품의 가치는 제가 평론가가 아니라서 말씀드리기가 조심스럽고, 저 개인적인 의견을 물으신다면……."

윤 여사님은 신중하고 진중한 표정으로 지켜보고 계셨다.

"좋아요."

"그래요?"

"네."

"개인적으로 어떤 면이 좋은지 설명해 줄 수 있겠어요?"

윤 여사님은 톤 낮은 목소리로 자분자분 물으셨다.

그 목소리에 마음이, 난립하며 소리 죽여 울부짖던 감정이 차분해지는 듯했다. 왠지 위로받는 기분이 들었다.

"이 그림은 작가가 행복했을 때⋯ 더없이 행복한 마음으로 누군가의 행복과 기쁨을 바라고 그린 그림 같아요. 이렇게 그림을 보고 있으니까 제 가족들이 생각나요. 알 수 없는 이유로 마음도 편해지고. 이런 감상평은 분명 제 취향에 맞아서 그럴 테지만, 좋은 그림은 모두에게 좋을 수밖에 없잖아요."

"⋯⋯."

"다른 얘기일 수 있는데 저희 조부모님 두 분이 똑같이 좋아하는 화백이 계세요. 가족을 중심으로 집, 나무, 새 그림을 많이 그리신 장욱진 화가신데 그분 작품은 누구든 보는 것만으로도 힐링이 되고 행복해져요. 여기 어딘가는 따뜻해지고."

가슴 위에 손을 올려놓은 서우는 지그시 압박하며 눌렀다. 조금 어설프더라도 이렇게라도 해야 진정이 될 것 같았다. 그래야 이 이야기를 무사히 끝마칠 것 같았다.

"이 그림이 그래요."

담담하게 말하려 했다. 최대한 아무렇지 않게.

"색이 좋다, 구도가 나쁘다는 이론적 평가보다 보고 있으면 기분이 좋아져요. 이런 마음은 이 그림이 지닌 힘인 동시에 나름 정확한 평가일 수 있다고 봐요, 전."

이 정도가 최선이었다. 지민화의 그림을 보고 할 수 있는 최대의 감상평.

욕심을 부리자면⋯ 회수하고 싶었다.

바로 내가 이 작품을 그린 작가이자 강탈당한 주인이라 말하며 되돌려 받고 싶었다.

어느 밤, 도둑맞은 그림이기에 이건 불법이고 소유는 위법이라며 지금이라도 돌려주세요, 라고 말하고 싶었지만 그럴 수 없다는 걸 안다.

이 그림의 개인적인 스토리는 지민화밖에는 알 수 없고, 그 지민화는 지금 세상에 없기에.

지민화라는 과거를 완전히 버리지도, 온전히 떠안지도 못한 어정쩡하고 어설픈 지서우만 있을 뿐.

오래전 이대로 지민화라는 이름으로 살아도 되지만 위험이, 염려가 된다고 했었다. 할머니는.

분명 당신 대에서 끝나는 박복한 팔자지만 그래도 나약하고 겁 많은 인간이니 부적을 쓰듯 예방하는 차원에서 이름까지 바꾸자고. 당신의 유일한 소원이니 들어달라고.

지서우는 그렇게 태어났다. 지민화는 그래서 사라졌고.

누군가를 살리고 누군가는 그 무엇으로부터 운명을, 팔자를 비켜 가기 위해서.

그랬는데, 그렇게까지 했는데 지민화가 그린 그림이 이렇게 눈앞에 있었다.

반이랑 보살님, 이건 어떤 뜻인가요? 무슨 의미인가요? 당신이 모시는 신은 대답을 해 줄 수가 있나요?

이 화조도가 제 눈앞에 있는 이유를. 도대체 제게 바라는 게 뭔지 당신의 신은, 야속한 당신은 말해 줄 수 있나요?

알고 싶어요. 아니, 알아야겠어요. 제 그림이 절 찾아온 이유를.

제발 누구든 말을, 대답을 해 달라고요!

서우는 그 같은 항변과 기도를 속으로 삼키고 더는 볼 수 없는, 보고 싶지 않은 상자의 뚜껑을 닫았다.

준후는 실로 오랜만에 모든 오감이 오픈돼 확장되는 기분이 들었다.

그중에서도 지금의 감정을 적확하게 표현하면 그건 분명 화였다.

그와는 달리 이곳 바림과 조금도 매치가 안 되고 어울리지 않는 지원은 지금 지서우가 있어야 할 자리에 앉아 있었다. 어울리지 않는 안경까지 쓰고.

"왜 그렇게 보는 건데? 어서 앉으라니까. 보자, 오늘 연이어 그릴 그림이 그러니까… 연화도로구나, 동생아."

"……."

"캬아! 연화도 좋지, 좋아. 진흙 속에서도 한 점 티 없이 맑고 청초한 꽃이라……. 딱 우리 지 강사 이야기네."

지원은 즐기고 있었다. 이 어이없는 상황과 대치를.

"동생, 우리 서로 군자의 꽃이라는 연꽃을 치면서 옛 선비들의 굳은 절개를 배워 보자꾸나. 오늘의 스승은 보시다시피

이 고매하신! 하지원이란다. 어때? 감동으로 뭉클하지? 그렇다고 울지는 말고."

"어디 있습니까? 그 사람."

"그 사람? 그 사람이 누군데? 혹시 지서우 강사를 말하는 거야? 그렇다면 나야 모르지. 난 그저 오늘 강의를 부탁받고 이곳에 있는 것뿐이니까. 사실 나도 엄청 거절했어. 나도 말이지 너만큼이나 이 상황이 싫었단다, 동생아."

지원은 싫어 보이지 않았다. 굉장히 즐겁고 행복해 보였다.

"근데 어쩌겠어? 지 강사가 이 수업을 맡을 톱클래스, 하이 레벨은 나뿐이라는데?"

지서우는 그런 말을 할 사람이 아니었다. 사실도 아닌 루머를 조작해 퍼트릴 인물이, 인성이 아니었다.

"그리하야!"

지원은 테이블 위를 손바닥으로 탁 쳤다. 그녀는 꽤나 기분이 좋아 보였다.

"내가 정말 어~~~쩔 수 없이 수업을 맡기로 했단다, 제멋과 네 멋에 사는 슈트 천재 동생아."

씽긋 웃어 보이는 지원은 왠지 사악해 보이기까지 했다.

준후는 오늘의 이 딜을, 지원이 어떤 수준으로 이끌어내 보상을 요구할지 미리 가늠해 보았다.

지원은 결코 만만치 않은 인물이기에 어쩌면 황당한 무언가를 요구할 수도 있었다. 그렇다 해도 지금은 어떤 요구도 들어줄 수 있었다. 그게 무엇이든지.

지서우가 사라진 지금, 이 협상은 선택권이란 게 없었다.

"그래서!"

"……."

"계산, 다 끝났어?"

지원은 안경을 코까지 내리며 준후를 올려다봤다. 그 모습이 흡사 스크루지 현신 같아 보였다. 거듭나기 전의 그가.

"먼저 알려 주세요. 그 사람 어디 있는지."

길게 끌고 싶은 생각이 없어 요청했고 지원은 코웃음을 쳤다.

"지 강사가 대체 언제부터 그 사람이 된 건데?"

언제라고 말하지 않아도 지원은 훨씬 전에, 민화 아트페어에서 눈치를 챘을 것이다. 어쩌면 준후 자신보다 먼저.

"너 혹시 뜬금없는 고백 뭐 이런 거 한 거 아니지? 그렇지 않고서야 1년 365일은 물론이고 3년 가까이 휴무나 결근 한 번 없던 사람이 대체 무슨 일이냐고? 맞지? 너 저돌적으로 고백했지? 서우한테."

"누님과는 상관없는 일이니까 원하는 거 말씀하시죠."

"강준후, 너 햇또, 아니 머리 잘 돌아가는 거 아는데 지금은 그거 돌릴 상황이 아니야. 머리보다 가슴. 아날로그적 감성으로 날 성심성의껏 설득할 상황이지. 그리고 자존심 그거."

지원은 왼손 검지를 들어 그루브를 타듯 흔들었다. 그것도 무척이나 여유 있게.

"지금은 안 통해. 지 작가 소재 알고 싶으면 내가 묻는 말에 대답이나 하셔요, 이 동생 같지 않은 뻣뻣한 동생아."

준후는 지원을 쳐다봤다. 지금 눈앞에 있는 이 요주의 인물을 어떡해야 하나 고민이 됐다.

"그렇게 봐 봤자 넌 동생이고, 난 너의 그녀 소재를 알고 있는 유일하신 분이셔. 은덕과 은혜가 엄청 높으신 분이지, 내가."

"……."

"또 워낙에 기분파이기도 해서 네게 간절한 어떤 정보가 한순간에 날아가 버릴 수도 있다규. 나도 이거 명예 걸고 얘기하는 거란 말이지."

지원은 한순간 심각한 표정을 하며 심도 있는 척을 하려 했다.

"우리 지 강사가 말이야 만만한 인물이 아니에요. 넌 아직 잘 모르겠지만 지서우 나름 깡도 있고 똘기도 있다규. 오늘도 봐. 누구도 하지 못하는 말을 하지원한테 부탁한다고 한마디 하고 바로 잠수 탄 거. 지서우가 이렇게나 대차다니까."

"누……."

"서우!"

그 이름 한 번에 준후는 입을 다물었다. 이유는 하나였다. 지원의 톤이 확실히 달라졌기에.

"잘 모셔 올 수 있으면 가고, 아니면 그냥 둬."

지원은 경고가 아닌 특별하고 대단한 임무인 듯 말했다.

"네가 누구든, 어떤 마음이건 간에 난 무조건 서우 편이야. 그 아이 나한테 귀한 사람이야. 너 역시 그렇다고 말하고 싶겠지만, 그렇다 해도 난 그 아이와 3년이야. 나 그 아이 보고 함께하면서 너도 알고 있는 그 상처 많이 아물었어. 짐작하다시피 타인과의 관계에 교묘하게 벽돌과 짱돌을 견고하게 쌓는 지서우가 구체적으로 뭘 어떻게 해 준 건 아니야……. 근데."

"……."

"난 순간순간 애쓰고 안간힘 쓰는 그 아이 보면서 위로받고 위안받았어. 그러니까! 보고 싶고 궁금해 미치겠는 네 맘 때문이라면 가지 말고, 내내 넋 놓고 지내다 이제 좀 사람처럼 살려고 반응하고 발버둥 치는 그 아이를 위하는 마음이면."

순간 지원의 눈이 요기롭게 반짝였다.

"가."

이래서 하지원을 쉽게 볼 수도, 안다고도 할 수 없었다.

이렇게 엉뚱한 순간 자신의 마음 한 자락을 내보이는 이기에. 단호하면서 절절하게.

"내가 하고 싶은 말은 이거야. 물론! 오늘의 이 협상에 대한 요구 조건은 다음 기회에 디, 디, 디테일하게 알려 줄게."

"……."

"그닥 친하지 않은 사촌 동생아."

지서우는 절대 모를 것이다.

하지원이 이 정도로 기이하고 심오한 에스프리를 가진 인물인지는.

지원이 하는 모든 말과 행동은 색으로 치면 애시퍼플이고 그림으로 치면 야수파(Fauvism)였다. 그것도 표현주의(Expressionism) 성향이 강한 **야**성과 **야**만의 **야**수파.

사그라지지 않은 불덩이를 껴안은 마음은 여행으로 이어졌다.

평생 누구에게도 하지 않던 부탁을 지원에게 했다. 일주일만 여행을 가겠노라고.

지원은 더는 묻지 않았다. 걱정 말고 다녀오라고만 할 뿐.

생각을 해 봐도 지원과의 인연이 적확하게 기억나지 않았다. 지원이 어떤 경로로 바림에 적을 두게 되었는지도 그닥 명확하지 않고.

기억은 나지 않지만 고마운 사람인 건 분명했다. 지난 시간, 태평이 있었던 것처럼 지원이 있었다. 종이인간 버금가는 하찮은 지서우 곁에.

경주는 오랜만이었다.

오래전 할아버지, 할머니 두 분과 여행을 와 이 아름다운 고도(古都)에 흠뻑 취했었다.

할아버지께서 오래전부터 필력과 미모를 인정하신 어느 여류 작가는 몇 해 전 자신의 책에 경주를 감각적으로 표현했었다.

차가운 애인 이름 같은 도시 경주가 오래된 정인처럼 내게 은밀하고 익숙해졌다, 라고.

문득 그 구절도 생각나고 그보다는 가족 여행으로 왔던 경주가 눈물 나게 그립고 좋았기에 이곳으로 왔다.

트라이앵글처럼 서로 이어져 있던 세 사람이 한마음으로 좋아했던 곳은 석굴암이었다.

이유는 석굴암을 가기 위한 길 때문이었다.

차를 두고 걸어가야 도달할 수 있는 길을 할아버지도 할머니도 똑같은, 똑 닮은 비중으로 좋아하셨다. 지금 그 길 위에 선 서우도.

길은 그때와 같았다. 결코 다를 수도 없고.

굽어진 길을 조금 앞서 걸어가는 외국인 두 명이 연신 감탄사를 쏟아 냈다.

앞선 이들과 약간의 거리를 두기 위해 낭떠러지 같은 길 끝에 서서 눈앞에 펼쳐진 풍광에 시선을 돌렸다.

서울, 빽빽한 도심의 콘크리트 건물에서는 절대 이 모습을 상상할 수 없다.

이 좁은 나라 어딘가 지금 현재 내가 있는 곳과는 전혀 다른 장소가 있다는 걸 우린 모두 잊고 산다. 잊어야 살고.

분명 존재한다는 걸 알고 언젠가 닿고 두발로 지나온 길이기에 꺼내 놓기만 하면 되는데도 우리 모두는 현재를 살기에, 제법 잘 살아내야 하기에 잊고 잃어버린다.

마음속, 기억 속 어딘가에 이처럼 은밀하고 익숙한, 행복의 장소가 있다는 걸.

그저 꺼내 놓고 기억으로 풀어 놓기만 하면 되는데도 결국엔 못 하고 산다.

정말 꺼내 놓으면 되는 걸까? 어딘가에 숨겨 둔 욕망과 욕심을 단지 꺼내기만 하면?

다시 그림을 그릴 수 있을까? 할머니. 그 시절, 그때의 천둥벌거숭이처럼 행복해질 수 있을까? 할아버지.

저기 저 유리 벽 안에 계신 누군가에게 묻고 싶고, 그보다는 그 시절의 추억을 복기하고 싶어 오른 길이었다.

예전으로 돌아갈 수는 없어도 그때처럼 꿈을 꾸어도 되는지. 이전처럼 모두가 모여 살 수 없다 해도 그때처럼 그림을, 민화를 그려도 되는 건지.

잘 모르고 모르겠지만 그래도 사랑이라는 걸 하고 싶은데, 난생처음인 듯한 그 감정이 비로소 궁금해졌는데 해도 되는 건지…….

'그림일기 속에 내가 있었으면 좋겠어. 어느 누구도 아닌 오직 강

준후만.'

'내 안에는 이미 당신이 꽉 찬 상태야. 지서우가.'

무슨 소린지는 알겠는데 어찌해야 하는지는 모르겠다.

듣기 싫은 소리가 아닌데 절대 나쁜 말이, 큰일이 아닌데도 결국엔 거부하고 외면해야 하는 건지도 모르겠고.

모든 게 한꺼번에 다가왔다.

그동안 죽은 듯 잠잠하던 일상이었는데 쫓기듯 이곳까지 내려오게 됐듯이.

'그렇게 말을 하니까 나 이 그림 정말 갖고 싶어졌어. 어떡하지.

윤 여사님의 지인이라고 했던가. 화조도의 현재 주인.

사라진 다른 그림들은 차치하고 그 화조도만큼은 되돌려 받고 싶었다. 안 되면 구매라도 하고 싶은데 왠지 그럴 수 있는 만만한 금액은 아닌 듯했다.

강탈당한 자신의 그림을 사고 싶어 하는 얼굴도 이름도 다른 작가라니.

석굴암에 좀 더 닿아 가는 길도 그렇고 앞마당 같은 공간은 아름다웠다. 변함없이. 여전히.

무엇보다 그 점이 좋아 위로가 되고 위안이 됐다.

변하지 않았다는 게. 그때 그 모습 그대로라는 게. 그로 인해 그 시절을 고스란히 기억하고 추억할 수 있다는 게. 지금 이렇게 혼자라 할지라도……

걱정하던 지원이 예약까지 해 준 호텔은 경주에서도 외곽에 외진 곳이었다.

H호텔은 호수를 끼고 있었다. 호텔 산책로에 벚꽃이 피면 한숨이 날 정도로 이쁘다고 했는데, 그 마술 같은 기간이 순식간에 지나서인지 호숫가는 외롭다 싶을 정도로 한적했다.

평일 오후라 그런 듯했다. 내일이면 주말. 이 땅 어디를 가도 조용할 수 없겠구나, 하는 생각이 들었다.

십중팔구, 주말 내내 호텔 안에만 머물 게 분명해 조금 더 걷기로 했다.

호텔 투숙객이 아닌 일반 시민들도 다닐 수 있는 길은 벚꽃 나무가 사이좋은 형제자매처럼 촘촘하게 줄을 서 호숫가를 둘러싸고 있었다.

꽃잎을 전부 날려 보내고 초록동색이 아닌 동안의 모습을 한, 아직 싱싱한 나이테를 자랑하는 나무들은 한껏 늘어져 이렇게 혼자 보는 이의 마음을 요란하지 않게 위로했다.

마치 전부 다 담아서는 그게 무엇이든 위로해 줄 듯이 나무들은 풍성했고 여유가 있었다.

어디선가 불어오는 적당한 미풍과 진하지 않은 향기도 이 길 위에서 좀처럼 벗어나지 못하게 했다.

은근한 유혹이었다. 은밀한 속삭임처럼.

"……."

점차 노을이 지기 시작한 이 시간, 호숫가의 나무들이 위로 하듯 줄지어 흔들리고 길 위에 선 이방인 역시 흔들어 대는 이 순간, 강준후가 걸어오고 있었다.

마치 마중을 나온 듯 그렇게. 내내 기다렸다는 듯 저렇게.

늘 그렇듯 슈트 천재다운 면모를 하고 너무 빠르지도 그렇다고 느리지도 않은 곧은 걸음으로 서우를 향해 걸어왔다. 강준후는.

어느 방향으로 누굴 향해 오는 길인지 알기에 서우는 도망치지도, 뒤돌아서지도 않은 채 길 위에 서 있었다.

한 발, 한 걸음. 조금씩 간격이 좁혀지고 이내 마주 볼 정도로 가까워졌다.

결국 시야에 서로만이 꽉 차고 전부인 거리를 하고 강준후와 마주 봤다.

"…지서우."

노을빛에 노출된 강준후의 눈빛이 호수 위로 내려 낮의 빛보다 더 깊게, 매혹적으로 반짝였다.

"이제부터 모든 같이 해. 무엇이든. 어떤 결정이든."

한 손은 자신의 슈트 재킷을 들고 다른 한 손으로 서우의 뺨을 만졌다. 손길은 부드러우면서도 언젠가처럼 어딘가를 간질간질하게 만들었다.

"지금 여기, 당신 앞에 있는 남자와."

강요도, 제안도, 부탁도 아니었다. 그저 이상할 정도로 자연스러운 말이었다.
 위로 같은 말. 위안이 되는 말. 강준후가 지서우에게 가고 싶고 결국엔 닿고 싶다는 말.
 바림이란 말처럼 물들고 물들이고 싶다는 그런 말.
 강준후의 언어는 그런 것이었다. 그런 말의 온도, 온기 같은 말.
 이 남자의 체온 같은 아찔한 말.

 뜨겁지 않은 온도였던 것 같았는데 아니었다.
 혜성의 꼬리를 닮은 듯한 예측 불가능한 불쏘시개가 몸 안을 뚫고 들어와 혈관 전부를 일일이 훑고 통과하는 것처럼 버거웠다.
 행위 자체는 한없이 부드러운데 순간의 밀도와 탐욕은 소름이 돋을 정도로 깊고 집요했다.
 몽롱한 정신 속, 기억을 더듬어 보면 키스가 가장 정중했다.
 고통을 동반한 낯선 희열로부터 벗어나려 안간힘을 쓰는 새처럼 끊임없이 파닥거리는 서우를 강준후는 그답게 달랬다.
 그런 이유와 의미로 키스는 부드러운 사탕발림 같았다.
 그처럼 스위트한 밀어와 애무에 방심한 사이 확실한, 색다른 극의 전환이 이뤄졌다.
 버티기 위해 깨물어 삼키던 입술과 갈 길 잃은 혀는 강준후의 고른 치열과 탐욕에 갇혀 버렸다.

달콤했던 키스가 인내의 한계이자 마지막. 또 다른 서막의 시작이었는지 두 사람은 한 점에서 만나 점멸되듯 서로에게 스며들고 녹아들었다.

"하…아……."

가면을 쓴 수리공의 품 안에서 고장 난 인형처럼 조각조각 부서지고 신음을 쏟으며 녹아내리던 서우는 다시금 몸과 목소리의 형태를 갖춘 채 공중으로 들려, 강고한 강준후 품 안에서 한 치의 오차도 없이 밀착돼 흔들렸다.

막혀 버린 명치끝에서부터 숨이 벅차오르면 은밀한 행위를 멈추는 게 아닌, 더 깊게 파고들어 결국엔 소리를 지르게 만들었다.

강준후의 방식은 그랬다.

삭이고 감추고 숨기는 게 아니라, 지르고 말하고 결국엔 표현하게.

그 순간이 지나면 다시 또 우아한 밀림이, 벼락같은 울림이, 선명한 탄성이, 지독한 탐욕이, 미칠 것 같은, 미치길 바라는 듯한 집요한 반복의 순환이 시작됐다.

서우는 강준후라는 남자를 얼마쯤은 안다고 착각한 스스로를 비웃었다.

침대 위, 한순간도 터럭조차 허용하지 않고 끝없이 자신을 주입시키고 각인시키며 이따금 벅찬 숨을 터 주다 결국엔 남김없이, 지체 않고 빼앗아 가는 남자를 서우는 알지 못했다.

이 남자의 욕심과 욕망이 언제까지인지. 이 남자의 키스는 왜 이다지도 달콤하면서 뜨거운지. 슈트 천재인 이 남자의 몸은 왜 이렇게나 아름다워 손을 뗄 수 없는지…….

알 수 있는 게, 짐작할 수 있는 게 하나도 없었다.

이 미칠 것 같은 시간은, 환희이자 고통, 열락이자 늪과 같은 끌림과 빨림은 도대체 언제쯤이면 끝이 나는지도.

그 같은 의문에 미처 답을 생각할 새도 없이 강준후는 몰아붙였다.

너무도 피곤한데 이 피곤함이, 이 극한의 활강이, 이처럼 급격한 추락이 하나도 싫지 않았다. 결코 나쁘지 않았다.

사실은 좋았다.

이 남자만이 가능한 은밀한 호흡과 강렬한 산책이.

준후는 열린 테라스로 들려오는 모든 소리를 오감에 새겼다.

크지 않게 흔들리는 중저음의 커튼. 창문과 커튼 사이로 보이는 잔잔한 호수의 이른 아침 얼굴. 이름 모를 새의 당돌한 웃음과 무리의 속살거림. 마지막 이 한숨 나는 공간의 지독하게 행복한 모습.

침대 속, 지난밤 내내 난파당해 침몰한 듯 잠든 지서우가 보였다.

뽀얀 빛을 발하며 드러난, 미묘한 협곡과 곡선미를 자랑하는 한쪽 어깨. 언뜻 보이지만 역시나 풀로 붙인 듯 단단히 감긴 비밀스런 눈. 그 밑으로 구겨지고 뭉친 시트 사이 드러난, 그에 비해 아기처럼 조그마한 발.

이 그림을, 이 모든 비디오와 오디오를 오감에 새기며 지키고 있는 한 남자.

준후는 침대 앞 큰 거울에 비치는 또 다른 구도와 방향, 그 속 역시나 아름다운 모습으로 잠들어 있는 지서우에게 조심스레 다가갔다.

숨도 쉬지 않고 자는 이가 못내 걱정돼 시트를 들춰 파고들었다.

"으…흠……. 으……."

신음하듯 뱉어 내는 음색에 짜증이 배어났다.

파고드는 만큼 지서우도 침대 끝으로 밀려 올라가고 구석으로 파고들었다.

준후는 그만큼을 또 파고들었다. 서늘한 가운데 맨몸으로 느껴지는 온기와 체온에 어딘가에서는 다시금 열꽃이, 강한 양기가 피어오르기 시작했다.

이 아침, 에드워드 호퍼의 그림처럼 간절히 원한 여자가 있고 도시와는 전혀 다른, 완벽한 세상이 있었다.

이 완벽함에 단 하나가 부족했다.

그건 바로 지서우의 신음과 한계에 도달한 순간 긴밀하게 새어 나오는 한 움큼의 한숨.

"지서우……."

조금의 의식도 없는지 반응이 없었다.

그 같은 무반응에 조금 더 파고들어 서우를 그의 몸 위로 끌어 올렸다.

묵직하다 할 수 없는 기분 좋은, 감각적인 중량감이 준후를 간질거리고 움찔하게 만들었다.

가슴 안 어딘가에 붙어 버린 지서우의 손바닥 열기, 그 36.5도의 체온이 다시금 고파 왔다. 갈증인지 배고픔인지 모를 공복감이.

서우를 조금 더 끌어 올려 미로처럼 동그랗게 말린, 유난스레 시선을 끄는 귀에 속삭였다.

"…이제 그만 일어나지."

대답이 없는 서우를 품에 안고 준후는 빙그르 몸을 돌렸다. 그러자 그의 한쪽 품 안에 흐트러진 모습의 서우가 안전하게 안겨 있었다. 순간 파고드는 익숙한 체향에 준후는 숨을 깊게 몰아쉬었다. 아직까지는 자중이 먼저이기에.

"지서우… 서우야."

누군가 여우야, 하며 부르는 것 같았다.

몽롱한 정신에 간신히 눈을 뜬 서우는 또 한 번 들었다.

"…우야……."

여우야, 하는 그 부름을.

"으…음……. 내…가 왜 여운데?"

"난 지서우한테 여우라고 하지 않았는데."

그 소리에 정신이 번쩍 든 서우는 눈을 비비고 바로 코앞의 강준후를 봤다.

"난 서우야 그만 일어나, 이렇게 말했는데?"

"……!"

아직까지 어떤 상황인지 당황스럽고 얼떨떨한 서우는 놀라 시트 안으로 들어갔다 더 놀라고 얼이 빠진 상태로 시트 밖으로 튀어나왔다.

이후 달아날 곳은 어디에도 없었다.

단단한 강준후의 품 안에 갇혀 집요할 정도로 눈 맞추려는 강준후를 쳐다보는 수밖에는.

"우리 지 강사님, 눈 뜨자마자 엄청 바쁘네."

서우는 열 감기 걸린 아이처럼 벌건 얼굴로 누군가의 시선을 요리조리 피했다.

도저히 쳐다볼 엄두가 나지 않았다. 여전한 기세로 얼굴을 피하는 그녀의 얼굴을 강준후의 길고 따뜻한 손이 잡아 고정했다.

얼굴만 근접 거리로 떨어져 있을 뿐, 시트 속 두 개의 서로 다른 몸은 쌍생아처럼 붙어 어딘가에서 열이 오르고 또 다른 곳에서는 미열이 끓기 시작했다. 그로 인해 서우의 볼은 조금 더 달아오르고 있었다.

"왜 이리 볼이 빨간지 모르겠네, 지 강사님."

"…굴… 놔주고 말해요."

서우는 한 손을 들어 강준후의 손을 치우려 하다 오히려 두 손이 모두 잡혀 위로 들렸다.

"피하지 않고 버둥거리지 않으면 놔주려고 했어."

밤새 경험해 익히 아는 서우는 유난히 체력도 근력도 좋은 강준후를 쳐다봤다. 이내 닿을 듯한 거리에 고집스런 남자가 눈을 반짝이며 조금 더 다가왔다.

중지 손가락 정도의 거리로 대치 중인 입술을 빼고 전부가 닿고 밀착된 상태였다.

서우는 이 순간, 이 사실이 너무도 부끄러웠다.

"잘 잤어요?"

굳이 묻지 않아도 될, 묻지 않으면 좋았을 질문을 강준후는 심각하게 물었다.

"네…에."

"아프고 불편한 곳은?"

"없어요. 그러니까 이제 좀 내려…와요. 아님 놔주든가."

"하나만 택해요. 하나는 들어줄 테니까. 한데 잘 생각하고 결정해요. 결정에 대한 책임도 있으니까."

무슨 소리지, 하는 서우를 보며 강준후가 추가 설명을 했다.

"내가 내려가면 당신이 올라오게 될 수 있고."

"……."

"이 두 손을 놔주는 순간 당신 몸은 자유롭지 못할 수 있어."
"그게 뭐예요? 결국은 다 같은 소리인데."
어이가 없는 서우는 항의하듯 말했다.
"맞아. 당신은 선택권이 없어."
"⋯⋯!"
"지금 이 순간은."
"그건 게 어디 있⋯ 읍!"
 부드럽게 파고든 입술은 모닝 키스라는 이름처럼 가볍게 시작해서는 이내 깊어졌다.
 목 안 깊숙이 파고든 혀는 서우의 마른 목 안과 혀, 붉은 내벽을 조금씩, 천천히 적셔 주었다. 그와 동시에 몸도 같은 속도와 농도로 젖어 들었다.
 서로 다른 굴곡에도 간극 없이 비벼지는 가슴과 가슴. 같은 온도와 미열이 주는 안정된 밀착감. 다른 몸의 구조에도 낯설지 않은 터치와 매치. 혀만큼이나 얽히고 엉기는 두 다리.
 이 아침, 침대 위의 사정은 분주하고 치열했다.
 어느새 간밤의 은밀한 행위를 복습하기 시작했다. 주춤도 잠시, 서우도 뜨겁게 반응하며 맹렬히 파고들었다.
 어젯밤 알게 된 어떤 이의 품 안이 너무도 따뜻해 이 아침 확인하고 싶었다.
 강준후가 주는 환희와 열락. 그간 보여 주지 않던 열띤 음성과 농밀한 탄성. 두 사람이 만들어 내는 밀착과 운율 가득한 분주한 움직임. 영혼까지 파고드는 뒤척임이 전부 다 좋았다.

그 모든 협연이 만들어 낸 두 사람만의 이중주가.

강준후가 주고 지서우가 받는, 지서우가 만지고 강준후가 버티는 그런 형태와 형식을, 그 모든 것들을 확인하고 싶었다.

어쩌면 경주라는 이 미스터리한 고도(古都)에서만 가능한 그림동화를 채색해 보고 싶었다.

연인을 뜨겁게 사랑하고 사랑함에 있어 누구보다 정열적이었다는 천년 고도 신라인들처럼 그렇게.

완성은 불가한 미완일지라도 서로에게 물들고 스며드는 바림까지는 하고팠다. 강준후와.

지민화만이 그릴 수 있는 민화처럼 아름답게 그려 보고 싶었다. 지금 이곳의 우리들을.

❀

태평의 한기에 심장이 오그라들 것만 같았다.

조립식 한옥을 취재하고 온 태평은 서우를 산산이 조각내 재조립할 심사인지 레이저 건 저리 가라 할 만큼의 눈총을 쏴 댔다.

"그만 좀 봐. 그러다 가자미 취재 나갈 것도 없이 가자미 되겠어, 너."

서우는 웃음을 흘리며 최대한 훈훈한 분위기를 조성하려

애썼다.

"전화도 안 받고 대체 주말 내내 뭐 하다 온 건데!"

전화는 받을 수 없는 상황이었다. 핸드폰 유무와 상관없이.

"혹시 해서 하지원 씨한테 연락했더니 너 경주에 여행 갔다고!"

"……."

"호텔 예약은 자기가 직접 했다면서 며칠 쉬게 그냥 두라고 하지 않았으면 나, 너 당장에 데리러 갔어. 알아?"

누가 내려와도 움직일 상황이 아니었다. 침대에 인이 박히고 못 박힌 상태라.

"가면 간다, 오면 온다 말을 하고 가야잖아. 어디 가자고만 하면 불안하고 불편하다는 말만 하는 인간이 말도 않고 사라지면 기다리는 사람 기분이 어떨 것 같아? 예전처럼 그렇게……."

어쩌면 그날의 사건은 서우가 아닌 김태평에게 가장 큰 상처일지 몰랐다.

그래서, 그런 이유로 태평은 지금껏 모자란 친구 주위를 맴도는지 모르고.

그날은 절대 태평의 잘못이 아니었다. 실수도 아니고.

그 일은 그저 인간의 욕심과 욕망, 돈이란 환상이 만든 지독한 악몽일 뿐.

태평의 힘으로 어찌해 볼 상황이, 그럴 수 있는 인간들이, 선

했던 이웃들이 아니었다.

"그만하고 나 좀 봐 봐."

가라앉은 톤에 내내 흥분 상태였던 태평이 조금씩 자제하기 시작했다.

"지금부터 내 말 잘 들어."

서우는 언젠가도 했던 말을, 그사이 친구가 잊은 듯한 사실을 다시금 꺼내 들었다.

"그날 일은 절대 네 책임이 아니야. 적확하게 말하면 너와는 상관없는 일이고."

"어떻게 그런……."

"내 말 마저 들어."

단호한 저지에 태평의 미간이 좁아졌다. 호흡은 가라앉고.

"내가 지금까지 널 곁에 두고 또 네 과도한 보호와 밀착 방어와 같은 관심을 거절하지 않고 받은 건, 그래, 내가 나아졌다 해도 미비하지만 대인기피증, 공황장애 비슷한 것도 있고… 무엇보다 네가 반이랑 보살님의 부탁을 받은 걸 알기 때문이야."

경직됨과 동시에 놀란 태평의 얼굴을 보면서 서우는 이야기를 멈추지 않았다.

"넌 신내림받은 할머니를 내내 불편해했고 그날, 반이랑 보살님이 한 부탁을 외면해 그날의 사달이 났다고 생각할 테니까 이번에는 할머니의 은밀한 부탁을 거절할 수 없었을 거야.

난 그 사실을 너무 잘, 누구보다 잘 아니까 제대로 된 개인 생활이라고는 없는 널 곁에 두었던 거고."

우직한 김태평은, 섬세한 인성에 착하기까지 한 태평은 그랬다.

오지에서 촬영을 하는 날이 허다해 자신이 오징어가 되면서도 서울에 돌아오면 편집할 때 빼고는 늘 영 시원찮아서 불안한 친구를 지켰다. 보살피고.

염리동 어느 골목 구멍가게 일대와 평상을 접수하던, 일명 떴다 지민화의 짝꿍이자 우직한 태권V이자 깡통 로봇 김태평은 그렇게 의리가 있었다.

"그런데 이제는 안 그래도 돼. 그만해도 된다고. 언젠가 네가 한 말처럼 사람들은 지난 시절의 지민화를 잊었고, 잊었을 테니까 나도 이제 달라지려 해. 달라지고 싶고."

연이어 터지는 사실들과 새로운 각오. 담담한 듯하지만 이제껏 하지 않던 약속에 태평은 놀란 표정을 감추지 못했다.

그 모습이 꼬꼬마 시절의 김태평과 겹쳐 보였다.

"그리고."

"……."

"우리 확실히 하고 넘어가자."

조금 달라진 톤에 태평이 민감한 표정으로 쳐다봤다.

"그때도 말했지만 난 네게 가족 이상의 감정은 없어. 또 너도 이제는 인정할 수밖에 없을 거야. 오래전 네 안에 잠시 존재했던 그 감정, 더는 없다는 걸."

태평은 인정도 부정도 않고 보기만 했다.

마치 자신의 마음을 냉정하게 보듯 그렇게. 한편으론 이런 태평의 반응이 다행이다 싶었다.

"우리에게는 현재 형제애와 가족애, 너무 오래돼 소중한 우정뿐이라는 걸. 그러니까 태평아, 이제 그만 편안해졌으면 좋겠어. 그날 네가 할머니를 보지 않고 떠났던 건, 어쩌면 당연한 거야. 사랑하는 사람의 불편한 변화를, 지금까지와는 전혀 다르게 살게 된 모습을 아무렇지 않게 받아들일 수 있는 사람은 이 세상에 아무도 없어."

"······."

"넌 나만큼, 어쩌면 나보다 훨씬 더 힘들었을 거야."

태평의 호흡은 들쑥날쑥하면서도 어떤 말도 하지 않았다.

이 순간 태평의 깊게 팬 상처가 고스란히 보였다. 늘 알고 보였지만 지금은 조금 더 명확하게 알 것 같았다.

"넌, 반이랑 여사님을… 끔찍이 사랑했으니까. 네 부모님들 다음으로. 어쩌면 나보다 우리 할머니를 더 좋아했을걸."

"······."

"반이랑 여사, 네 이상형이었지?"

그랬다. 아주 오래전 태평의 일기장을 봤던 기억이 있다.

초등학교 4학년인가 5학년 때 정신적으로나 육체적으로 성장이 느렸던 느림보 뚱보 김태평의 일기장 속 여신이자 공주의 모습을 한 이는 모두가 추측하는 염리동 아이돌 지민화가 아니라 반이랑 할머니였다.

할머니로 절대 보이지 않으면서 나이가 전혀 짐작되지 않던 우수 어린 미녀 반이랑 여사.

순진한 만큼 선하고 착한 태평은 그런 신비스런 여사님을 무척이나 좋아했었다. 자신의 일기와 마음속에 몰래 담을 정도로.

그러다 이전과는 전혀 달리진 모습에 태평의 숨죽이며 숨긴, 삭였던 감정은 함께 성장하면서 늘 곁에 있던 친구에게, 반이랑 여사님과 어딘가가 닮은 친구이자 손녀에게 못다 한 감성과 감정을 대입시킨 거라 이해했다.

이제껏 말하지 않았던 건 태평이 스스로 인정하길 바랐다.

그 정도로 성숙해져 그래도 좋은 추억이었다고 말할 정도로 그 시간을 추억하기를······.

"그리고 경주 건은 요사이 생각할 게 많아져서 갑자기 결정한 거라 말할 타이밍을 놓쳤어. 미안해, 친구야."

태평은 무슨 말을 할 것 같더니 결국 아무런 말도 하지 않고 바림을 나갔다. 서우도 태평을 잡지 않았다.

지금은 서로가 혼자인 게, 혼자인 채로 고민하며 생각하는 게 맞았다.

태평에게 한 말은 전부 사실이었다. 거짓이 아니었다.

마치 번개와 낙뢰를 동시에 맞은 것 같았다.

강준후의 고백도, 지민화의 화조도를 다시 보게 된 것도 혼란스럽기만 했다. 그렇다고 특별한 대안이나 대책이 있는 건 아니었다. 그저 겁이 나고 안타까웠다.

타인에게 절대 가져서는 안 되는 마음과 이미 품을 떠난 그림을 가질 수 없다는 마음이 충돌하고 충동하면서 사람도 그림도 욕심이 나 마음이 절절 끓었다.

지민화라면 어땠을까? 천방지축 지민화라도 이대로 포기했을까? 그런 의문과 질문으로 하루 종일 소란했다. 몸도 마음도.

그런 이유로 고요한 고도를 찾았는데 더한 혼란만 떠안게 됐다.

강탈당한 화조도는 어쩔 수 없다 해도 그 순간, 그 길 위에서의 강준후는 욕심이 났다. 갖고 싶었다.

호숫가 길 위에서 거침없이 걸어오는 남자를, 사랑인 채로 다가오는 이를 거부할 정도로 자신은 바보가 아니었다.

슈트 천재에 매력적인 남자의 사랑과 위로를, 진심과 체온을 거절하고 싶지도 않고.

결국 마음의 반의반, 욕심의 절반도 채 갖지 못했지만 그 순간은 만족했고 행복했다.

서로의 체온과 온기를 나눈다는 게, 그런 엄청난 감정이 드는 건지 몰랐다. 그렇다 해도 이곳은 경주가 아닌 현실을 사는 공간이고 장소.

그 순간의 동화를 이곳까지 가져올 수도, 가져와서도 안 되는 그런 생활 전선이고.

강준후로 인해 한 가지에 대한 생각이 달라졌다.

몸과 맘이 동시에 원하는 남자를 가질 수는 없지만 그 사람으로 인해 분명하게 알게 된 게, 배운 게 있었다.

시간이 많지 않았다. 할아버지를 보고 사랑할 시간이, 할아버지와 생을 누리고 경험하며 푸른 하늘 아래 보이는 모든 것들을 한 번씩이라도 품고 느끼며 기억할 시간이.

아직, 아직도 충분히 젊지만 이제까지는 이 시대의 흔한 젊은이로 살지 않고 과거에 매인 은둔자로만 살았다.

인생을 뒤흔드는 결정적 한 컷처럼, 강준후로 인해 그 같은 마음이 욕심이 생겼다.

그날, 경주의 어느 호숫가에서 느꼈던 모든 감정들을 그림에, 민화에 지민화가 아닌 지서우란 이름으로 표현하고 그려보고 싶어졌다.

이제는 이제까지와 다르게 살아야겠다는 욕심이, 생기가 생겼다. 아니, 이미 생겨 버렸다.

그 순간은 서로를 가졌지만 결코 가질 수 없고 가져서는 안 되는 강준후로 인해 그 사실을 깨달았다.

사랑하고 사랑받을 날들이 길지도, 많지도 않다는 걸.

길지 않은 통화를, 뜬금없는 대화의 창을 즐기는 건 경주를 다녀온 이후도 다르지 않았다.

"괜찮다고요."

-목소리는 아닌 것 같은데?

"불필요한 추측은 오버를 넘어 오만함이라는 거 알아요? 난 멀쩡해요. 몸도 마음도."

-…….

"지력이 좋은 천년 고도 경주를 다녀와서 그런지 몸의 순환이 더없이, 그런 적 없을 정도로 좋다고요, 난."

대체 무슨 말을 듣고 싶은 건지 강준후는 내내 괜찮으냐며 하지 않아도 될 걱정을 해 댔다.

-그게 꼭 남다른 지력 때문은 아닐 텐데.

"무슨 소리예요? 지력과 힐링 여행이 아니면 뭔데요?"

-누군가의 열렬하니 열화와 같은 감정과 철저한 준비성 때문이 아닐까 싶은데. 좀 더 자세히 듣고 싶다면 내가 당신한테 가도 좋고. 지금.

이제 보니 강 본부장은 회사를 말아먹을 위인이었다.

본부장이면서 사주 아들이라더니 막장 드라마에서 아주 못된 것만, 일은 않고 놀고먹는 것만 배운 듯했다.

"보세요, 신입 회원님, 다른 생각 마시고 부지런히 회사 좀 챙기세요. 월급 받으면서 그러시면 안 되지 않겠어요. 제가 강습비 받고 일대일 수업 대충 하는 것과 뭐가 달라요? 그게."

-…….

"그리고 여자는 능력 있고 일 잘하는 남자한테 점수가 후하다는 거 모르세요? 이렇게 시도 때도 없이 통화해 느물거리는 남자 말고."

-…….

"그러니 어서 본래 캐릭터를 찾으세요, 본부장님."

-5분 있으면 회의 시작해. 당신이 회의하는 내 모습을 좀 봤으면 좋은데.

"이보세요, 본……."

-컨디션 좋다니 좋네. 금세 또 좋은 일이 있을 것 같아서…….

"이보세요!"

전화는 매너남 강준후답지 않게 잽싸게 끊어졌다.

사람이 이상하게 변했다.

그것도 단 하루 만에.

준후는 이 자리의 윤정미 여사가 낯설었다.

회사로 찾아와 점심을 함께 하자고 한 이유가 있을 텐데도 당신답지 않게 지체하는 것도 평소와는 달랐다.

오전 내내 바빴다. 아니, 바빠야 했다. 누군가의 희망 고문대로.

민화 아트페어에서 섭외한 두 명의 작가 작품 판권부터 시작해 디자인팀에 넘기는 것까지 모두 그의 손을 거쳤다.

어젯밤 서울에 도착해 서우를 바림 작업실에 데려다주고 지금까지 틈이 없었다. 그사이 염려되고 잠깐이라도 보고 싶은 마음에 통화를 시도했을 때는 정체성을 찾으라는 비난과 협박을 당했고.

"준후……."

하루의 시작인 그만의 의식을 건너뛰어 대신한 통화였는데 그렇게 혼날 줄은 몰랐다. 본심 한번 꺼냈다 된통 혼났다. 지서우 강사님께, 아니 서우에게.

"연애해?"

준후는 다른 생각에 빠져 내내 씹고 있던 음식을 삼키고 수저를 정리해 놓았다. 윤정미 여사께서 이제야 본론을 꺼낼 생각이 드신 모양이다.

"네."

"네?"

"네에."

준후는 놀라는 어머니가 어쩐지 귀여워 장난스런 대답을 멈추지 않았다.

"누군데? 설마 내가 아는 집안의 아가씨? 아님 너희 회사 직원? 디자인팀 디자이너인가? 일전에 보니까 이쁘고 세련된 직원 많던데. 아닌가? 혹시 밖에 있는 단발머리 비서?"

"드라마를 너무 많이 보셨네요."

"아니야?"

"아니에요."

"그럼 누군데?"

"천천히요. 나중에 말씀드릴게요. 지금은 아니구요."

"지금은 왜 안 되는데? 그러니까 그 말은 결혼까지는 아닌데 이만저만하고 그냥저냥 해서 만나는 거야? 그건 우리 둘째 아드님 스타일이 아닌데."

어머니는 그의 까다로운, 당신이 독특하다고 평하시는 둘째 아들의 성향과 스타일을 누구보다 잘 아셨다.

"그런 건 아니고, 그 사람이 부담스러워할 것 같아서요. 이제 막 시작했는데 결혼 이야기 꺼냈다 도망가면 어떡해요. 마음도 간신히 전했어요, 저."

마지막 고백에 윤정미 여사의 눈동자가 심하게 커졌다.

"고백까지 한 사이야? 그런 거야, 벌써?"

"저는 그래요."

"그쪽은 전혀 안 그러고?"

"모르겠어요. 그렇지만 그 사람으로서는 엄청난 발전이고 진입이었으니까 천천히 달라지겠죠. 달라지게 만들 거고요. 제가."

"발전과 진입이라……. 적확하게 무슨 소린데?"

준후는 조심스럽게 이야기를 꺼냈다.

"적지 않은 시간 자신의 세계에 갇혀 있던 사람이고 타인에게 받은 상처로 자신의 능력을 부정하고 부인하던 사람이에요. 그 사실이 제게는 큰 문제가 아닌데 그 사람에게는 전부이기도 한 일이라 움츠려 있는 그 사람을 자극했어요, 제 방식으로."

"네 방식?"

"네."

"그러니까… 네 방식이라면, 아닌 척하면서 은근히 집요하고 무심한 척하면서 소름 끼치게 디테일한 관계로 전부 터치하고 관여하는 미저리스러운 그런 거?"

비난인 게 분명한, 냉정한 평가를 주저 없이 하는 윤 여사님을 빤히 쳐다봤다.

"아니, 다소, 약간 그렇다는 거지 크게, 심각하게 이상하다는 건 아니야, 네가."

"……."

"그리고 네 그 성향 나한테 물려받은 건데 내가 어떻게 널 비난하겠니? 안 그래?"

그랬다. 무책임한 것 같으면서도 제 방식의 기율과 규율이 확고한 형은 아버지를 닮았고, 매사 깐깐하고 답답할 정도로 정통파인 듯한데 누구보다 유연하고 자유로운 사고방식을 한 준후는 어머니를 닮았다. 앞에 앉은 윤정미 여사를.

자신만의 기율도 모르겠고 물려받은 DNA와 상관없이 노마드에 보헤미안 기질이 다분한 동생은 돌연변이가 확실하고.

"자신만의 세계라고 하니까 갑자기 생각났는데… 회장님 지민화를 찾으라고 특명을 내리셨다고 하던데, 그 문제는 어떻게 돼 가고 있는 거야?"

준후는 지민화라는 이름에 숨을 깊게 쉬었다. 그 모습을 보시던 윤정미 여사는,

"찾은 거야? 찾아서 확인은 했고? 아니지. 그보다 그림! 그림은 그리고 있어? 지금?"

알고 있다. 어머니께서 지민화의 그림을 얼마나 아끼시는지. 또 지민화의 민화로 계획하고 계시는 게 뭔지. 그렇지만 아직은 아니다.

"그보다 어디까지 접촉하고 진도가 나간 거냐고? 네 아버지보다 나 좀 먼저 소개시켜 주면 안 될까?"

윤정미 여사의 관심은 처음으로 언급한 아들의 여자에서 지민화로 급선회한 상황이었다.

이 정도로 지민화 그림에 대한, 그 사람의 민화에 대한 애착이 많으셨다. 어머니는.

"아직은 말씀드리기가 곤란하고 조금 더 기다려 주세요. 그러면."

윤 여사님은 고개를 앞으로 빼며 준후에게서 시선을 놓지 않았다.

"빠른 시일 안에 말씀드릴게요."

"누구를 말하는 거야?"

준후는 갑작스럽고 혼란스런 질문에 윤 여사님을 쳐다봤다.

"그러니까 빠른 시일 안에 말해 주겠다는 사람이 작가 지민화를 말하는 거야, 아님 네 짝사랑 아가씨를 말하는 거야?"

그와 달리 윤 여사님은 여유로운 표정이셨다. 상당히 흥미로운 기색과 함께.

"그거야 당연히 지민화 작가죠."

"네 짝사랑 상대는 언제쯤 커밍아웃할 건데?"

"그 사람은 천천히. 아직 더 시간이 필요하고요."

"뭐야? 결국은 두 사람 다 쉽지 않다는 거잖아? 들어 보니 지민화도 그렇고 네 짝사랑 상대도 자기 세계가 확고한 부류들이네. 내 알기로 그런 부류들 쉽지 않을 텐데, 아드님."

윤 여사님 우려와 직언처럼 지민화도 지서우도 어려웠다.

"자신 있어?"

"어떤 성향의 사람이건 진심이라면 통하지 않을까요?"

지금 준후가 가지고 있는 가장 큰 믿음은 진심이었다.

지서우에게 다가갈 수 있는 원동력은 바로 진심 어린 마음이 전부였다. 그렇지 않고서는 그 견고한 유리 성 안에 진입할 수 없기에, 지서우를 가질 수 없기에 지민화란 인물보다 오롯이 지서우에게 집중했다.

사랑, 그 하나에만. 그 불안한 기쁨에만.

"아드님."

그 같은 부름은 늘 문제를 안고 있을 때 나오는 톤이었다.

"진심이 꼭 통한다는 보장은 없어. 진심이 힘이 없어서 전해지지 않는다기보다, 진심보다 더 큰 문제가 우리 삶에는 반드시 끼어들고 끼어 있거든."

"……."

"내 종교는 사랑이다, 이 말처럼 삶이라는 게 결국은 사랑으로 쓴 해피엔딩이어야 하는데, 요즘 사람들은 과정이 고단하다 싶으면 끝까지 가 보려고 하지를 않아. 가 봤자 뻔하고 서로가 피곤하다는 말로 자신을 과잉보호하고 밀착 방어하면서 진심을 접는단 말이지. 결국 살기는 하지만 삶 전체는 알지 못한 채 허투루 사는 거고."

"……."

"그러니까 냉온탕 아드님은."

어머니는 모처럼 진지하셨다. 마치 이 말씀을 위해 오늘 이 자리를 만드신 것처럼.

"부디 완주하길 바라. 사랑이든 인생이든 간에."

응원하는 자리가 맞았다.

"완주하되 너만의 기율과 방식으로 하고. 어미가 열렬히 응원하고 후원할 테니까."

윤정미 여사는 오랜만에 손 키스를 날리셨다.

손 키스는 어머님 개인적으로 상당한 의미가 있었다.

타고난 반골 기질에 더불어 누구보다 예술적 기질이 다분해 인생을 뜨겁게 살고 싶으셨던 어머님은 당신과는 정반대의 아버지를 만나셨다. 이후 아버지의 불같은 구애로 결혼을 하셨고.

그 결과 지금은 인사동에서 당신 연배의 여성들에게 민화와 함께 우아하게 늙어 가는 법이라는 강연까지 하시며 행복의 역치(閾値)가 나날이 추락하고 계시지만 예술을 기반으로 한 개인적인 성취 면에서는 이 모든 것들과 별개라고 하셨다.

어머니는 당신의 에너지와 열정으로 완성한 작품이, 예술이 없는 것에 늘 허기져 하셨다.

그런 이유로 윤정미 여사에게 그림은, 작품을 매입하고 소장하는 건 특별한 의식이었다.

그중 지민화의 작품과 그 사람의 존재 자체가 남다르다는 건 묻지 않아도 알 수 있었다. 응원까지 받은 준후는 든든했다.

지민화의 작품 유무와 소재가 궁금한 이가 아닌, 그 작품으로 재도약을 계획하는 다온의 본부장도 아닌 평범한 남자로서 뜨겁게 안았던 지서우가 가득해 든든했다.

그 역시 각자의 방식을 기준으로 완주하는 사랑이 완전한 삶이라 생각한다.

그 끝에 지서우가 있는 건 분명하지만 서우는 그림을, 민화를 그려야 완전한 사람일 테니 이제부터는 그 문제를 더 깊게 고민해야 할 것 같았다.

준후는 또 다른 생각과 욕심으로 부풀어 오르는 솔직한 가슴을 진정시키고 그 자리에 지서우와 민화라는 만만치 않은 등식을 끼워 맞추었다.

6부

서우는 근간 이렇게 놀라는 지원의 표정은 처음이었다.
"뭐라고? 아니, 지금 뭐라고 했어? 지 작가."
"바림 정리하려고요."
이 같은 말을 하면서도 이 결정이 현명한 행동인지는 자신도, 장담도 할 수 없었다.
서울에 돌아오고 태평과의 해묵은 상처를 확인하면서, 경주에서의 낮과 밤을 비롯해 그 모든 일을 몇 번이나 떠올리며 내린 결정은 그림을 그리고 싶다는 거였다.
"화실을 접겠다고? 그럼 앞으로 수강생은 일절 안 받겠다는 거야?"
"그게 아니라……."

지원은 다급한 얼굴을 하고 뭐? 뭐? 라는 말을 몇 번이나 했다.

"지금 수강하시는 분들께도 일일이 양해를 구해서 바림을 그만뒀으면 해······."

"뭐! 바림을 접는다고? 문 닫는다는 말이야? 그럼 난? 나는 어떡하라고! 나는!"

이 정도 반응은 예상 못 했기에 당혹스러웠다. 미안하고 죄송스런 마음이야 당연하지만 그렇다 해도 지원이 이렇게까지 충격을 받을지는 몰랐다.

"안 돼!"

지원은 안 돼 이후 오우 노! 를 몇 번이나 반복했다.

"절대 안 된다고! 내가, 이 하지원이 자기 때문에··· 자기 하나······. 여튼 안 돼! 이건 배신이라고! 지서우!"

히스테리를 일으키는 지원을 보면서도 마음을 굽히지 않았다. 안타깝고 물신양면으로 도와준 지원에게는 면목 없지만 누구보다 먼저 지원에게 말을 해야 할 것 같았다.

바림이 자리 잡기까지 적확하게 기억나지 않지만 그 이전부터 함께하고 도와준 지원에게 제일 먼저 고백하고 싶었다. 진심과 앞으로의 계획을.

"저 그림, 민화 그리고 싶어요."

"······!"

"그래서 그리려고요."

그 같은 고백에 지원에게서 나는 모든 소리가 자연 음소거 됐다.

지원의 얼굴과 표정에 알 수 없는 희로애락과 자잘한 울림, 떨림이 고스란히 전해졌다.

"진…짜야?"

"네."

"민…화를 그리겠다고? …민… 아니, 지서우표 민화?"

"네, 열심히 해 보려고요."

몇 번이나 확인한 지원은 서우를 끌어안아 괴성을 지르기 시작했다.

"잘 생각했어. 어머, 웬일이야! 대체 무슨 바람… 일이 있었는데 이처럼 기특한 생각을 한 거야! 응? 여튼 생각 잘했어. 접어야지. 당근 접어야 하고말고."

지원은 자신의 일처럼 기뻐하며 응원해 주었다. 그러자 조금 더 자신감이 생기면서 민화를 상대로 응전하고 싶어졌다.

"내 사촌 녀석한테는 얘기했고?"

지원은 축하를 해 주면서도 그 남자에 대한 걸 잊지 않고 있었다.

안다. 지원이 강준후에게 말했다는 걸. 자신이 경주로 간 것과 어느 호텔에 묵는지.

"아니요."

"왜? 서울에 돌아와서 통화 안 했어?"

"하긴 했어요. 짧게."

"했어? 그럼 된 거지. 그보단 자기가 맘을 먹은 게 중요한 거야. 아이고, 지서우 기특해라."

"여쭤 볼 게 있어요."

"그래. 여쭤, 여쭤. 뭐든 말해 줄게. 내가 아는 범위 안에서. 모르는 거면 내가 알아라도 올게. 어여, 여쭤."

서우는 깊은 숨을 내쉬며 여직까지 밝고 환한 미소의 지원을 봤다.

"강준후 씨… 결국엔 회사를 위한, 회사에 도움이 될 수 있는 결혼을 선택하겠죠?"

"……."

"저와는 다른 사람이고 저도 저와 다른 부류와는 시작하지 않는 게 현명하다고 생각해요. 그럴 생각이고요. 그래서 묻는 거예요. 그 사람, 아직은 다 알지 못하니까 여쭤 보려고요. 그 사람도 저처럼 이런 생각을 하는, 하고 있는 현실적인 사람인지."

설명하기가, 묻기가 애매했다.

강준후가 사는 세상이 지원의 세상이고 세계이기에 잘못하면 지원의 삶을 왜곡하는 실수를 하게 될 것 같아 직접적으로, 지민화답게 묻지는 않았다.

지난 시절, 재훈에게 했듯 그렇게 옹졸한 태도로 비아냥거리며 알지 못하는 그들의 세계를 이죽거리거나 뭇 사람들처럼 동경도 하지 않았다.

 태생이, 시작과 출발점이 다르기에 다름을 인정하고 그 세계에 끼는 것도, 진입을 원하지도 않았다.

 지금 서우가 원하는 건 단 하나. 그 누구에게도 피해 주지 않고 피해받지 않으면서 원하는 그림을, 민화를 그리고 싶었다.

 민화를 찾고 사랑하는 이들에게 행복한 그림이란 평가를, 인정을 받고 싶었다.

 지원의 반응은 차분했고 한 톤 가라앉은 시선으로 응시했다. 그 응시는 불편하면서도 미안한 마음을 들게 했다. 지원에게도, 지금의 이 상황을 모르는 강준후에게도.

 "글쎄… 내가 강준후랑 친한 사이가 아니라서 뭐라 단정하기가 그러네."

 "……."

 "걔랑 나 사촌이긴 하지만 그 아인 일반적인 애들이랑 좀 많이 달라서……. 생각도 그렇고 행동도. 그러니까 그런 건 강준후랑 좀 더 연애를 하면서 직접, 몸소 체험으로 알아봐. 난 이렇게밖에 말 못 해 주겠어, 지 강사."

 적당하다 싶었다. 멍청한 질문에 현명한 답이다 싶고.

 같은 세계에 산다 해도 지원은 강준후가 아니다. 그 사람도 하지원이 아니고.

 결국 오늘 밤 그 남자의 얼굴을 보면서 말을 해야 할 것 같았다. 어떤 결론이건 그 사람과 서우 자신이 내야 하는 둘만의 결론이고.

"여튼! 이 경사스런 결정에 이대로 넘어갈 수는 없잖아! 치맥 콜?"

"콜이요, 콜."

강준후를 잊기로 했다. 지금은 잊고 이 시간 이후 어느 소실점에서 마주하는 걸로.

그 남자의 얼굴을 비롯해 어떤 표정이든 간에.

❀

지금 생각해 보면 바림에 들어서자마자 왠지 모를 불안감이 느껴졌었다.

바라보면 피하고 다가서면 그만큼 물러서는 지서우를 보면서 어쩌면, 이란 생각을 하기도 했지만 지금 들은 말은 예상 못 한 말이었다.

"지민화예요."

"……."

"지서우, 내 개명 전 이름이. 이미 알고 있었다는 것도 알아요. 그렇지만 말해야 한다고 생각했어요. 내 입으로. 그리고 난, 강준후 씨가 어떤 사실을 얼마나 알고 있는지 몰라요. 묻고 싶지도 않고요."

"……."

"내가 하고 싶은 말은 내가 지민화인 건 맞는데 이제부터는 지서우로서 그림을 그리겠단 거예요. 앞으로 그릴 그림이 지민화일 때 그렸던 그림과 같을지, 다를지는 나도 몰라요. 아직 그리지도 않았고 완성한 작품도 없으니까. 그래서……."

그래서, 그다음 말을 준후는 추측하지 않았다.

지서우는 지금까지 그런 것처럼 준후의 시선을 피하지 않고 담담하게 말했다.

"정리하려고요."

준후는 놀랐지만, 어딘가가 철렁했지만 역시나 티 내지 않고 묻지 않았다.

"바림."

바림이라는 소리에 준후는 안도했지만 지서우의 시선은 짧게 흔들렸다.

"그래서 강준후 씨 개인 수업도 더는 할 수 없게 됐어요. 미안해요."

"그게… 단가?"

지서우는 말은 않고 쳐다보기만 했다. 그 시선 안에는 상당히 많은 의미의 혼란과 망설임이 가득했다.

"내게 하고 싶은 말이나 해 주고 싶은 말이."

질문을 하는 준후는 담담하게 말하려 했다. 가슴 안쪽 왠지 모를 상실감에 뻐근한 듯하지만 굳이 아는 척하지 않았다.

"강준후 씨……."

이 정도의 톤으로 이름을 부르는 건 익숙한 일인데도 무언가 미세하게 달리 들렸다.

"우리가 지금까지 했던 생각과 행동들."

 말을 끊었다. 숨을 고르는 듯도 했다. 다음 말을 하기 전에, 어떤 일을 벌이기 전에.

"계속한다는 게 의미가 있을까요?"

"……."

"그래서 말인데 우리, 우리 둘……."

"의미 있어."

 강하지 않은 톤이지만 진심이고 사실이기에 차분하면서도 담담하게 전했다.

"우리가 말하고 나눈 모든 것들."

 준후는 다음 말을 잇지 않고 창가 쪽으로 향했다. 그 순간 팔짱을 끼고 있던 지서우가 긴장한 표정으로 손가락 끝에 힘을 줬다. 어느 순간 하얘질 만큼 세게.

 다가가는 만큼 흔들리는 눈을 보며 준후는 결계이자 장막처럼 친 팔짱을 풀어 꼭 쥐고 있는 두 손을 부드럽게 감아쥐었다.

"우린 똑같아. 다르지 않아. 다를 수도 없고."

"나는……."

"난 지서우가 어떤 결정을 하건 지지하지만 그 지지는 내가 내 자신에게 하는 그런 응원이야. 자기 자신을 제외하고 포기하면서 하는 응원은 이 세상에 없어."

"……."

"그리고 내 세상에는 지서우가 반드시 있어야 하고."

쳐다보기만 할 뿐 서우는 말을 아꼈다.

준후는 복잡한 시선으로 올려다보는 서우를 그대로 창가에 고정시켰다. 그런 후 잡은 두 손은 그의 목에 두르게 했다. 저지나 반항 없이 따랐다 .

"아프고 불안하다고, 이 모든 게 두렵다고 해서 사랑이 아닌 건 아니야."

"……."

"평범한 사랑이란 이 세상에 없어, 지서우."

서서히, 지서우라는 여자에게만 향하고 떨어지는 고개는 이내 붉은 입술을 단번에 삼키고 취한 듯 마셨다.

무슨 말을 해도 좋았다. 상관없었다. 붉은 입술과 역시나 분홍빛 혀를 빨아 삼키며 무엇도 개의치도 않으리라 다짐했다.

지서우의 울림과 진동이 그의 깊은 곳에서 파동하고 확장되기만 한다면, 오직 그의 안에서만 활개치고 만개한다면 그게 무엇이든 어떤 불안과 상처든 상관없었다.

전부 다 담고 떠안을 자신이 있었다.

아직 하지 못한 말들과 전하지 않은 진심을 무엇이로든 전하고 싶었다. 그런 이유로 키스는 파고들어 입 안 곳곳을 섬세하게 핥았다. 그러다 어딘가에서 난립하며 생성된 본능에 무섭도록 빠져들었다.

욕망과 본능이 준후를 강하게 휘감으며 무서울 정도로, 순식간에 휘몰아쳤다.

섭식과도 같은 지독히 간절한 키스 후 간신히 벌어진 간극 속에서 준후는 속삭였다. 최면을 걸듯 고백했다.

당신을 안고 싶다고. 이 순간 지서우를 미치게 원한다고…….

"…난… 우…리는……."

서우는 거칠어진 호흡을 내뱉으면서 어떤 말을 하려 애를 썼다.

어떤 말을 하건 들어줄 수 있지만 지금은 차분한 얼굴로 정중한 이별을 말하려는 겁쟁이 지서우의 온기가, 체온과 체향이 절실했다.

이 세상에서 오직 지서우만이 줄 수 있고 강준후만이 받을 수 있는 정념이자 강렬한 사랑의 증거를.

서우는 점점 더 깊게, 마치 패도록 파고드는 눈빛. 교묘하다 싶을 정도의 유연하고 정교한 손가락. 이 모든 걸 잊게 만들면서 꾸짖는 듯한 파고 높은 몸짓에 경련이 일었다.

매너남답게 좀처럼 감정의 파고를 드러내지 않던 남자는 이 순간 아무것도 숨기지 않았다. 철저히, 완벽하게 표출했다. 그지없이 확장하고.

마치 용광로 속 가혹하고 가차 없는, 순도와 순정의 불덩이가 그녀의 전부를 집어삼키는 듯해 아무것도 할 수가 없었다.

절절한 신음을 비롯해 탄성과 교성, 진저리치는 떨림도 전부 다 앗아가 버렸다.

그만큼 뜨겁고, 그처럼 버거웠다. 이 순간 솔직하기 이를 데 없는 무법, 무한의 강준후는.

단지 뜨겁기만 하다면 안고 안길 걸 후회할 텐데, 그녀의 전부를 장악하고 조정하는 남자는 매 순간 느끼며 초 단위로 부서지며 경련하게 만들었다.

취약하면서도 방만한 부분을 집요하게 파고들며 헤쳐 결국엔 비명을 지르고 신음을 토하게 만들었다. 지면이 뒤집혀 지진이 난 듯 흔들리는 무지갯빛이자 홀박의 세상과 그에 비해 너무도 조용해 이질적이기까지 한 밤하늘을 목도하며 눈을 감았다.

더는 부릅뜬 채 벼르고 버티기 어려웠다.

탐닉과 함께 탐욕적으로 파고드는 통에 더는 대항하고 대치할 기력과 인내가 없었다.

시작처럼 내내 부드러울 것 같았던 높다란 허리 짓은 서우의 바람이고 희망일 뿐, 한순간도 지치거나 지체하지 않으면서 연이어 추락했고 그 같은 절제 없는 절대적인 낙화로 무게와 강도를 받아 내야 하는 서우는 까만 밤의 별처럼 순간순간 명멸했다.

자신에게서 비켜나고 벗어나려는 걸, 뒤로 물러나 물러서려는 걸, 어떤 이유에서든 이별의 말을 언급했다는 걸 이제야, 이런 방식으로 추궁하며 물으려는 듯했다.

물고 물리는 진격의, 진저리나는 추적과 추격 끝에 들려온,

"서…우야……."

간절한 호명과 함께 내내 미치도록 충만했던 세상이 새까만 어둠 속으로 급속히 빨려 들어갔다.

한순간, 기억할 수 없고 기억나지 않는 엄마의 품속, 배 속에 있는 듯했다.

몽롱하니 평안했다. 강준후의 품은. 이 남자의 사랑은.

잠든 서우를 확인하고 준후는 조심스럽게 침대에서 내려와 주위를, 이 공간을 둘러봤다.

지서우의 공간은 공간이라기보다 작은 세계와 같았다.

따뜻함과 차가움, 안전함과 불완전함, 고요와 활기, 동화 같은 공간 분할과 스토리까지. 그 모든 것들이 이 공간 안에 있었다.

서우를 닮은 듯 묘하게 어우러져 매력적인 모습이었다.

곳곳의 심플한 스탠드 조명으로 모습을 드러낸 거실은 자연스런 세월의 흔적을 연출하는 인더스트리얼 인테리어에 소프트 빈티지를 가미한 듯 보였다. 그로 인해 넓은 거실은 평수 이상으로 넓어 보였다.

소품이라 할 수 있는 건 패브릭 소파 위, 역시나 패브릭으로 된 그레이와 블루 쿠션이 전부였다.

모든 건 최고급이었다. 디자인이나 퀄리티가.

한 면을 벽돌 벽으로 포인트를 준 주방은 한 번도 쓰지 않은 것처럼 보였다. 보고 있자니 아침마다 1층 카페를 찾아드는 누군가가 보이는 듯했다. 또한 그러기에 행복한 누군가도.

그중 가장 시선을 끄는 건 거실 한편 넓은 테이블 위에 완벽하게 구비된 민화 도구들이었다. 10폭도 가능해 보이는 한지에는 세필의 흔적이 고스란히 남아 있었다.

"……."

그림은 일월오봉도(왕의 권위와 존엄을 상징하는 동시에 왕조가 영구히 지속되라는 뜻을 나타내는, 조선시대 어좌 뒤나 국왕의 추상화 뒤에 반드시 있는 오방색의 병풍)였다.

아직 채색을 하지 않은 그림은 그 자체로 완벽한 완성품이었다.

일단 압도적이다 싶을 만큼 위압적인 사이즈는 보는 것만으로도 웅장하면서 당당하고 근엄한 왕의 위엄과 세련된 기품을 느낄 수 있었다.

그 위에 오방색의 신비로운 색채까지 덧칠해진다고 생각하니 두렵기까지 했다.

'우아하면서도 힘 있는 그림도 그림이지만 무엇보다, 작가가 바라는 대로 이뤄지는 그림의 효능이 엄청났다고 합니다.'

그 엄청난 그림 앞에서 느껴지는 두려움에 준후는 뒷골이 서늘했다.

이 그림이, 지민화의 민화가 새로이 세상에 모습을 드러낸다면 순수한 마음으로 민화를 아끼는 이들에게는 자존심이자 자랑, 기쁨이지만 작품을 개인의 기복과 벽사, 길상을 비롯해 부귀영화를 위한 목적의 수단으로 이용하려는 이들에게는 매력적인 먹이이자 갖고픈 황금일 게 분명했다.

'이제부터는 지서우로 그림을 그릴 거예요. 앞으로 그릴 그림이 지민화일 때 그렸던 그림과 같을지, 다를지는 나도 몰라요.'

다르지 않았다. 다를 수 없었다. 이 남다른 기운과 탐욕을 부르는 그림은.

지금 그의 앞에서 미완의 위엄을 자랑하는 일월오봉도는 지민화의 민화를 단 한 번이라도 본 이라면 단번에 알 수 있는 뛰어난 작품이었다.

세상 안으로 한 걸음 내딛는 서우의 결단과 결정은 찬성하면서도 전적으로 찬성할 수 없는 일이었다. 자칫하면 자신의 여자를 위험에 빠트릴 수 있었다.

'다음 달 방한하는 네덜란드 여왕이 지민화의 마지막 그림, 8폭 모란 병풍을 언급했다는 건 이미 알지? 그 능구렁이 구동제가 제 사람들을 풀어서 미친 듯이 찾고 있을 거야. 모란도와 그 모란도를 그

린 이름.'

  윤정미 여사가 말해 준 정보 또한 준후를 긴장시켰다.
  이렇게 모습을 감춘다면 모를까 이 공간을 벗어난 지서우는, 민화를 그리기 시작한 지서우는 구동제의 표적이 될 게 자명했다.
  몇 해 전 민화인들의 염원이자 숙원이었던 민화분과에 만족하지 않는 구동제이니 수단과 방법을 가리지 않고 지민화의 작품과 소재를 파악하려 들 것이고, 자신의 존재 이유로 삼은 민화의 저변은 물론 주류 미술계에 편입되길 바라는 욕망과 계산을 위해서도라도 서우의 민화를 방한하는 이를 대상으로 넓고 크게 이용하려 들 게 뻔했다.
  "휴우……."
  절로 내뱉어진 한숨에 뒤를 보니 서우는 그대로였다.
  침대에 파묻힌 그대로. 그의 욕심과 욕망으로 지쳐 잠든 모습이자 너무도 아름다운 모습 그대로.
  한지 속, 자연의 이치보다는 음양의 이치로 하늘에 떠 있는 해와 달을 쳐다봤다. 그러자 강준후와 지서우로 겹쳐 보였다.
  저 그림처럼 한쪽으로 기울지 않고 조화롭게 사랑하고 싶었다.
  지금도, 앞으로도 그럴 것이지만 그러려면 이제 막 기지개와 함께 비상을 준비 중인 여자를 온전히 품에 안아야 했다.

완전히. 안전하게. 또한 완벽하게.

그 어떤 것에도 강요받지 않고 조금도 위협받지 않게끔.

딱 강준후의 역량과 바람, 그의 커다란 인생의 그림대로.

할아버지께서는 도저히 믿어지지 않는다는 듯 물으셨다.

"…림을 다시 그린다고?"

"그렇다니까요."

"이전보다… 할비한테 더 자주 올 거고?"

"그렇다고요!"

묻고 또 물으시며 할아버지는 몇 번이나 확인하셨다. 서우는 몇 번이나 대답 중이고.

질문을 멈추고 깊게 주름진 표정으로 한참을 쳐다보던 할아버지는 얼굴을 돌리시고는 무거운 한쪽 다리를 끌고 분주히 움직이셨다.

그 모습이 가슴 한쪽을 꽉 하고 눌렀지만 서우는 최대한 발랄하게 물었다.

"어디 가시는 건데?"

"어디 가긴, 일치감치 문 닫고 이거 한잔해야지."

할아버지는 손가락 두 개로 소주잔을 만들어 보이셨다.

"그런 거면 당근 꺾어야지용~~"

"민둥이 넌 좀 더 있다 올라와. 준비는 할비가 다 할 테니까."
바쁘게 움직이시던 할아버지가 멈춰서 말씀하셨다.
"왜요?"
"조금 이따 친구 한 명 올 거니까 그이 오면 같이 올라와. 할아비 그 손님과 한잔하게. 어차피 넌 술도 못 하잖아. 오늘 같은 날은 마시면서 축하를 해야 기분이 날 거 아냐? 그러니까 할비 친구 잘 모시고 와."
"……."
"민둥이 너보다 두세 살 많을 테니까 괜히 취조하는 것처럼 냉랭하게 굴면서 실수하지 말고. 알았지?"
"알겠다고용~~"

서우는 투덜거리듯 하면서도 아직 보지 못한 이에게, 또 어른을 배려하고 공경할 줄 아는 멋있는 타인에게 호감이 생기면서 감사했다.

필요에 의해 찾아오는 손님이지만 그렇다 해도 어르신과 대화를 하고 그 시간을 즐기며 기대하시는 할아버지를 뵈니 보지 않고도 그 사람의 인성을 짐작할 수 있었다.

분명 좋은 사람이리라. 젊지만 나이 든 이의 감성도 이해하고 나눌 정도로 따뜻한 사람.

서우에게도 따뜻함을 넘어 뜨겁고 버거운 품이, 남자가 있긴 했다.

치열하게 고민을 하게 되고, 하면서도 결국엔 한 번 더 안고 싶어 안기게 되는 그런 관계의 강준후가.

이틀 전에도 대화다운 대화도 못 하고 밤을 보냈다.

시작은 나쁘지 않고 좋았는데 앞으로의 계획과 의도를 밝히며 이제 막 시작한 관계에 대한 고민과 고찰의 결과를 말하려 했는데 그러지 못했다.

도대체 누가 먼저 유혹을 한 것이냐 따진다면 그건 분명 강준훈인데 분별력 없이 거부하지 않은 건 그녀 자신이었다.

강준후와 있으면 어느 순간 단순미의 극치 지민화로 복귀한다. 본능에 충실하고 웃고 우는 데 탁월하니 그 시절의 천둥벌거숭이로.

지서우로서 그림을 그리겠다고 나름 무게 잡고 선포를 했으면서 결국엔 지민화로, 지서우로 강준후를 안았다.

깊게, 깊숙이 안겼다. 강준후가 파고드는 만큼 똑같이, 지지 않고.

기습적이면서도 농밀한 귓속말에 경주에서의 일이, 그 호숫가의 청신하고 청명한 바람이, 잊을 수 없는 풍광이 떠올라 거부할 수 없었다. 거부하고 싶지 않았고.

유혹을 받아들인 순간, 누구도 들이지 않은 공간에 강준후를 들였다.

처음 기획해 정성스레 만들고 꾸며 준 태평조차 한 번도 초대하지 않은 지극히 개인적인 공간이자 세상이었다.

그 공간 곳곳에서 미치도록, 지치도록 사랑을 하고 처음으로 음식을 만들어 먹었다.

"어르신."

문을 열고 들어선 남자의 목소리는 절대 그럴 일이 없는데, 없다는 걸 알면서도 이틀 전 편의점에서 장을 봐 와 손수 물을 끓이고 요리를 했던 이의 목소리였다.

"어르신, 저 왔습니……."

좁은 미로를 익숙하고 능숙하게 지나온 이는 강준후가 맞았다.

자리에서 일어나던 서우는 오늘도 역시, 이곳에서도 예외 없이 빛을 발하는 슈트 천재를 올려다봤다.

"여긴 어떻게……."

"당신이야말로 무슨 일이야?"

"여기, 우리 할아버지 책방이거든요."

서우는 당황한 채로 질문을 하는 남자에게 담담한 척을 하며 반박했다.

"지 강사님, 오후에 중급반 수업 있지 않았나요?"

않았나요, 라니. 순진한 척을 하시는 강준후는 바림의 시간표를 정확하게 꿰고 있었다.

"그걸 어떻게 알고 있어요?"

조금의 망설임도 없는 질문은 그 외 어떤 것들을 알고 있는지 확인하고 싶게 만들었다. 그런 서우의 시선을 슬쩍 피하며 강준후가 말했다.

"할아버지는 어디 계시지? 인사부터 드리고 싶은데."
"할아버지 여기 안 계세요. 그러니까……."

'이따 단골 한 명 올 거니까 그이 오면 같이 올라와. 할비 친구 잘 모시고 와. 민둥이 너보다 두세 살 많으니까 혹시라도 냉랭하게 굴면서 실수하지 말고. 알았지?'

그 단골손님이, 할아버지가 기다리는 사람이 이 남자였다니…….
이 남자는 언제부터 이곳을 출입했던 걸까. 서우는 질문은 않고 강준후를 쳐다봤다.
"……."
당신은 대체 무슨 생각인 거야? 무슨 생각까지 하며 이곳을, 우리 할아버지 공간을 이렇게나 훈훈하게 만든 건데? 손녀인 내가 할 일을 왜 객인 당신이 하고 있던 건데?
당신이 그리는 우리 두 사람의 끝은 뭔데? 어디까지 하고, 가고 싶은 거야? 당신은.
내가 꼭 내 입으로 우리가 안 되는, 이쯤에서, 이 정도로 즐기다 헤어져야 하는 이유를 말해야 하는 거야? 그것까지 해야 해? 내가, 당신한테.
서우는 이 모든 말들을 입 밖으로 뱉어 내지 않았다.
그저 삼키고 삭이며 동일한 시선으로 쳐다보는 강준후를 지지 않고 노려봤다.

이렇게 노려보지 않으면 이대로 저 남자 품에 뛰어들 것만 같았다.

어떤 이유에서든, 어떤 이유를 달아서든 따듯하고 든든한 저 품에 안기고 싶었다.

저 품의 안락함을 충분히 아는, 몇 번이나 경험한 남자에게로……

준후는 지서우가 하는 모든 말을 들었다. 전부 들렸다.

금세 충혈될 것 같은 아슬아슬하니 말간 눈으로 말하고, 촉촉한 입술의 미세한 떨림으로 전하며 미묘한 표정 변화와 시린 시선으로 쏟아 내는 항변과 변명, 공감하지 않은 이유들을 하나도 놓치지 않고 들었다.

그래서, 이래서 지서우를 놓을 수 없었다.

어떤 이유든 준후에게는 이유가 될 수 없기에. 충분한 설명도.

"할비 친구 아직이야? 올 때가 지났는데……"

어르신의 목소리였다. 자신을 기다리는 어르신의 정 가득한, 칼칼하면서도 정겨운 목소리.

"곧… 오겠죠. 조금 더 기다리다 올라갈게요."

지서우는 대답을 하며 고개를 돌렸다. 대답을 하기 위한 척을 하며 준후를 외면한 채로 작은 등을 보였다.

"늘 오는 이녁이니 오늘도 오겠지?"

내심 자신 없어 하시는 어르신의 독백.

"조금 더 기다리다 올라와. 준비는 얼추 했으니까."

여전히 등을 보이며 선 서우는 이번엔 대답하지 않았다. 준후는 한 발 더 내디디며 자석처럼 서우에게만 향했다. 그 순간,

"…가요, 오늘은 그냥 가고."

"지서우……."

"가는 길에 당신 기다리시는 할아버지께 연락만 좀 해 줘……!"

혼란스러워하는 서우를 끌어안았다. 같은 방향을 보고 선 채로 품에 꼭 맞는 여자를.

"이대로 가면 실망하실 거야, 할아버지."

조금 더 꽉 끌어안았다. 이렇게 해 이 사람의 두려움과 자책까지 전부 다 끌어안고 품고 싶었다.

"그러니까 오늘은 지 강사님이 날 좀 봐줘."

준후는 서우의 귓가에 속삭이다 익숙한 체향의 유혹을 이기지 못하고 귓불을 베어 물었다.

이 순간, 이 공간에서 이러면 안 된다는 걸 알면서도 평소 강준후 같지 않고 그답지 않은 이기적인 행동을 했다. 벌였다.

생각과 반성도 잠시, 부드러우면서 자극적인 이물감에 매혹돼 이내 핥고 빨아 삼켰다.

어두운 공간, 산처럼 쌓인 시간과 인류의 역사. 그 인류의 기록들이 이제 막 사랑을 시작한 두 사람의 마음을 더 흥분시키

고 고양하며 동요하게 만들었다.

그 순간 두 사람의 몸에 동일하면서 익숙한 반응이 왔다.

서로의 몸은, 서로에게 진솔하고 솔직했다. 지금 같은 순간에도 여지없고 여과 없이.

"알…았으니까… 놔……."

"나 보고 얘기해."

준후는 품에 안았던 서우를 조금씩 놓아주었고 천천히, 아주 조금씩 지서우가 뒤돌았다.

감출 수 없는 열감으로 혼란스런 얼굴을 하고 그 감정에 반하듯 주먹을 꼭 쥔 서우는 한 장의 사진 속, 그을린 미소 천사와 닮아 있었다.

전혀 다른 상황이고 다른 듯한 모습인데도 결코 다르지 않았다.

이런저런 말과 일들을 순서대로 꿰맞춰도 결국엔, 첫눈에 반한 강준후를 맥 못 추게 한 개구쟁이의 미소가 이 순간 울긋불긋한 지서우에게 겹쳐 보였다.

아직 손끝이 닿은 채인 서우를 단번에 끌어당긴 준후는,

"…왜… 읍!"

사심 가득하고 흑심 또한 충만한 키스를 했다.

딱 한 번이라도 봤으면 좋겠다고, 좋을 거라 생각했었다.

아직 인연이 없었던 두 사람이 공유하지 못한 그 시간 속, 지서우의 개구진 미소를.

지금의 한 번이 딱 한 번이 아닌 건 분명했다.

이 여자를 통해 매일, 지금처럼 생각지 못한 순간에 선물 같은 미소와 웃음을 보게 될 테니까.

내가 꼭 그렇게 만들 거니까, 지서우.

❀

민화의 매력은 많지만 무엇보다 감, 주, 황을 주색으로 하는 강렬한 색채 대비에 있는데 이 룸 안, 한쪽 소파를 장식한 초충도 국화 레드 쿠션, 나비가 프린트된 투톤 컬러 쿠션에 블루 톤의 책가도가 새겨진 쿠션은 전부 다 다른 도상과 색감으로 시선을 끌었다.

다온에서 만든 물건이라는 걸 단번에 알 수 있었다.

한쪽 벽면을 분할로 장식한 탁본한 듯한 앤티크한 벽지도 그렇고, 묘하게 대비되면서도 어울리는 국화와 꽃신을 재해석해 프린트한 벽지는 동양적 색채와 미감이 돋보이면서도 참신했다.

서우는 윤 여사를 기다리는 동안 민화만이 줄 수 있는 또 다른 즐거움을 맘껏 즐겼다.

큰 작품이 아닌 이렇게 일상생활 속에서 현대적 관점에서 활용한 민화를 보는 건, 보는 그 자체로 보면 볼수록 상당히 흥미로웠다. 영감을 얻는 듯도 하고.

"미안해요, 서우 양."

기분 좋게 구경하는 도중 윤 여사님이 문을 열고 들어오셨다. 서우는 자리에서 일어나 인사를 한 뒤, 여사님이 앉기를 기다렸다.

"앉아요. 너무 깍듯하니까 괜히 서운하네."

서우는 어떤 말을 해야 할지 몰라 연하게 미소만 지었다.

"미소의 의미는 내 맘대로 해석해도 되는 건가? 난 매우 좋은 뜻으로, 내 좋을 대로 해석할 건데?"

이번에도 웃기만 했다. 윤 여사님의 해석에 전적으로 동의하는 서우는.

"그렇게 웃으니까 좋네. 뜨문뜨문 보는 나도 이렇게 보기 좋은데 서우 양 애인은 오죽할까? 지금 만나는 애인 있죠?"

기습적인 질문이긴 한데 거짓말을 하기도 그런 일상적인 질문이었다.

애인이란 말에 강준후가 생각났다. 당사자인 강준후가 아니라면 누군가에게 진심을, 이 정도의 솔직한 속내를 한 번쯤은 꺼내 보이고도 싶었다.

강준후 앞에서는 절대 할 수 없는 고백을 난데없는 이 공간에서 자랑하듯 그렇게 말해도 되지 않을까, 하는 마음에.

"네, 좋아하는 사람 있어요."

"어머, 있구나. 그렇구나. 근데 많이 좋아하나 보네? 좋아한다고 말하는 서우 양 얼굴이 모란꽃처럼 활짝 피는 거 보니까."

그 소리에 서우는 두 손을 뺨에 대 보았다.

모란꽃처럼 핀 건 모르겠는데 양 볼이 달아오른 듯 미열이 느껴졌다. 신기한 일이었다. 지민화가 이렇게 숙녀스러운, 간지러운 행동을 하게 되다니.

"어디가 그렇게 좋아요?"

서우는 머릿속에서 면밀히 스캔하자마자 웃음이 났다. 강준후 하면 첫째가 슈트 입은 모습이었다. 생각을 확장해도 결국엔 올바른 슈트 천재고.

"왜? 왜 웃기부터 하는 건데? 노친네 궁금하게."

"그런 말씀 하지 마세요. 윤 여사님 젊으시고 충분히 아름다우세요. 가능하다면 저도 여사님처럼 나이 들고 싶어요."

진심이었다. 한때는 반이랑 여사처럼 나이 들고 싶었는데 지금은 세월과 상관없는 미스터리한 미모로 인해 평가하거나 언급하기조차 어려운 인연이 돼 버렸기에, 주위에서 찾자면 지금 앞에 있는 윤 여사님처럼 나이 들고 싶었다.

과하지 않은 자신감도, 상대를 배려하는 여유로운 모습이 외모보다 아름답게 느껴졌다.

이 모든 게 어쩌면 풍족함에서 오는 여유일 수 있지만 여유 있다고 전부 다 같지는 않다는 걸 알기에, 이미 오래전에 경험했기에 윤 여사님이 남달라 보였다. 그로 인해 더 친밀하니 이 같은 인연을 맺고 있는지도 몰랐다.

생각해 보면 느닷없는 인연인데 그 인연이 싫지 않았다. 가볍게 스쳐 지나갈 수 있었던 이 인연이 앞으로도 쭉 이어졌으면 했다.

"나랑 같이 살면서 늘 함께 다니면 나처럼 늙지 않을까?"

예상 못 한 대답에 서우는 눈을 동그랗게 뜨고 여사님을 쳐다봤다.

"어머, 아기 같다. 그렇게 보니까."

서우는 웃음으로 어색함을 대신했다.

"사실 난, 서우 양한테 우리 아들 소개해 주고 싶었거든. 애인이 없다고 하면 말이야."

"아… 네에."

"왜? 놀랐어? 내 말이 당황스러운가?"

"아니요, 영광이죠. 자제분을 언급하신다는 건 그만큼 절 신뢰하신다는 거잖아요. 전 그 말씀만으로도 감사해요. 충분하고요."

윤 여사님이 좋았다.

두 사람의 시작이 민화라는 것도 좋았고, 무엇보다 민화를 선물받은 것이 크긴 하지만 그 후 꿈에서라도 보고 싶었던 화조도를 본 것만으로도 여사님은 너무도 특별하고 감사한 인연이었다.

한 번도 보지 못한 엄마와 지금은 볼 수 없는 반이랑 여사님에게 느끼는 감정을 왠지 모르게 윤 여사님에게도 느꼈다.

그래서 이렇게 별다른 일이 없어도 전화 한 통에 뛰어나올 수 있었다. 나오고 싶고.

"말 이쁘게 하는 것 좀 봐. 자꾸 그러니까 내가, 나도 욕심이 나는 거고."

"……"

"지금 만나는 사람 말이야 결혼을 전제로 한 거 아니면 우리 아들 한번 만나 보는 건 어떨까? 내 아들이지만 근사하거든, 그 녀석."

분명 근사할 거다. 여사님의 자제분이니.

결혼은 할 수 없겠지만, 지금은 강준후가 좋았다.

지서우에게는 아까운 그 남자를 조금 더 만나고 싶었다. 아주 조금만 더 욕심내고 싶었다.

그 남자와의 비밀스러운, 그리 길지 않아 더 행복할 수밖에 없는 단기 연애를.

"제 사정으로 인해 결혼을 염두에 둘 수는 없지만 지금 만나는 사람, 제가 많이 좋아해요."

조금 천천히, 말을 하는 서우 자신까지도 다시 한번 되짚어 보고 되뇌는 이 고백의 순간을 여사님은 숨죽이고 경청해 주셨다.

"그 사람은 이런 절 모르고 앞으로도 절대 모를 테지만, 제가 많이 좋아해요, 여사님. 그러니 자제분에 대한 말씀은 감사하지만 접어 주세요."

한 번쯤은 속 시원히 고백해도, 털어놔도 되지 않을까. 당신에 대한 내 마음.

이렇게 뜬금없는 자리라도, 이런 형식으로라도 말이야.

"어머! 서우 양 보기와 다르게 로맨틱하다."

"……!"

"나 또 서우 양한테 반했잖아. 이를 어째? 내가 서우 양의 그 남자도 아닌데 막 설레잖아!"

윤 여사님의 농에 서우는 환하게 웃었다. 웃음이 났다.

이렇게 누구에게라도 자랑하듯 말하고 싶었다. 언제부터인지는 모르지만 강준후를 좋아한다고. 의미를 잃고 반복되던 멍하고 불투명한 일상 속, 창밖에 봄비가 언제부터 내린지 모르는 것처럼 그렇게 모르는 사이 젖어 버리고 좋아져 버렸다고.

섞일 수 없는 사이고 서로지만, 그래서 안타깝고 아프기도 하지만 그래도 감사하다고.

허용된 시간이 짧고 종국엔 스쳐 가고 지나가는 인연이라 해도 이 순간은 웃을 수 있었다.

적어도 지금은, 사랑하고 사랑받고 있으니까.

-어디 다녀왔는지 말해 주지 않을 거야?"

이젠 가벼운 통화가 아니라 취조 수준이었다. 이 또한 본부장님 캐릭터에 걸맞지 않았다.

"좋아하는 사람 만났다니까요."

-누구? 지원 누님?"

"아니요. 물론 좋아하지만 요 근래 급속도로 좋아진 분이 있어요. 당신은 모르는. 그보다 안 바빠요?

-바빠.

"그럼 끊고 바쁘게 일해요. 나도 일할 테니까."

-그날, 어르신께서 나 안 찾으셨어?

본부장이란 사람이 일 얘기를 꺼내면 이렇게나 다른 말을 했다. 일종의 동문서답을.

-내내 기다리신 거 아니야? 그래서 내가 뵙고 간다고 했잖아. 당신 때문에 괜히 실없는 사람 됐잖아. 책임져.

"전화드렸잖아요. 별말씀 없으셨어요. 그리고 책임은 무슨 책임이요? 각자도생이란 말이 통용되는 이 좋은 시대에? 이제 그만 일해요. 놀지 말고."

-전화하는 게 노는 거야?

"그럼 이게 노는 거지 뭐예요?"

-이건 노는 게 아니라 대화하는 거지. 정확하게 말해서 노는 건, 두 사람이 한마음으로 어딘가에서 자리를 잡고 누워서, 꼭 침대를 말하는 건 아니야. 그보다는 릴렉스한 몸을 유지하기 위해 서로가 좀 더 가깝게 밀착한 상태로…….

뚝.

더는 듣고 있을 수가 없어 먼저 전화를 끊었다.

아무래도 연애의 부작용은 이런 것이 아닐까 싶었다.

인격이 뒤바뀐 것도 아닌데 사람이 이전에는 하지 않던 말과 행동을 하면서 장소 구분을 못 한다.

둘이 하는 대화라는 게 대단히 부적절하면서 참다운 대화라고도 할 수 없고.

그러고 보면 연애는 어려웠다. 인생사만큼이나.

소나무의 붉은색은 장수를, 초록색은 절개를 상징하고, 힘차게 내리치는 폭포 아래 검은 물엔 물보라가 일어 그림엔 생기가 넘쳐 보였다.

서우는 조금씩 완성되어 가는 그림을 보면서 처음 이 작품을 그리기로 한 이유를 생각해 보았다.

민화대전에 낼 그림도, 외국 박물관에 기증할 그림도, 누군가의 위해와 함께 위협받아 억지로 그리는 그림도 아닌데 왜 일월오봉도를 그리기 시작했는지…….

어쩌면 그건 초심으로 돌아가고자 하는 마음이 아니었을까, 하고 짐작했다. 그 같은 답에도 확신은 없었다. 그러지 않았을까 하고 추정만 할 뿐.

눈앞의 대작은 결코 손쉽게 그릴 그림이 아니었다.

그림의 의미와 상징. 신비로운 오방색도 그렇고 위업적인 사이즈와 남다른 도상. 당당한 색채에 웅장하고 세련된 기품이 기본이기에 상당한 내공과 실력이 있지 않고서는 욕심내기 어려운 작품인데 어느 밤 정신을 차리니 그림을 그리고 있었다.

무엇보다 이 병풍 앞에 천계와 지계, 수계를 다스릴 사람이 있어야 비로소 완성되는 그림인데 왕이 사라진 이 시대 그림의 주인은 누구일까. 그리면서도 궁금했다.

그 같은 궁금함은 그림을 그리는 힘이 되기도 했다. 또한 여러 명을 이 그림 앞에 세우는 재미도 있고.

혼자만의 세계에 빠진 그녀를 깨운 건 태평이었다.

"웅, 태평아."

-어디야?

"여기? 펜트하우스."

-펜트하우스 같은 소리 하네. 옥탑 방에 사는 주제에. 그보다 근래 건물에서 낯선 사람 본 적 있어? 아님 바림 주위 어슬렁거리는 사람이거나?

그런 사람이 있었던가? 기억을 더듬어 봤지만 딱히 생각나는 이는 없었다.

"…없는 것 같은데. 근데 왜? 관리실 아저씨가 뭐라 하셔?"

-꼭 그런 건 아닌데 낯선 남자들이 돌아다닌다는 말도 있고, 초인종 눌려서 나가 보면 아무도 없다는 그런 말도 있어서 물어본 거야. 근데 넌 별다른 일 없다는 거지? 그런 일도

없다는 거고?

"응. 난 잘 모르겠네."

-그럼 됐어. 혹시나 해서 물은 거야. 그보다 그림은 어때? 잘되고 있어? 간만에 그려서 선이 꼬불꼬불하면서 하늘로 승천하는 거 아니야? 직선 그려야 하는데 곡선을 그린다거나.

김태평다웠다. 뒤끝 오래가는 게.

일전에 네 사랑은 지민화가 아니라 반이랑 여사였다고 알려 주고 일러 준 후 태평은 연락은 물론 일절 발길을 끊더니 이렇게 또 뒤끝 종결자다운 일면을 보여 주고 있었다.

"그럴 리가. 네 바람대로는 절대 못 그리지. 이 몸이."

서우는 장난스럽게 말했다. 그래야 요즘 통 얼굴을 볼 수 없는 태평이 안심할 수 있기에. 이김에 개인 생활도 맘 편히 좀 즐기고.

-말하는 게 딱 염리동 꼴통이다, 너.

태평의 목소리가 일순간 풀린 듯했다. 자신 또한 염리동 꼴통의 친구 태권V로 빙의해 말했다. 오래된 친구는 이래서 좋았다. 척하면 척에, 내가 하면 너도 하는 이런 케미가.

가족이란 울타리도 이래서 좋았다. 어떤 일로 언쟁을 해도 타자보다 여지가 있고 여지가 있으면 이렇게도 풀리고 웃을 수 있다는 게.

"김태평아."

-왜 불러, 염리동 꼴통아.

"고마워."

-뭐가?

"꼴통 친구 해 주고 오늘까지 챙겨 주고 보살펴 줘서."

한 번쯤은 꼭 정색하고, 융단 같은 멍석 깔고 말하고 싶었다. 세상이 싫고 사람이 싫어 숨어든 지민화를 지겨워하지 않고 징그러워하지도 않으면서 제 몸처럼 건사해 줘서 고맙다고. 지금 이렇게 다시 민화를 그리게 된 것도 어느 부분, 아니 많은 부분 김태평 네 덕분이고 네 공이라고.

-꼴통, 너 어디 가냐? 아님 나 외국으로 취재 간대? 왜 이래? 어색하게.

"원래 이런 건 갑자기 해야 맛이지. 생색도 나고."

그 소리에 태평이 바람 빠지는 소리를 내며 웃었다. 듣기 좋은 김태평의 태평소 같은 웃음소리로.

-닭살 돋는 소리 그만하고, 그보다 이제 그림도 다시 그리기 시작했는데 예전에 그렸던 네 마지막 작품은 어쩔 거야? 계속 우리 부모님 댁에 둘 거야? 이젠 네가 가지고 있는 게 맞지 않을까 싶은데. 우리 아버지는 딱 보기에도 엄청난 작품을 당신들 두 분만 보기 아깝다고 그러시고……. 어쩔래?

8폭 궁모란도. 그 작품은 지민화가 마지막으로 그린 그림이었다.

지금 그리고 있는 일월오봉도가 임금님의 백그라운드라면 궁모란도는 국본을 낳은 왕후의, 화려하면서도 귀족적인 자태로 인해 '꽃 중의 왕'이란 칭호를 받으며 여인들에게 사랑받는 그림.

장수를 상징하는 석회암으로 된, 귀한 괴석 태호석에 아홉 송이 모란을 그려 놓았던 궁모란도는 버려지듯 그렇게 태평의 부모님 댁으로 보냈었다.

욕심에 눈먼, 검증되지 않은 말과 소문으로 지민화의 그림이 돈과 명예가 있는 인간들의 자존심이자 명패처럼 여겨지던 그 시기, 서우는 궁모란도를 외면했다.

안타깝게 여긴 태평은 모든 걸 타진한 뒤 자신의 부모님 댁에 숨기듯 맡겼고.

이렇다 할 답을 주지 못하고 전화를 끊어 맘이 무거웠다.

그림을 언제까지 그곳에 둘 수는 없었다.

사이즈도 커 단순 장식용으로 쓰기도 그렇고, 누군가에게 보여 줄 수도 없어 짐이란 말이 어색하지 않기에.

태평이 부모님들께 위험부담을 안긴 것일 수도 있어 어떤 결론이든 내긴 해야 했다.

지민화일 때는 큰 그림 그리는 걸 좋아하지 않았다.

작게, 부담 없이 그려 이웃들, 염리동 가난하지만 친절하고 정 많던 이웃들에게 선물하는 걸 좋아했고 할아버지, 할머니께서도 그러길 바라셨기에 큰 그림은 피했었다.

그 같은 마음으로 그린 그림들이 어느 날의 단초가 될 줄은 몰랐다. 누구도 예상하지 못했고.

두 분이 그러셨듯 서우 또한 사람을 믿었다.

힘들고 각박한 세상에서 함께한 사람만이 답이고 위안이란 그 사실을…….

소설과 영화가 그렇듯 뒷북치고 발등 찍는 건 믿었던 그 사람들이었다.

반이랑 여사님이 추억 가득한 염리동을 떠나 연이 없는 동네에 신당을 차린 것도, 문학도였던 할아버지께서 젊은 시절은 물론 행복했던 신혼 시절을 고스란히 간직한 헌책방을 정리해 다른 곳으로 이사를 하신 것도, 어느 날 하루아침에 떼부자가 됐다는 소문으로 인해 오래된 보금자리를 떠나야 했던, 청각장애를 가진 태평의 부모님도 믿고 의지했던 이웃들의 입과 말, 소문과 시기, 부러움보단 질투심으로 인해 그곳을 떠났다.

지민화가 세상에서 모습을 감춘 진짜 이유는 바로 그것이었다.

남자 친구 집안의 모욕과 멸시, 그로 인해 벌어진 음주 교통사고로 괴물이 됐다는 소문과 추문, 외할머니가 신내림을 받았고 그런 집안의 피로 인해 신비한 힘이 있다는 말도, 그러기에 소장하고 있으면 소장자의 희망을 그대로 이뤄 준다는 이유로 그림 값이 백지수표란 루머도 아닌, 욕심에 눈먼 사람이 싫어 낯선 사람들 속에 모습을 감췄건 거였다.

그 모든 이유와 조건은 그대로인데, 무엇 하나 변하거나 달라진 건 없는데도 다시 그림이 그리고 싶어졌다.

그동안 철저히 단절하고 외면했던 세상에 지서우의 그림을 보이고 싶어졌다.

모든 피와 혈관, 오감 및 본능이 뜨겁고 아프게 원했다.

그림을, 민화를 그리고 싶다고…….

특별한 무언가를 해 주었다기보다 찾아와 말 걸어 주고, 봐 주고, 이름 불러 준, 따뜻하게, 어느 날은 무서울 정도로 뜨겁게 안아 준 강준후로 인해.

그 사람으로 인해 무언가가 부서지고 깨어져 종국엔 부풀어 올랐다.

바로 턱밑까지 차올랐다. 욕심과 열망이.

존재의 이유였던, 아름다운 이야기 그림이자 예쁜 부적이란 애칭을 가진 그림, 민화가.

할아버지에 이어 이젠 거의 만담에 음담패설 수준인 본부장님과의 통화를 마치고 3일 동안 일월오봉도에만 전념했다.

어떤 의도에서 시작했건, 그 의도가 모호하건 간에 시작은 끝을 목표로 하기에 다른 생각은 잊고 그린다는 것에, 완성하고자 하는 열망에 모든 기운과 기력을 쏟으며 진심과 정성으로 치열하게 마주했다.

그러는 와중에도 제대로 된 끼니가 절실한 건 어쩔 수 없었다.

텅 빈 냉장고를 노려보다 옷을 챙겨 입었다.

이른 아침의 모닝커피가, 짝꿍인 신선한 과일샐러드와 든든한 샌드위치가 고팠다.

아주 이른 시간은 아니라 그런지 오랜만에 내려온 카페엔 손님이 적지 않았다.

보기만 해도 흐뭇한 냉장고 메뉴들을 면밀히 살피다 제법 많은 종류를 선택해 주문을 했다. 카드와 진동 벨을 받아 뒤돌아서는데,

"안녕하십니까? 지서우 양."

"……."

"아니, 지민화 양."

앞을 가로막고 선 이는 두 명이었다. 젊은 남자와 일전에 본 적이 있는 무슨 회장이라는 어르신, 아니 어르신이라고 하기엔 젊어 보이는 구동제 회장.

서우는 대답보다 그게 무슨 말이며 이게 대체 뭐 하는 것이냐는 표정으로 쳐다봤다. 그러면서도 가슴 저 아래서부터 긴장과 두려움이 가득 차올랐다.

"지민화를 모른다고 하고 싶겠죠? 지서우 양은."

"무슨 말씀이신지는 모르겠지만 일단 막아서고 계신 건 상당한 실례 같은데 비켜 주시겠어요? 어르신."

서우는 불편한 기색을 감추지 않고 남다른 호명으로 앞에 선 남자를 쳐다봤다.

"아하, 맞아. 그랬지, 그랬어."

구동제라는 사람은 뭐가 그리 좋은지 호탕한 척을 하며 웃었다.

"지민화 작가가 한 성격 한다고 했었죠. 특별한 그림만큼이나 까다롭다고 하던데 이렇게 바로 확인할 수 있어 영광이고 그간 애타게 찾던 이로서 감사할 지경이네요, 지서우 양."

"제가 지서우는 맞지만 계속 이상한 소리를 하시는 거 봐서는 얼른 이 자리를 피해야 할 것 같네요. 그럼 전 이만."

서우는 지키고 선 두 남자를 살짝 비켜 걸음을 걸었다. 그 순간,

"만리동에서 헌책방을 하시는 어른께서 다리를 꽤 저시던데······."

그 소리에 발걸음을 멈추고 뒤돌아보니, 구동제라는 인간이 여유 가득한 미소와 훈훈한 표정을 하며 말했다.

"내가 아주 안타까워 혼났어요. 그 연세에 또 다치시기라도 하면 이번에는 꽤 힘드실 것 같던데······."

서우는 그녀 자신도 아니고 할아버지를 언급하며 위협하는 한 인간을 보았다.

그 모습에서 예전에 친밀하게 지냈던 이들이, 그러다 제 욕심에 눈먼 이들이 겹쳐 보였다.

어떤 이유에서든 자신의 이익을 위해 타인을 위협하고 이웃 간의 정과 함께 인간애를 저버린 인간 같지 않은 이들이.

"그럼 주문한 커피가 나오기 전까지 우리 이야기 좀 할까요? 지민화 양."

정중한 척을 하며 본론을 말하는 구동제라는 이를 낮은 시선으로 쳐다보던 서우는 앞서 걸어가 의자를 빼며 기다리는 젊은 남자를 봤다. 인사와 함께 남자는 의자를 가리켰다. 앉으라고. 이처럼 공손하고 매너 있게 배려할 때, 앞뒤에서 압박하는 두 남자 사이에서 서우는 자리에 앉았다. 맞은편에 앉은 구동제는 눈짓으로 젊은 남자를 다른 편으로 보냈다.

"이거 이렇게 만나게 되다니 정말 반갑고 영광입니다, 지민화 양."

"반갑고 영광이라고 하시다니……."

이 비겁하고 비열한 얼굴을 보고 말하자니 분노로 인해 숨이 막혀 왔다.

"감히 우리 할아버지를 언급하면서 위협한 어르신께서 하실 말은 아닌 것 같네요."

그 같은 적나라한 반감과 비아냥거림에 구동제는 역시나 여유로운 미소를 보였다.

"위협이라니요? 그저 모닝커피 함께 하자는 건데."

"제가 거절한다면요?"

"그렇다면 난 다시 만리동 헌책방에 가서 책도 좀 사고 어르신과 이런저런 이야기도 나누면서 알찬 시간을 보내야겠죠. 누군가를 기다리며."

손안에 쥔 진동 벨을 꼭 쥐었다. 앞에 앉은 이의 숨통을 대신해서.

"보니까 며칠 정신없이 작업한 모양인데 내 얼른 용건만 말하죠. 아, 앞으로 만나면서 알게 되겠지만 내가 이렇게나 배려가 남달라요. 일단 그 사실은 인정해 주었으면 해요."

미친놈이라는 말과 함께 뒤따라 붙는 말이 절로 나올 뻔했다. 서우는 그 격한 표현 대신 구 씨란 사람을 격하게 노려봤다.

"내가 원하는 건 다른 거 없어요. 오래전 민화 양이 그린 8폭 궁모란도를 잠시 내게 빌려 주었으면 해요. 또한 내가 이런 말을 하는 게 내 개인의 이익이나 영달보다 국익과 함께 약진하고 있는 우리 민화계에 상당한, 엄청난 도움이 된다는 사실을 알아줬으면 해요."

서우는 반응 않고 듣기만 했다.

앞에 앉은 인간이 무슨 말을 하면서 제 이익을 챙기려 하는지 마저 듣고 싶었다. 들어서 확인하고 싶었다. 욕심에 눈먼 이들이 변명을 비롯해 다들 무슨 말들을 하는지.

왜들 다 똑같은 말을 하면서 모두의 이익을 위해서라는 터무니없는 변명들을 하는지 다시 한번 들어 보고 싶었다.

"아는지 모르겠지만 다음 달에 네덜란드 여왕이 방한해요. 그분은 동양의 그림에 많은 관심이 있는 분인데 영광스럽게도 지민화 양이 그린 궁모란도를 보고 싶어 하세요."

"……."

"기본적으로 우리 민화에 관심이 있는 분이고 영향력도 있는 위치니 민화인들에게도 당연히 좋은 일이고 영광일 게 분명해요. 그러니 지민화 양이 갖고 있는 궁모란도를 내게 빌려주면 이번에 선보이는 걸 시작해 민화 박물관에 전시도 하면서 해외 전시까지 계획하고 있어요."

앞뒤 위협하고 협박했던 일이 없다면 팩트만으론 나쁜 일이 아니었다.

나쁜 것을 꼽고 찾자면, 그 일을 자신이 주도적으로 해 자신의 위치와 영향력을 공고히 하려는 이 나이 지긋한 인간의 야누스적인 야욕이 나쁠 뿐.

서우는 충분히 인지했다는 표정과 함께 이 순간 해야 할 공식적인 말을 했다.

"말씀은 잘 들었습니다. 한데 그 그림은 제게 없습니다."

"……."

"사라졌습니다. 이미 오래전에."

그 소리에 구동제의 표정은 일순간 바뀌었다. 마치 잘 벼른 칼날이자 먹이를 노리는 들짐승처럼 날카롭고 사나웠다. 또 이제껏 유지하던 가식을 벗어던져 노골적이고 천박한 내면을 드러냈다. 잠깐 사이 두 얼굴의 차이는 실로 극명했다.

"지민화 양 이제까지 내가 한 말을 뭘로 들었나? 이건 한 개인의 영달이 아니라 국익을 비롯해 우리 민화계 전반을 위한 일이야. 자네도 알다시피 우리 민화는 급에 맞는 대우를 받지 못하고 있어. 아직까지도. 그런데도 자네는······."

"외람되게도 전."

개인의 영달이 아닌 국가와 민화계를 언급하는 인간의 지리멸렬함이 싫어 서우는 말을 잘랐다.

"어르신 개인을 위한 일이란 느낌이 강합니다. 그게 사실일 테니까요. 또 자꾸 국익을 언급하시는데 나라를 위해서라면 국민인 개인의 생명과 권리를 위협하고 담보하는 그런 언사나 행동을 하셔도 되는 건가요? 저와 상관없는 회장님 욕심과 욕망에 왜 제 가족을 거론하고 담보하시려는 건가요?"

더 강하고 더 거칠게 말하고 싶었지만 참았다. 이제껏 정성으로 제대로 키워 주신 또 다른 어른들을 생각해서.

"이건 명백한 협박이고 위법입니다, 어르신."

화가 났다. 당연히 열이 받고. 그렇다 해도 마음처럼, 예전처럼 부르르하고 싶지는 않았다. 부르르해서 모든 걸 뒤엎고 다시 또 감추고 숨는 행동과 패턴을 멍청하게 반복하고 싶지는 않았다.

시간이 지나 어른이 됐다면 뻔한 말보다는 방식을 달리하고 싶었다.

좀 더 당당하고 좀 더 자신 있게. 한번 해보고 겨뤄 보자는 그런 방식으로. 그러면서도 할아버지가 염려돼 눈앞에 있는 인간을 자극하는 것 또한 한계가 있었다.

결과적으로 답답하고 어이없는, 무력한 상황이기도 했다. 지금도 역시나.

"지서우가 지민화고 지민화가 그린 그림을 누군가 간절히 필요로 한다는데 왜 상관이 없어! 그리고 내가 아니라도 오늘 같은 상황, 충분히 또 일어날 수 있어! 이 일이 나 혼자 함구하고 있다고 해서 없던 일이 될 성싶은가! 자네가 지서우로 개명해 그림 그리면 사람들이 못 알아볼 것 같으냐고? 자네 눈엔 사람들이 눈뜬 장님에 바보천치로 보이나!"

구동제는 좀 더 구체적으로 당신의 민낯을 드러냈다.

"그러니까 긴말 말고 궁모란도나 넘겨. 그림 값은 톡톡히 치러 줄 테니까. 원하는 금액이 대체 얼마야? 10억? 20억? 뭐, 그때처럼 백지수표라도 원하나? 정말 그렇다면 젊은 아가씨가 너무 이리에 밝은 거 아닌가?"

구동제는 천박하다는 듯이 쳐다봤다.

"그렇다 해도 궁모란도가 예전처럼 그런 신비한 능력이 있다면 백지수표도 영 불가능한 것도 아니야, 민화 양. 그러니 잘 생각해 보라고."

"……"

"내 오늘은 이 정도로만 하고 추후에 다시 연락을 할 테니까 그때는 내가 원하는 답을 주도록 해. 아님 민화 양도 그렇고 아가씨 할아버지, 그분 노후가 지금과 같지는 않을 거야. 물론 지서우 양도 조용할 수 없는, 남다른, 아니 남들과 똑같은 삶을 살게 될 테고. 내 그건 장담하지."

그 같은 말을 하면서 구동제는 간악하게 웃었다.

결국은 사람이 희망이란 소릴, 그 말 같지 않은 말을 도대체 누가 한 건지 얼굴 좀 봤으면 했다.

때때로, 아주 가끔, 어디 먼 나라에 사는 알지 못하는 누군가에게는 사람이 희망일 수도 있겠지만 지금 이 순간 인간은 모두 다 똑같이 탐욕스럽고 염치없는, 말 못하는 동물보다 못한 하등동물일 뿐이었다.

세월이 지나도 똑같았다. 나쁜 놈은 여전히 나쁜 놈으로 살고 세상은 정도에 차이는 있지만 그런 놈들과도 공생하는 게 마땅하고 당연하듯 돌아간다.

이 불편한 진실과 사실에 서우는 구역질이 날 것 같았다.

"구 씨 어르신······."

"제 약혼녀와는 이 정도에서 끝내시지요."

"······!"

익숙한 톤에 고개를 들어 보니 강준후였다. 표정이 읽히지 않는 남자는 서우의 옆자리에 앉아 구동제를 마주했다. 순간 구 회장의 표정이 보기 흉할 정도로 일그러졌다.

그 모습을 직시하면서 강준후는 서우가 가지고 있던 진동 벨의 어딘가를 눌렀다. 그러자 구동제와 마주했던 순간부터 방금 전 대화까지 고스란히 녹음이 돼 있었다.

그 긴 대화를 다시금 들으면서 서우는 분노했고 강준후는 느긋하니 여유 있어 보였다. 하지만 눈빛은 웃음기 하나 없이 냉랭했다.

벌크한 헐크 버전으로 타자를 위축시키는 태평과 달리 차분하니 지독한 냉기였다.

자신이 한 말을 녹음기로 재생해 들으니 전혀 다른 느낌의 감흥인지 구동제 회장의 표정은 표현하기 어려울 정도로 복잡 미묘했다.

"안녕하십니까, 회장님."

"준…후 군, 자네가 여긴……. 그보다 지금 약혼녀라고 했나?"

"그렇습니다."

대답은 한 치의 망설임도 없었다.

"자네가 지민화와 약혼을 했다? 윤 여사님은 그런 말씀이 없으셨는데……."

"제 결혼을 구 회장님께 따로 알릴 이유는 없습니다. 저희 가족도 아니고 또."

마치 검은 표범이 먹이 주위를 천천히 배회하는 것처럼 그렇게 강준후는 구동제를 경계하고 깔보았다. 차가운 말투와 신랄한 눈빛으로.

"저희 어머님과 구 회장님, 친밀한 사이도 아니라고 알고 있습니다."

친밀하지 않은 게 아니라 상당히 좋지 않은 사이인 듯했다.

"…준후 군, 자네가 뭘 몰라서 하는 얘긴데 지민화는……."
"제 피앙세 이름은 지서우입니다. 지서우."

이제까지 강준후가 호명한 이름 중 가장 듣기 거북한 톤의 발음이기에 서우는 놀랐다.

"지서우라고 우긴다면… 그래, 그러지. 하지만 자네가 오해를 하고 있는 걸세. 난 지금 지민화, 아니 지서우 양의 미래와 또 다른 작가 활동을 위해 든든한 후원자 및 기반을 만들어 주려는 것뿐이야. 한데 지 작가가 내 이런 맘도 모르고 다짜고짜 싫다고 하니까 내 입장에서는 안타까운 맘에 좀 심하게 말을 하긴 했지만 그건 다 우리 민화계와 지 작가 개인의 발전을 위해서……."

"구동제."

강준후는 구구절절한 말을 더는 듣지 않고 말을 잘랐다.

"회장님."

역시나 낯선, 비릿하니 비정한 톤이었다.

"제 말 잘 들으세요. 아, 녹음기가 없으실 테니까 머릿속에 착오 없이 저장 잘하시구요."

녹음기 언급에 구동제의 표정이 급격하게 어두워지고 예민해졌다.

"지금 계신 그 자리, 남은 임기 다 채우고 연임에 대한 욕심도 있으시다면 오늘 일, 그리고 당신이 제 약혼녀한테 한 모든 말들 전부 잊으십시오. 안 그럼 이 진동 벨이 회장님 주위에서부터 시작해 신문 방송은 물론이고 전국으로 진동을 해 천천히, 확실하게 확대될 테니까요."

"……!"

"전 한 번의 기회밖에는 드리지 않습니다."

이 말은 분명 친절한 경고였다. 재차 확인할 필요 없는, 가차 없는 위협이고.

서우가 느낀 걸 구동제도 절감하는지 표정이 걸쭉한 회반죽 색이 되어 갔다.

"제 말이 영 의심스러우시다면 또 확인할 겸 시험해 보고 싶으시면 하십시오. 저도 몹시, 아주 절실하게 바라는 바니까요."

"준…후 군……."

"먼저 일어나 보겠습니다."

강준후는 서우의 손을 잡고 자리에서 일어났다. 그러다,

"참, 제 어머니께서 안부 전해 달라고 하셨습니다. 방금 전에."

그 소리에 구동제는 이제까지와는 확연히 다른 얼굴이 됐다.

마치 저승사자를 알현한 듯 그렇게 경이, 아니 경악스러운 표정이 되었다.

서우는 꽤 긴 시간을 지체한 뒤 카페를 나왔다. 한순간도 놓지 않는 강준후의 크고 든든한 손을 잡고.

서우는 도통 설명은 않고 딴소리만 하는 강준후를 노려봤다.

"살이 얼마나 빠진 줄 알아, 당신."

대답하고 싶지 않았다. 이 상황과 상관없는 말이기에.

"이렇게 보기 흉하고 미운 모습인 걸 알았다면 맘껏 작업하라고 그렇게 멀리, 며칠이나 물러나 있지 않았어. 이 공간에 오고 싶어도 오지 않고 참았던 건 배려 이전에 당신에 대한 내 마음이라 그런 거지, 지금의 헐벗은 모습을 보려고 보고 싶은 거 참으면서 전투적으로 일만 한 거 아니야."

역시나 반응할 필요를 느끼지 못했다. 이 또한 설명을 피하고자 하는 꼼수이기에.

"앞으로 또 이런 일이 있으면 그때는 내가 이 작업실 사용 못 하게 할 거야."

"강준후 씨가 무슨 자격으로요?"

"아까 말했잖아."

"……?"

"약혼자라고."

하아. 강준후는 영화를 찍고 있었다. 그것도 자신이 주연과 멋짐을 담당한, 강압을 카리스마로 오해하고 착각하는 시대착오적인 남자 주인공을.

"내가 왜 강준후 씨 약혼녀인데요? 우리가 언제 그런 말을……."

"안 보면 보고 싶고, 멍한 채로 걷다 정신 차리면 바림으로 가는 엘리베이터 안이야."

"……"

"오늘은 몇 끼나 먹었을까. 먹었다면 무얼 먹었나. 좀 많이 먹었으면 좋겠는데. 비가 오는데 기분이 다운되는 건 아닌가. 오늘 수업은 어땠을까? 사람들이 단순한 듯하면서도 예민한 지서우를 피곤하게 하지는 않았을까. 김태평이란 친구는 왜 그렇게 행동이나 말투가 자연스러울까. 하물며 호명하는 것도. 그 사람과의 관계는 우정이 맞는데 왜 난 이렇게 신경이 쓰이고 기분이 나쁠까? 아침에 일어나 마시는 커피 줄이고 라떼나 두유를 마시면 안 되나? 이 모든 것들이 사랑이 아니라고 부정하고 부인할 수 있어? 당신은."

강렬한 강준후의 시선보다 더 강력한 말들이었다.

누군가의 일상 속에서 일상을 전복시키는 이가 등장하고 존재한다는 말. 혁명과도 같은 사랑, 이란 말보다 더 와 닿으면서 절실한 말이었다.

"그리고 왜 약혼녀라니? 당신 나와 결혼하지 않을 건가? 결혼은 않고 연애만 하는 연애 지향족 지서우야?"

"……"

"날 전화 한 통에 자존심도 버리는 바보천치에 당신이 가장 경멸한다는 드라마 속 이름만 본부장인 허수아비로 만들어 놓고, 당신 체향에 중독이 되고 마약 중독자처럼 당신 타액만

찾게 만들어 놓고 결혼은 하지 않겠다?"

 민망한 말이면서 믿어지지도 않는, 거짓말 같았다.

 그새 그렇게, 그만큼 깊어지고 빠졌다는 게 믿어지지 않았다.

 강준후가 지서우와 똑같다는 게, 그만큼 지독한 습관과 병에 걸린 상태라는 게 이상했다. 신기하고.

 저 남자는 지서우가 아니기에 어떠한 결핍도, 지독한 외로움도, 땅속으로 가라앉는 듯한 상실감과 절망감도 느끼지 못할 텐데, 온기와 체온이 간절하지 않을 텐데 자신만큼 빠졌다는 말이, 그 모든 게 거짓말처럼 들렸다.

"그렇다면 당신 혼인빙자간음죄야, 지서우."

 이제 하다하다 말도 안 되는 억지를 썼다. 매너남 강준후가.

"그거 효력 없어지고 사라진 지 오래거든요."

"그건 세상이 정한 법에서 그런 거고 우리 사이에는 엄연히, 엄격히 존재해."

 마치 개인적인, 사적 보복이자 죗값을 치르게 할 듯 진지하고 진중하게 말했다.

"자꾸 말 돌리지 말고 아까 일이나 설명해 줘요. 어떻게 그 타이밍에 나타났어요? 그보다 그 진동 벨이 어떻게 녹음기가 될 수 있었어요? 그렇다면 구 회장이라는 사람이 날 찾아올 거라는 걸 진작에 알고 있었다는 거잖아요? 그 정도 치밀하게 준비를 했다는 건⋯ 아니 그곳에 당신 어머님이 계시다 가셨다는 것부터 말해 줘요."

"당신과 내가 서로 원해서 사랑한 것도 아니고 결혼도 하지 않는다는 사람한테, 결론적으로 전혀 모르는 타인한테 내가 왜 그 같은 이야기를 해야 합니까? 지서우 양."

잠깐 사이 정중하고 매너 있는, 적절한 사이와 간격이 존재하는 이전의 관계로 되돌아갔다.

"강준후, 당신 정말……."

"다시 물을게, 지서우. 이번에는 제대로, 솔직하게 대답해야 할 거야."

"……."

"우리가 정말 사랑하는 사이가 아닌가? 내가 혼자 상상을 비롯해 착각한 거고 당신과 난 서로 즐긴 거야? 것도 지서우가 정한 기한, 딱 그만큼만?"

차분한 분위기인데도 정말 화가 난 듯 강고한 목소리였다.

"난 당신의 몸 구석구석을 누구보다 잘 알지. 누군가는 못 봐주는 실력이지만 그림을 그리라면 그릴 수도 있을 만큼. 또 당신도 내가 어떻게 하는 걸 좋아하고 당신 손이 내 몸 어딜 만지고 건들면 뜨거워지고 무너지는지, 어느 부분을 스치면 지치지 않고 당신을 괴롭히는지 잘 알면서 그건 단지 기막힐 정도로 잘 맞는 섹스로 알게 된 지극히 당연한 사실일 뿐……."

"그만!"

더는 듣고 있을 수가 없었다. 서우는 보지 않고도 자신의 낯빛을 알 것 같았다. 분명 불도가니에 빠진 듯이 달아올랐다는 걸. 자신을 이렇게 민망하고 낯 뜨겁게 한 남자에게 화가 났다.

"강준후, 당신은 정말, 정말 못됐어! 매너 있고 도량 있는 선비인 척, 배려 충만한 신사인 척하면서 실상은 자기 멋대로, 맘대로야."

"……."

"침대 안에서나 밖에서나 완전 스크루지 저리 가라 하는 욕심쟁이에 욕망덩어리고……."

"사랑해."

"……!"

"첫눈에, 당신의 개구진 미소에 빠지고 반했다고는 말하지 않을 거야. 의심 많은 지서우는 믿지도 않을 테니까."

이 남자가 도대체 무슨 소리를 하는 건지…….

"그러니까 지금 이 말만 듣고, 믿어 줘."

서우는 정색한다기보다 긴장한 채로 진중해진 강준후에게서 시선을 뗄 수 없었다.

"언제부터였는지는 모르겠어. 정신 차리고 냉정하게 생각해야 한다고 했는데 냉정할 수 없었어. 지서우가 궁금하고 보고 싶고, 보면 안고 싶고, 안으면 충동 장애를 앓는 이처럼 파고들고만 싶어져서……."

명치에서부터 얼굴 전체, 전부가 떨려 와 서우는 숨을 삼켜야만 했다.

아주 짧게, 그 같은 반응을, 모습을 보면서도 강준후는 설명을 멈추지 않았다.

"사랑이란 감정, 인문학적으로나 미학적으로는 잘 알겠는데 내가 아는 만큼 당신한테 설명할 자신은 없어. 사랑이 이성적인 이론으로 설명되는 게 아니라는 걸 이제는 잘 아니까. 당신 덕분에."

"……."

"무엇보다……."

미세하다 해도 긴장으로 떨고 있는 강준후의 모습은, 이 순간이 처음이었다.

"지서우라서, 당신이라서 사랑해."

사랑 고백이 영화 속 대사나 브라우니 위에 뿌려진 슈거 파우더처럼 마냥 달달해서 로맨틱할 거란 추측이나 로망은 없었다. 이미 로맨틱의 정점이고 표본인 조부모님을 보고 자라 그런지 로맨틱에 대한 열망은 없었고, 또한 염리동 천방지축 지민화는 로맨틱보다 강한 액션이나 모험, 서스펜스란 용어가 더 취향에 맞고 구미가 당겼었다.

그랬는데 이 순간 강준후의 모든 말은 울렁거리고 간질간질했다.

여기도 저기도, 가슴 안쪽도, 귀 뒤 어딘가도 전부 다 간질

거리면서 누군가 정조준해 달콤한 바람을 부는 듯 그렇게 부풀어 올랐다.

그런 기묘한 감정에 사로잡힌 그녀 곁에 강준후가 다가와 허리에 두 팔을 둘렀다.

"지서우 강사님."

오랜만에 들어 보는 말이었다. 강사님이라는 풀 네임으로 불리는 건.

"사랑해."

사랑을 말하는 이 남자의 눈은 웃고 있었다.

"나 좀 사랑해 줘, 지 강사."

"흡!"

어울리지 않는 애원, 애절 모드에 웃음이 났다.

"지 강사님, 지금은 웃을 타이밍이 아니고……."

넋이 나갈 듯한 매력적인 웃음을 한 남자는 천천히, 저속으로 몽롱하게 다가왔다.

그 탓에 올려다보는 서우가 더 애가 타면서 애간장이 녹는 듯했다.

만나는 순간부터 매 순간 사람을 들었다 놨다 하는 이 남자의 저 매혹적인 입술을 대체 언제쯤 맛보나 하고.

애타는 기다림은 사랑의 가장 유력한 징표라고 했던가.

이 순간 실로, 절로 공감하고 동의하는 말이었다.

기다림 때문에 일상은 멈추거나 거의 마비되어 버린다고

도 했었지.

그 또한 눈물 나도록 실감나는 말이고.

저속으로 다가오는 매력적인 입술을 기다리다 속이 다 타 버릴 것만 같아 서우가 먼저 키스를 해 버렸다.

놀란 강준후가 아주 잠깐 보였지만 눈을 감아 더는 볼 수가 없었다.

강준후 씨, 이보다 명징한 대답이 있을까?

없을 거야. 이보다 더 확실한 고백이자 분명한 대답은 세상 어디에도.

7부

긴장한 채로 기사를 찾아보고 민화를 전문적으로 다루는 월간 민화의 이번 호를 열렬 구독자 모드로 읽었는데도 사라진 작가이자 돌아온 작가 지민화, 뭐 이 비슷한 내용이, 언급 자체가 없었다.

아무리 물어도 모르쇠로 일관하는 고집스런 강준후로 인해 인맥이 넓은 지원을 찾을까 하다 고민 끝에 윤 여사님을 찾았다. 다소 어려운 부탁도 있어 먼저 만남을 청했다.

오늘도 만남의 장소는 강준후 모친이 운영하는 한식당이었다.

이 방은 전과는 다른 분위기의 룸이지만 민화풍의 인테리어는 다르지 않았다.

좀 더 현대적인 분위기에 심플하니 마치 어느 집 거실을 옮겨 놓은 듯한 느낌이 들었다.

민화의 다양한 모습과 어떤 분위기에도 어울리는 장점을 잘 살리고 어필하는, 똑똑한 인테리어였다.

"반가워요, 서우 양!"

윤 여사님은 방에 들자마자 포옹을 하셨다. 마치 오랜만에 하는 해후처럼 애틋하고 친밀하게 안아 주었다.

그 같은 포옹에 왠지 모를 안정감과 편안함을 느꼈다.

생각해 보면 이상한 일이었다. 납득하기 어려운 일이기도 하고.

그 짧은 시간과 몇 번의 만남으로 누군가에게 이 정도로 의지하고 마음으로부터 경도되는 건.

물론 준후와도 그게 무엇이든 많지 않은 횟수고 시간이었지만 두 사람에게 가진 감정의 층위는 전혀 달랐다.

"좀 마른 것 같다, 서우 양."

마를 수밖에 없었다.

강준후는 사랑 고백 이후 틈만 나면 안았다. 탐욕스러울 정도로 탐닉하고.

그 같은 이유는 단 하나였다.

불확실한 미래와 결혼에 대한 그다운, 본부장다운 정확한 수치 및 디테일한 날짜를 요구했다. 엉터리 욕망덩어리 강준후는.

그 욕망의 전차가 지금은 출장 중이었다.

"여사님은 더 아름다워진 듯하세요."

"어머, 그런 칭찬은 언제나 땡큐지. 그런 일상의 힘이 되는 말은 항상, 볼 때마다 해 주길 바라, 서우 양. 친밀한 사이지만 솔직해서 나쁠 건 없지 않겠어?"

유쾌하고 솔직한 분이었다. 그래서 믿도 끝도 없는 믿음이 갔다. 이 설명할 수 없는 분명한 끌림도.

"근데 어쩐 일이야? 서우 양이 먼저 보자고 연락을 다 하고. 늘 내가 먼저, 내 쪽에서 요청해야 만났잖아, 야속한 지 서우 양은."

서우는 죄송하다는 의미의 미소를 지은 후,

"여사님도 뵙고 부탁드릴 것도 있어서요."

"부탁? 서우 양이 나한테?"

"네."

"부탁이란 게 뭘까? 서우 양 부탁이라서 그런가, 이거 왠지 기대되고 떨리고 그러네."

윤 여사님은 그처럼 농을 섞어 이야기하시고는 금세 진중 모드로 전환돼 서우가 이야기할 타이밍을 만들어 주셨다.

"제가 오래전부터 알아 온 지인들께서……."

다음 말을 잇기 전 서우는 자신도 모르게 침을 삼켰다.

"지민화의 8폭 궁모란도를 보관하고 계세요. 여사님께서도 혹시 아시는지 모르겠어요. 초대 민화대전에서 대상을 타기도 하고 3년 전까지 그리 길지는 않지만 그래도 활동을 한 지민화 작가라고……."

"알지. 알다마다. 어떻게 모르겠어. 지민화 작가를. 민화계에 발 담그고 있는 한 사람으로서 모른다고 하면 그건 거짓말이지."

여사님은 살짝 흥분한 듯도 하고 담담한 듯도 했다.

"그런데? 그래서?"

"그분들이 가지고 계신 궁모란도를 윤 여사님께서 좀 맡아 주셨으면 해서요."

"……."

"여사님께서 갤러리도 운영하고 계시니까 전시를 하셔도 되고, 되도록이면 장기간 좀 맡아 주셨으면 해서요. 지금 보관하고 계신 분들이 연세도 있으시고 또 갖고 계시는 걸 상당히 부담스러워하세요."

서우는 말을 마치고 윤 여사님을 바라봤다. 여사님은 몹시도 애매한 표정을 하셨다.

"그런데 그걸 왜 나한테……."

여사님은 방금 전의 서우처럼 숨을 한번 길게 고르셨다.

"아니, 난 너무, 정말 좋고 영광이긴 한데 지민화 작가의 마지막 작품인 8폭 궁모란도라면 민화에 관심 있는 이라면 모두가 원하고 전시는 물론 짧게라도 맡았으면 하는, 그야말로 엄청난 작품인데 그런 작품을 왜 나한테 부탁하는 건지 궁금하네."

"좋아해요, 제가. 여사님을."

"……!"

"누구보다 믿기도 하고요."

이게 솔직한 대답이었다. 가감 없는 이유고.

사람과의 관계에 가끔씩 이런 일이 있다는 걸 안다.

마땅한 이유나 근거 없이 끌리고 좋아하는 그런 관계. 사람마다 그 횟수가 다를 수 있고 정도 또한 차이가 나겠지만 어느 순간 경험하는 그런 알 수 없는 중력과 인력의 동일한 끌림을.

서우는 그 같은 감정을 윤정미 여사에게 느꼈다. 품었고.

"날 그 정도로 믿는다니까 왠지 맘이 무거워지네."

"……."

"내가 그 작품을 갖고 있어도 되는 건가 의문이 들기도 하고."

"여사님이 아니시라도 누군가에게는 부탁을 드려야 했어요. 사실, 그 작품으로 여사님께서… 위험해지실 수도 있습니다."

이제 그런 일은 없겠지만, 없어야 하지만 그런 경우를 대비해서라도 궁모란도는 사람들에게 공개가 되어야 했다. 그것도 조금 더 공정할 수 있고, 있는 이의 영역에서.

"고민을 많이 했었는데 그래도 제가 믿고 부탁드릴 분은 여사님밖에 없어서요."

"하지원에게 부탁할 생각은 안 해 봤고? 그 아이의 사회적 위치나 엄청난 재력을 봤을 때 거절하지 않았을 텐데."

윤 여사님이 할 수 있는 질문이었다.

"지원 언니는……."

말을 하고서도 어색해 웃음이 났다.

"처음이네요. 지원 씨를 언니라고 부르는 건."

한 번도 지원을 언니라고 부르지 않았었다. 그건 어쩌면 경계이자 배려였고 남다른 마음이자 각별한 애정이었다.

지원에게는 항상 서우와는 또 다른 결핍이 느껴졌었다. 동류이면서 또 다른 결핍을 품고 있는 서우에게는 그게 보이고 느껴졌었다.

지원의 웃음이 웃음으로 안 보이고 유쾌함과 활기가 그대로 느껴지지가 않아 안타까우면서도 물을 수 없었다. 그러다 또다시 상처받을 게 염려되기도 했지만 시간이 지나면서 그보다는 아슬아슬해 보이는 지원에게 지서우라는 짐을, 지민화라는 문제를 떠안기기가 싫었다. 이 또한 숨어든 지서우가 할 수 있는 마음의 표현이었다.

단속을 했으면서도 어쩔 수 없이 끌려가고 끌리는 이에게 하는 남다른 애정. 남과 다를 수밖에 없는, 속 깊은 언어이자 말이고 마음이었다.

"지원 언니에게는 짐일 수 있다고 생각했어요. 그 그림을 집에 둔다면 그럴 일은 없겠지만 괜한 분란이 일 수도 있고, 무엇보다 여사님은 갤러리를 운영하고 계시니까 그곳에 전시를 하면 안전하다고 생각했어요, 그 그림에 관심을 가진 모든 사람들이."

혹여 지원이 위험해질까 싫었다. 부탁할 수 없었다. 고마운 사람이기에.

"알겠네."

"네?"

"서우 양이 얼마나 큰 고민 끝에 꺼낸 말인지."

부정할 수 없는 말이었다. 그 고민의 끝이 바로 여사님이라는 사실은.

차라리 도둑이 든다면, 그렇다 해도 개인 집보다는 언론에 노출되고 보험을 든 갤러리가 나을 듯했다.

전시를 한다면 보고 싶은 이들이 맘대로 볼 수도 있고, 관람객이 어느 나라의 돈 많은 귀족이든, 예술적 감식안이 뛰어난 여왕이든, 이제 막 민화에 관심을 둔 사람이든 간에.

"무슨 말인지 알겠어요."

"감사합니다."

"감사는 내가 하지. 그 귀한 그림을 우리 갤러리에 맡기는 건데. 근데 말이야 궁금한 게 있는데."

윤 여사님은 묘한 시선으로 서우를 쳐다봤다.

"서우 양 혹시……."

서우는 애매한 표정과 호기심 가득한 표정에 왠지 모르게 긴장을 하게 됐다.

"그럼 바로 되돌려 달라고 하는 건 아니지?"

"……!"

"그러니까 그게 광고 엄청 크게 했는데 마음 바뀌었으니까 다시 달라 뭐 그건 소동이나 소송 생기는 거 아니냐고? 나중에 사라진 지민화 작가가 나타나서 내 작품을 왜 당신이 갖고 있소, 하면서 협박하면 어떡해? 안 그래?"

나름 숨기는 게 있는지라 긴장했던 서우는 윤 여사님의 전방위적 의문과 질문에 웃음이 났다. 이름 난 갤러리 대표로서 충분한 의문이었다. 확인할 만한 사안이고.

"그런 일 없어요, 여사님."

"정말이지?"

"네."

"그럼 나, 자기만 믿는다?"

"네, 믿으셔도……."

"어머나! 이 일을 어째! 나 어떡해! 내가 지민화 8폭 궁모란도를 소장, 아니 장기 대여하게 됐다니! 서우 양, 나 가슴이 너무 뛰어서 이상해. 여기 좀 만져 봐 봐. 이러다 심장마비 걸리는 거 아닌가 몰라."

자리에서 일어난 여사님은 곁으로 다가와 손을 낚아챘다. 그러곤 당신의 심장 위에 올려놓았다. 정말이었다. 윤 여사님의 심장은 심하게 두근 모드셨다.

안도했다. 혹여 부담스럽고 논란의 중심에 설 수도 있어 거절할 줄 알았는데 그런 일은 없었다.

룸 안을 분주히 돌아다니시는 여사님을 보며 안도의 마음은 금세 기쁨으로 전환됐다.

8폭 궁모란도가 윤 여사님의 갤러리로 이동하는 그 시각, 서우는 지원과 함께였다.

그간 지원의 도움으로 순차적으로 바림의 모든 수강생들과 얼굴 붉히지 않고 인사할 수 있었다.

다음을 기약하기는 어려워 최대한 정중하고 진심 어린 마음으로 모든 이들과 인사를 나누었다.

그중 초급반 수강생들과의 대면이 가장 마음 쓰였다.

그녀로 인해 민화에 대한 첫인상이 혹여 나쁘지는 않을까, 그럼 어쩌지 하는 우려와 걱정에 개인적인 이유까지 자세히 설명할 수는 없지만 앞으로도 민화를 계속하길 바란다고, 그 같은 진심을 전했다.

인맥이 남다른 지원은 민화 강의를 받을 수 있는 화실을 추천해 주고 인연을 이어 주기도 했다.

그 모든 이유로 서우는 지금 지원과 함께였다.

제대로 된 인사를, 그간 하지 못한 말을, 마음을 전하고 싶었다.

내일이면 강준후가 오기에, 어쩌면 지루한 다툼이자 공방을 벌일 수도 있어 그전에 만나고 싶었다.

"나랑도 인연을 끊는 것도 아닌데 뭐 그렇게 비장한 눈빛을 하고 그래? 왜, 나도 안 보고 그림만 그리게?"

"아니요."

"그럼 뭔데 그렇게 짠하고 찐한 눈 맞춤을 하는 건데? 살 떨리게."

지원에게는 속일 수도 감출 수도 없었다. 그게 무엇이든 간에.

자리에서 일어난 서우는 작업실 한쪽 방문을 열고 그 안에서 한지로 정성스럽게 포장한 표구를 건넸다.

아직까지 내용물을 알지 못하는 지원은 선물을 받고서도 뚱한 표정을 했다.

"이게 뭐야? 정말로 나랑 어쩌자는 건 아니지?"

"아니에요. 그러니까 한번 보세요."

"싫은데. 왠지 안 보고 싶은데. 이거 꼭 봐야 해?"

지원은 강력하게는 아니지만 꺼림칙한 속내를 숨기지 않았다.

"네, 보세요."

서우는 평소 지원답지 않은 소극적인 모습에 왠지 뭉클하기도 하고 미안하기도 해 어서 풀어 보란 말만 반복했다. 지원은 정말 싫다는 기색이 역력한 표정을 하면서도 조심스레 포장을 풀기 시작했다. 그러다 표구의 그림을 본 순간, 지원은 실로 표현하기 어려운 복잡하고 복받치는 듯한 낯선 표정을 했다.

"이… 아이 뭐야?"

"……."

"그보다 누구 작품이야?"

"제가 그렸어요."

지원은 놀란 얼굴로 그림을 보다 서우를 보고 서우를 보다 그림을 보는 걸 무한 반복했다.

"지서우……."

"늘 감사하게 생각했어요. 사실은 제 그림을 본 적도 그렇다고 제 이력이나 과거를 다 말씀드리지도 못했는데 그런 절 믿고 제 곁에 있어 주신 거 매일매일 감사했어요, 저."

"지 작가……."

"이 화조도는 그런 제 마음을 표현한 거예요. 바깥분과 금슬이 좋으시다는 건 언뜻, 또 무심히 내뱉으시는 말씀으로도 충분히 알지만 그래도 선물하고 싶었어요. 아시다시피 화조도는 부부 금슬과 백년해로의 뜻도 있지만 그림 속 기러기는… 자손 번창을 상징하기도 해요."

"……!"

어떤 순간, 왜 그런 느낌을 받았는지는 알 수 없지만 지원의 결핍이 아이라는 생각을 했었다.

무슨 이유로, 언제, 어떻게 아이를 잃었는지 묻지 않았지만 그렇다는 사실은 추측하고 짐작할 수 있어 그 모든 의미를 이 화조도 안에 그려 넣었다.

민화는 원래 그런 그림이니까. 소중한 이들을 위해 그들의 희망을 기원하고 바라는 마음으로 그리는 그림. 바람을 담은 그림.

바람이란 말처럼 그린 이의 마음이 받은 이의 마음에 물들고 스며들길 바라는 그림.

지원이 늘 행복하길 바란다. 누구보다.

그러려면 지금도 사이가 좋은 부부에게 아이가 있다면 좋지 않을까, 싶었다.

지원의 나이 마흔넷이라는 건 안다. 그렇다 해도 충분히 가능하다고 생각했다.

만약 아주 불가능한 여건과 최악의 상태가 아니라면 이 그림이 도움이 되길, 두 분께 길상화가 되길 바라며 진심을 담아 그렸다.

일월오봉도를 그리기 전, 바람을 정리하는 순간 제일 먼저 생각난 이가 지원이었다.

지난 3년의 시간 속 큰 틀을 만들어 준 태평이 있었지만 디테일한 순간엔 지원이 늘 함께했다.

일월오봉도 속, 해와 달처럼 고마운 태평과 감사한 지원 언니가.

"지서우."

"네."

"고마워."

지원은 충혈된 눈으로 짧고 담백하게 말했다.

"저도 감사해요. 진심으로."

서우도 짧게, 그렇지만 온 마음을 실어 전했다.

"고맙다는 인사 받을 정도로 한 건 없지만……."

"앞으로도 지금처럼 좋은… 언니로 곁에 있어 주세요."

"……."

"지원 언니."

처음 해 본 언니란 소리에 지원은 결국, 화조도를 본 이후 인조인간처럼 굳은 얼굴로 표정과 속내를 감추고 있다가 울음을 보였다.

무언가 한꺼번에 터진 듯한 지원은 서우를 안고 봇물처럼 흐르는 눈물을 숨기지도, 애써 아닌 척도 하지 않으며 흐르는 대로, 나오는 대로 두었다.

어쩌면 지원은 지금, 이 순간 처음으로 우는 건지 몰랐다.

막연히 그런 느낌을 받았다. 늘 쾌활함과 유머, 풍족함과 여유에도 이상하게 결핍이란 단어가 먼저 떠오르는 지원이 지금 자신에게 벌어진 어떤, 엄청난 일 이후 처음으로, 진심으로 울고 있다고…….

그렇다면 조금 더 맘껏, 속 시원히 울게 두는 게 맞는 거지, 지원 언니.

서우는 아이처럼 안겨 우는 지원을 꼭 끌어안았다.

지난 시간 가면의 얼굴로 산 누군가에게 고마운 지원이 그랬듯이 그렇게, 포근하면서 든든하게, 편하면서도 다정하게, 티 나지 않으면서도 충분히 느낄 수 있게.

지원 언니가 해 준 것처럼 그렇게.

출장에서 돌아온 준후는 회사에 들러 당장 필요한 일들을 마무리하고 서둘러 책방으로 향했다.

서우에게 가기는 조금 늦은 시간, 솔직히는 위험한 시간이었다.

일주일의 출장 끝, 그 묵직한 마무리 끝에 달콤한 지서우가 간절했다. 서우의 미소도, 체향도.

어느 밤은 악몽을 꿨다. 뜨겁고 거칠게 사랑을 해 만족하며 행복해하는 순간 서우가 멀리 떠나고 사라져 버리는 꿈을.

그런 꿈을 꾼 다음 날은 평소보다 더 피곤했다.

두려움을 비롯해 여운과 가시지 않은 아쉬움으로 인해. 그렇다 해도 그건 사랑에 빠진 보통 남자의 일방적인 욕망에 욕심이고 지금의 지서우는 그림을, 민화를 그리고 있을 게 분명해 갈지자로 방황하던 발걸음은 결국 부피와 밀도에 있어서는 누구든 구원해 줄 듯한 헌책방으로 향했다.

어젯밤 전화 통화를 할 때도 잠시 쉬는 중이라고 했다.

늦은 밤의 통화고 분명 의견 충돌과 무시 못 할 문제를 안고 있기는 해도 연인이기에 어느 아름다운 청년 시인의 언어처럼 별 하나의 사랑과 별 하나의 그대라는 말을 꺼내려고 하는데, 민화를 그리기 시작하고부터, 사실은 그 전부터 낭만과 담을 쌓은 지서우는 통화 도중 잠들었다.

피곤해 잠든 서우에게 서운함을 논할 수는 없지만 기운이 빠지는 건 사실이었다.

그런 생각도 들었다. 서우는 그처럼, 아직 그만큼은 강렬하고 확실한 감정은 아닌 건가, 하는.

아니란 걸 안다. 지서우가 타인을 믿고 마음을 연 게 그 사건 이후 처음이란 것도. 또 모든 게 처음이고 유일하다는 것도.

이 순간도 그림에 매진하고 있을 지서우에게 철들기 전에도 하지 않던 질투와 투정을 부릴 수는 없었다. 아무리 사랑을 전제로 한 욕망이 용솟음치고 절실해도.

"무슨 생각을 하느라 인기척도 못 들어?"

"어르신, 그간 안녕하셨어요? 별일 없으셨죠?"

"나야 안녕했지만 자네는 어째 그러질 못한 것 같네."

"출장을 다녀와서 그런가 보네요. 잠자리를 바꿔서 그런 것도 있고."

준후는 연한 미소를 하며 어르신의 기색을 살폈다. 할아버지는 당신 말씀처럼 안녕하셨는지 얼굴빛이 좋아 보이셨다.

"왜? 회사 일이 잘 안 됐어? 아님 자네가 좋아한다는 애인이 아직도 고자세야?"

어르신은 정확하게 기억하고 계셨다. 그가 짝사랑 중이었단 사실을.

지금은 짝사랑에서 발전해 쌍방의 연애지만 속을 들여다보면 준후의 마음 강도가 훨씬 치열하고 간절한 마음일 게 분명했다.

억울하지는 않은데 섭섭하고, 충격은 아닌데 고민은 됐다.

"나한테……."

"……."

"상대를 내 사람으로 만드는 아주 확실한 방법이 있기는 한데 말이야."

뜬금없는 제안에 준후는 반응도 못 하고 쳐다보기만 했다.

"자네, 짝사랑은 아닌 게 맞지?"

"네, 아닙니다. 이제는."

이 순간 준후는 더없이 솔직한 정공법을 택했다.

어르신의 손녀가 강준후를 사랑한다고. 모든 정황과 행동으로 보아.

"혹여라도 자네 집안에서 반대해도 끝까지 갈 마음이고?"

처음엔 반대를 하실 수도 있겠지만 결국엔 아들의 선택을 존중하고 지지해 주실 거라 믿었다. 설령 그렇지 않다 해도 변하는 건 없었다.

"네."

"그렇다면 이제는……."

준후는 긴장한 채로 어르신의 말씀에 모든 촉각을 세우며 오감을 빌려 귀 기울였다.

"점수를 따야지 않겠어? 내가 서우 할아빈데?"

"……!"

"왜? 점수 딸 것도 없을 거 같아? 그간 여기 드나든 정이 있어서?"

어르신은 놀란 준후를 보면서도 농인지 진담인지 분간이 안 되는 말씀만 하셨다.

"어르신께서 어떻게……."

"어떻게는 무슨. 그리도 진하니 극악무도한 입맞춤에 내 손녀를 당장에 잡아먹을 듯 끙끙거리면서 그러더만 그런 질문이 나오나? 자네는."

태어나 지금처럼, 이 순간처럼 놀란 순간이 없었다.

"뭘 그렇게 놀라? 그럼 그렇게 오래 애를 잡아서 집어삼키듯 했으면서 이 늙은이가 모르길 바랐어? 눈치채라고 한 행동 아니고?"

"아…닙니다, 어르신."

난생처음으로 말까지 더듬었다.

실로 감당하기 어려운 분인 건 지서우나 어르신이나 똑같았다.

"대체 어디까지 간 거야? 벌써 우리 손녀 날름하고 꿀꺽한 거야? 그렇다면 내가……."

"아닙니다, 어르신. 아직… 거기까지는."

얼떨결에, 순식간에, 정말 아무 생각 없이 거짓말도 하게 됐다. 강준후 인생에 크나큰 오점이 지서우로 인해 남게 됐다.

"이, 멍청아!"

"……!"

"아직까지 아무 일도 없으면 대체 어쩌자는 거야? 혹여 자네 건강이나 신상에 큰 결격 사유 있는 거 아니야? 그런 거면 나 우리 손녀 절대 못 줘! 알겠어?"

"그런 거 아닙니다, 어르신."

"뭔 소리야? 뭐가 아닌데? 건강이 아니란 소리야, 아님 아무 일도 없었다는 게 거짓말이라는 소리야?"

"그게……."

삶이 결코 만만치 않다는 걸 이 순간에 절감했다.

"어서 말해! 대체 뭐야? 아님 다 관두든가!"

"거…짓말입니다, 어르신."

거짓말을 하고 이렇게 바로 자백하게 될 줄도 몰랐다. 굴욕이라기보다는 엄청난 충격이고 웬지 모를 상실감이었다.

"그런 표정 할 거 없어."

"……."

"사랑하는 남자가 하지 못할 건 없어, 강준후 군."

지서우의 할아버지께서 처음으로 불러 준 호명이 놀라워 쳐다봤다.

"남자가 사랑을 하면, 또 일생을 통해 유일한 사랑이라면 자존심도 중요하지만 일단은 제 여자를 단단히 잡는 게 먼저지. 자존심을 버리란 말이 아니야. 자존심 버려 가면서 얻은 마음과 사랑이 얼마나 간다고. 어떤 이유에서도 자존심은 챙겨야지, 그럼. 하지만 그 자존심을 좀 더 유연하게 활용하란 말이야, 내 말은. 알겠지?"

"네."

"나야 벌써부터 자네 편이지만 준후 군 부모님께서는 어떨지 모르겠어. 서우 그날 보니까 완전 자네 사람이더구만서도."

여직 들은 말 중 가장 힘이 나고 힘을 얻는 말이었다.

"서우가 자네를 많이 사랑한다고 해도, 아니 많이 사랑하니까… 쉽지 않을 거야."

"……."

"왜냐하면……."

준후는 이미 알고 있지만, 지서우에 관해서는 전부 알고 있지만 내색 않고 처음부터 끝까지 놓치지 않고 경청했다.

무엇보다 두 사람을 염려하고 걱정하는 어르신의 마음이 오롯이 전해져 겸손한 자세로 듣게 됐다.

이로써 한 걸음 더 다가갈 수 있었다. 이처럼 든든한 아군에 엄청난 지지자까지 얻으니 그간 서우에게 받은 자잘한 상처와 의심이 눈 녹듯 녹았다.

"준후 군."

"네, 어르신."

"서우, 잘 부탁해."

"네, 걱정 마세요."

"그리고 말이야……."

준후는 하나도, 그 무엇도 놓치고 싶지 않았다.

깊은 어르신의 주름만큼 굴곡져 아릿한 목소리로 하시려는 할아버지의 모든 것, 어쩌면 가장 중요하고 간곡한 말씀을 토씨 하나도 놓칠 수 없었다.

준후는 노려보는 시선을 피하지 않았다.

늘 이 부분에서 극명한 차이를 보였다. 그건 바로 결혼과는 또 다른 문제로, 그의 본가로 인사를 가는 문제였다.

이 부분에서 지서우는 한 치의 양보도 없었다. 결혼 문제와 다르지 않게.

지서우는 두 사람의 특별한 관계를 공고히 하고 공론화하는 걸 원치 않았다.

"나에 대해 다 안다고 했잖아요?"

"알고 있어. 본인만큼은 아니라 해도."

"그렇다면 내가 왜 이러는지도 알잖아요? 그런데도……."

"어머니께서 보고 싶어 하셔, 당신을. 아버지와 다 함께 만나기 전에 당신을 먼저 만나고 싶다셔."

달콤한 머랭쿠키 같은 서우의 얼굴이 바싹 하는 소리와 함께 부서지는 듯 보였다.

"나… 나에 대해서 말씀드렸어요?"

"응."

"뭐라고요?"

"사랑하고 결혼하고 싶은 사람이 있다고, 이름은 지서우고."

"강준후 씨!"

익숙한 호명은 마치 경기를 하고 짧은 비명을 지르듯 했다. 그만큼 지금 긴장과 함께 두려워하고 있었다.

관계, 가족, 그리고 자신을 둘러싼 여러 가지 조건과 상황에 대해 아직까지도.

"이제 그만 준후 씨라고 불러 주면 안 되는 거야? 꼭 그렇게 강준후 씨라고 해야 해? 그럼 나도 전처럼 지서우, 지 강사님 하면서 존대해야 하고?"

"내가 이러는 거, 그런 것들 때문이 아니란 거 잘 알잖아요?"

"난 모르겠어. 당신이 왜 그렇게 화를, 아니 겁을 먹고 있는지."

"난 겁을 먹고 있는 게 아니에요."

"아니, 겁을 먹고 있어. 당신으로 인해 사랑하는 이들이 논란의 중심에 서고 직간접적으로 상처 입고 받을까 봐. 그리고 그 모습을 다시 또 목도하게 되는 게 두려운 거야, 지서우는."

"아니에요, 그런 거. 난 단지 우리 만남과 감정이 꼭 그렇게 결혼일 필요가 있는 건지, 벌써부터 결혼을 언급해도 되는 건지, 하는 우리 둘의 관계에 대해서 묻고 말하고 있는 거예요, 지금."

서우는 방금 전 자신이 히스테리를 부리는 듯한 행동은 잊은 듯 담담하게 말했다. 하지만 이제 와 이런 말과 행동은 의미가, 힘이 없었다.

"당신이 지서우로 그림을 그리고 살 거면 온전히 세상 밖으로 나와야 해, 이제. 괜히 결혼이란 말로 억지 쓰지 말고."

"……"

"전부가 아닌 이 정도, 이만큼이란 범위, 제한적 이유와 명분으로는 이 세상을 살 수 없어. 내가 가진 모든 걸 걸어도 온전히 살기 어려운 게 일상이고 삶이야. 한데 그렇게 빠끔히 얼굴을 내밀 정도로만 세상을 향해 손을 뻗는다면 당신은 나를 비롯해 그 무엇도 그 누구도 온전히 가질 수도, 지킬 수도 없어."

"다 갖겠다고 한 적 없어요, 난."

준후는 이 순간 서우의 비겁함에, 그 정도 마음에 화가 났다.

"내가 당신한테 그 정도인 건가? 세상에 드러내지 않고 이 공간에서만 안고 사랑할 정도밖에 안 돼? 나란 존재가 당신에게는……."

"아니라는 거 알잖아!"

이번에는 명백한, 완전한 비명이었다. 솔직한 마음이고.

"꼭 내 입으로 말을 해야 해요?"

"……."

"당신을 사랑하니까, 당신을 아끼니까, 그래서 싫은 거야. 그래서 피하는 거고!"

"날 사랑한다면 내가 원하는 방식, 이 세상 사람들 대부분이 하는 일반적인 방식과 형태로 사랑해 줘."

준후는 적확하고 분명하게 말했다. 지서우 때문이라면 그게 뭐든 절대 피하지 않겠다고.

"그랬다가, 그렇게 욕심냈다가 당신이 내 변덕 심한 운명 때문에 다치기라도 하면? 우리 할머니, 할아버지, 그 선한 분들 당신들의 빌어먹을 팔자와 운명 때문에 정당한 이유도 없이 욕먹고 비웃음도 모자라 논란에 서고 다치면! 그때처럼 그렇게 아프면! 그걸 또 나보고 보라고! 보고만 있으라고! 싫어! 차라리 내가 이렇게 반쪽짜리로 살래! 당신, 이 정도만……."

"그럼 난? 당신을 사랑하는 나는?"

다그침이 아니었다, 사랑을 하고 받고 싶은 연인으로서 정당한 바람이고 권리일 뿐.

"나는 반쪽짜리 사랑 같은 거 안 해."

다짐과 맹서와도 같은 약속에 서우는 아프고 안타까운 표정을 했다.

"난 내가 사랑하는 여자를 비롯해 그 여자 가족들과 가능한 만큼 만나고 최대한 교류하면서 그렇게 제대로, 온전히 살 거야."

지서우를 포함해 그건 너무도 당연한 욕심이었다. 계획이고.

"그렇다면."

"……"

"꼭 그렇게 해야 한다면……"

"헤어진다는 말은 꺼내지도 마. 우리한테 그런 일은 없어. 절대."

야속한, 경솔한 지서우로 인해 준후는 무섭고 무겁게 일갈했다. 그러자 서우는 힘 빠진, 온몸의 피가 다 빠져나간 얼굴로 속삭이듯 낮게 말했다.

"절대라는 말, 그 말이야말로 절대 하지 말아야 될 말이란 거 모르죠? 당신은."

서우는 웃는 듯 우는 듯 하다 헛헛한 웃음을 끝으로 가슴 제일 안쪽 그늘져 웅어리진 부분을 어렵게, 너무도 힘들게 꺼냈다.

"무슨 말부터 할까요? 아니, 해야 하는지도 모르겠어요, 난."

그날, 그 밤 할아버지를 위협하며 지서우에게 그림을 그리게 한 이들이 절대 그럴 일 없는, 절대 그러지 않을 이들이라고 했다.

지난날 가난했던 염리동 골목에 굴곡진 사연과 고단한 시간을 같이하면서 이웃이 되고 이웃보다 더한 인연이 돼 서로의 자식을 제 자식처럼 걱정하고 아끼며 서로가 서로를 도우며 살던 그때, 유명한 민화 작가로 이름을 날리게 된 헌책방집 손녀가 지민화였다.

전시회 자체를 즐겨 판매는 하지 않던 작가, 그러면서도 이웃들에게는 순순히, 당연하듯 그림을 선물했었다.

고생고생을 하며 고물상을 하던 이 씨는 지민화가 선물한, 소문처럼 무당이 된 할머니의 피의 대물림으로 신기가 있어 그림을 가지고만 있으면 부귀영화를 누린다는 그림으로 인해 어느 날 돈벼락을 맞았다고 했다.

그날 이후 소문은 더한 소문을 입고 보태 이발관 집 외아들, 구멍가게 첫째 아들, 돈벼락을 맞았지만 첫째와 막내가 들고 사라져 억울한 고물상 둘째까지, 오래전부터 염리동 똘똘이 지민화를 아꼈던 아재들이 어느 밤, 과도부터 시작해 식칼을 들고 위협과 협박을 했단다.

세 사람에게도 그림을 그려 달라고. 돈이, 부자가 될 수 있는 신기 있는 그림을.

그 당시 서우는 몸도 마음도 만신창이였다.

신내림받은 할머니를 모욕하면서 재력과 권력까지 가진, 그 전까지는 너무도 애틋하고 살뜰하게 서우를 챙기고 아껴 주던 재훈의 부모님과 우정과 사랑 사이에서 투명하지 못했던 지민화를 옥죄며 음주 운전으로 사고를 낸 재훈.

 사고로 겁을 먹은 재훈과는 헤어졌지만 얼굴 곳곳에 작지 않은 상처를 입었다.

 인간에 대한 깊은 회의와 현실에 대한 절망. 상처로 인한 실의. 관계에 대한 실망감과 상실감. 그 모든 것들로 인해 치료받길 거부하며 상처가 더 악화되고 있는 상황에서 그들은, 그 모습을 목도하고도 그림 그리길 거부하는 민화를 끝까지 감싸던 할아버지의 다리를 칼로 쑤셨다. 자를 듯이 몇 번이나 베고.

 서우는 피를 흘리면서도 비명을 지르지 못하는, 이웃들의 자식을, 그 인간들의 부모를 걱정하는 할아버지를 보면서 그림을, 민화를 그렸다.

 피로 인해 온통 붉은 그림을, 눈물로 인해 퍼지고 번져 바림이 전부인 듯한 그림을 울면서 그려야만 했다. 어느 비 오는 깜깜한 밤에.

 민화의 기본이자 전부인 진심과 정성이 가득한 그림이 아닌 단지 신내림을 받은 무당의 손녀 지민화가 그린, 만화처럼 소원을 이뤄 주는 민화가 그들은 필요했다.

 밤에서 새벽으로 가는 시간, 그야말로 신내림을 받은 이처럼 세 장의 그림을 완성했다.

 그 그림이 그들의 손에 전해지고, 그들이 충분히, 아주 멀리 달아난 이후에야 할아버지는 서우를 놓아주었다.

당신의 다리는 인간 같지 않은 그들로 인해 피가 나고 뼈가 부서졌는데도 할아버지는,

"제게 부탁하셨어요. 그 밤의 일을 누구에게도 말하지 말라고. 그냥 우리만 알고 우리가 전부 덮자고……."

서우는 울지 않았지만 울고 있었다.

울 수 없었던 그날처럼, 할아버지와 약속했던 것처럼 그렇게 속으로 울고 있었다.

"그날 반이랑 보살님, 할머니는 당신이 모시는 분께 무슨 소리를 들으셨는지 연락이 안 되는 당신의 소중한 두 사람이 걱정돼 태평이에게 연락을 했어요. 한데 태평이는 그때 나 못지않게 혼란기였어요."

"……."

"제가 존경하고 사랑했던 분이 무당이 됐다는 사실을 도저히 받아들일 수 없었으니까. 현실을 사는 김태평은. 할머니의 전화도 메시지도 전부 무시한 태평은 지금까지 그 일로 마음의 짐을 안고 살아요. 매일 바다로 산으로 오지나 험지로 돌면서 그날을, 그 시간 자신의 선택과 마음을 후회하고 반성해요. 제발 그만하라고, 네 잘못이 아니라고 해도 말이에요."

서우는 허탈한 듯 웃었다. 마치 너덜너덜한 그날의 심정을 대신하듯 그렇게.

"반이랑 보살님이 그러더군요. 내 운명은 그때 교통사고로 완전히 바뀌었다고. 이미 한 번 죽은 것과 같기에 이전과는 달

라졌다고…….."

 달라져 안도하고 감사해하는 표정이 아니었다, 서우는.

 그로 인해 더 많은 운명을 떠안은 듯한 자신의 조모를 걱정하는 상처투성이 아이에 불과했다.

 "우리 집안의 신기는 그렇게나 거부하던 당신이 결국엔 인정해 받았고, 나를 비롯해서 앞으로 그런 일은 없을 테지만… 그래도 개명을 하자고."

 명치 끝 어딘가가 눌려 아픈지 서우는 말을 하면서도 고통스러워했다. 이 모든 말 자체가 흉기고 엄청난 상처라는 걸, 이 순간 알 수 있었다.

 "난 싫다고 거부했어요. 상처로 인해 뒤늦게 한 성형수술이면 됐다고. 아니, 뭐가 되든 이제는 상관없다고. 그런데 할머니가… 부탁한다고, 이 불쌍하고 모진 인생이 이렇게 부탁하니까 제발 개명을 해서 운명을 깨끗이, 완전히 비켜 가라고……."

 서우는 그날의 기억이 선명하고 생생한지 입술을 깨물었다.

 "그런데 누가 알고 알 수 있겠어요?"

 "……"

 "신의 계획과 의도, 신의 심술궂은 장난과 장난감 병정 같은 인간의 하찮은 운명을."

 서우는 지쳐 보였다. 이렇게 이야기를 하고 그 순간을 복기하고 소환하는 것만으로도 충분히.

"난 반이랑 보살님의 예지를, 아니 점이라고 해야겠죠. 그 같은 단언을 믿지 않는다는 것보다 사람을 믿지 못해요. 아니, 믿지 않아요. 욕심으로 인해 순간순간 변하고 순간 악마와도 같이 극악해질 수 있는 인간의 이기심과 본성을 그날 여실히 봤고 확인했어요."

지서우는 그렇지 않았다. 준후가 옆에서 보고 사랑한 지서우는 그런 사람이 아니었다.

다른 상처로 소란하면서도 고요한 그림자를 달고 사는 지원을 옆에 둔 것도 그렇고, 낯선 수강생들에게 진심과 열정으로 낯설고 생소한 민화를 가르치던 사람이었다. 자신의 여자는.

그건 생계와 상관없는 인간에 대한 기본적인 온기고, 관계의 시작이자 이어짐이었다.

바림이란 말처럼 서로가 서로에게 주는 좋은 영향이자 번짐이고.

"이런 날, 이렇게나 망가지고 마음이 믿음이 훼손된 날, 사랑할 수 있겠어요? 나로 인해 당신이 우리 할머니와 할아버지가 당한 것들 전부 다, 아니 당신 집안의 백그라운드와 타이틀로 인해 더 많이, 억울할 정도로 당할 수 있는데?"

두려움에 갇히고 지쳐 불안해하며 염려하는 서우의 마음이 오롯이 전해졌다.

지서우는 자신이 아닌 이 세상 사랑하는 모든 이가 그런 것처럼 사랑하는 사람을, 연인을 걱정했다.

그렇다면, 그런 거라면 보여 주고 싶었다.

자신의 사랑은 이런 것이라고. 난 이 정도야, 하면서 강도와 세기, 믿을 수 없는 초능력을 자랑하고 으스대는 게 아니라 이렇게나 간곡하게 사랑하니 좀 봐 달라고…….

"그러니까, 그렇게 겁나고 무서우니까, 나 역시 당신처럼 염려되니까 나와 같이하자는 거야. 당신과 나, 어렵게 마음이 연결된 우리 둘이서."

"……."

"혼자 말고 뭐든 둘이서. 두려운 것도 둘이. 염려되는 것도 둘이. 앞으로 닥칠지 모르는 운명도 둘이. 난, 당신과 둘이면 자신 있어. 두렵지도 않고."

준후는 강하지 않게 속삭이듯 계속했다. 억지도 엄포도 아닌 사실이자 진심을.

"내가 두려운 건 지서우가 내 옆에 없는 거야. 마치 다른 세상 사람처럼 민화를 그리는 당신을 볼 수 없고, 그림을 그리다 지친 당신을 내 품에서 재울 수 없는 거. 피곤해하는 당신을 깨워 모닝커피를 함께 할 수 없는 그 모든 아침이 두려워."

서우는 소리 없이, 소리 내지 않고 울고 있었다.

마치 그녀가 그리는 화조도 속, 더없이 우아하고 아름답지만 울지 못하고 소리를 들을 수 없는 민화 속 새처럼 속상하고 맘 상하게.

"뭐든 나만 믿으라는 소리가 아니야. 뭐든 나와 함께라면 좋겠다는 소리지."

모든 토로이자 고백을 한 준후는 불안에 떠는 연인을 품에 안았다. 정수리에 입을 대고 키스를 한 그는 이 순간 더 작아지는 서우를 꼭 끌어안았다.

"내가 당신을 안듯이 어느 날 내가 많이 힘들어하는 날이 오면 그때는 당신이 날 이렇게 안아 주면 돼. 사랑하는 사람들인 우린 서로 그러면 되는 거야."

준후는 서우의 얼굴을 잡고 그를 보게 했다. 고개를 저으며 아이처럼 우는 서우와 끝내 시선을 맞춘 그는 절절하게 고백했다.

"앞으로 지서우가 그리는 모든 그림을 처음으로 볼 수 있는 사람은 나라고 말해 줘."

"……."

"오직 나뿐이라고. 당신의 밤과 낮, 모든 시간을 공유하고 소유할 사람은, 나 강준후라고."

서우는 눈물로 인해 반짝이는 눈과 그보다 더 반짝이는 연한 미소를 보이며 천천히, 아주 느리게 고개를 끄덕였다.

"그럼 됐어. 충분해, 난."

이 순간 위로받고 위안을 얻은 이는 서우가 아닌 준후 자신이었다.

사진 속 어느 청춘의 빛나는, 마치 개안과 같은 청명한 미소에 반해 지금까지 그의 조급하고 다급한 발걸음이 아닌 느릿

보 지서우의 보폭을 따르며 끝내 자리를 만들고 결국엔 옆에 선 강준후를 인정하고 축하하는 자리.

"그럼 내일."

"……."

"어머니 뵈러 가는 거다."

준후는 더는 다른 말 못 하게 서우를 더 꼭 끌어안았다.

안긴 서우는 허우적거리며 벗어나려, 무언가 항변하려 했지만 모른 척하며 기어코 고개를 든 서우의 입술을 삼켰다. 늘 그렇듯 행복하고 달콤하게.

❀

서우는 8폭 궁모란도를 관람하고 있었다.

그림은 전문적이고도 노련한 큐레이터의 계획과 의도하에 기획 조명에 노출돼 조금은 낯설게 보였다.

이 그림을 그렸던 이유는 사랑하는 두 분의 결혼기념일을 축하하는 의미였다.

일찍이 가진 것 없지만 애정만은 넘치셨던 두 분이 만나, 몸이 약해 더 끔찍했던 어린 딸이 간신히 낳은 손녀를 받아 애지중지 키워 주신 감사하고 고마운 두 분의 결혼기념일을 염두에 두고 1년의 시간을 갖고 천천히, 조금씩 그렸다. 감사와 고마움, 사랑과 믿음, 두 분의 건강과 비록 함께하지는 못하지만 그렇다 해도 사랑하는 이들의 기념일을 챙겨 드리고 싶었다.

궁모란도를 반이랑 보살님께 보낼지 할아버지 방에 둘지 계획도 세우지 못한 상태에서 여러 일들이 연달아 일어나고 지민화는 지서우로 다시 태어나야 했다.

그런 이유로 그림은 제일로 안전하다고 할 수 있는 태평의 본가로 보내졌다.

지민화의 그림에 이상한 신기가 있다는 말이 일파만파로 퍼져 모두가 눈이 벌건 상태에서 믿고 맡길 수 있는 분은, 이 세상에 아직 이런 분들이 계시다는 사실에 안도하고 희망을 가질 수 있었던 청각장애가 있으신 두 분이 전부였다.

서울 외곽에서 아직도 세탁소를 하시는 두 분은 일을 하실 필요가 없었다.

그분들은 반이랑 보살의 신기와 믿기 어려운 예지력으로 많은 재산과 부동산을 갖고 계셨다. 그로 인해 태평은 건물을 소유할 수 있었고 서우는 그 건물 꼭대기 층을 통째로 쓰며 작은 세상 안에 갇혀 숨어 지낼 수 있었다.

그 같은 견고한 둥지를 깨고 성큼 안으로 진입한 이가 강준후였다.

오늘 이 조용한 갤러리에서 만나기로 한 분의 소중한 아들이기도 하고.

이곳 윤 여사님의 갤러리에서는 내일부터 사라진 천재 지민화의 8폭 궁모란도가 한 달간 전시될 예정이다.

그런 이유로 준비 중인 오늘은 갤러리에 아무도 보이지 않았다.

아마도 강준후의 모친께서 지서우가 궁모란도를 그린 이라고 하니 특별히 이 공간에서 보자고 하신 듯했다.

오기 전 윤 여사님께 연락을 드렸지만 여사님은 개인적인 약속으로 만나기 어렵다고 하셨다.

아쉬웠지만 전시된 병풍을 보니 감사하기 그지없었다.

다른 작품은 일체 배제하고 갤러리 안은 오직 8폭 궁모란도만, 이 작품 하나만을 위한 완벽한 공간이었다. 너무 화려하지도 그렇다고 초라하지도 않은 기획과 의도는 마치 윤 여사님의 성정과도 닮아 있었다.

순간 그런 바람을 가졌다.

강준후의 모친께서 윤 여사님과 같은 분이시라면 좋겠다는, 그런 솔직한 바람을.

물론 두 분이 많이 다르지 않을 수도 있고, 두 분 모두 신내림을 받은 이의 손녀를 아들의 여자로 만났을 때 이제까지와는 전혀 다른 성정과 인격을 보일 수 있었다. 그건 예전에 이미 충분히, 절절하게 경험했기에…….

서우는 떨리는 두 손을 꼭 붙잡고 눈앞의 모란도를 응시했다.

화려함을 기본에 기품과 함께 보는 이의 기분까지 섬세하게 위로하며 차분하게 해 주는 모란은 어느 시절 반이랑 여사를 닮아 있었다.

그 같은 매혹적인 모란을 받쳐 주는 태호석은 세월과 시련에 휘고 굴곡졌지만 돌의 모습이 독특할수록 귀하게 여겨지는 특유의 평가처럼 지금껏 당신의 자리를 지키시는 할아버지를 닮아 보였다.

서우는 그들을 보듯 모란도를 보며 말했다.

"할머니, 할아버지 지켜봐 주세요. 두 분의 손녀로서 당당할 거예요. 결코 위축되거나 주눅 들지 않고 두 분께 받은 사랑이 바라지 않게 솔직할게요, 저."

"당연히 그래야지. 이렇게 대단한 그림을 그리는 작가를 세상에 내놓으신 분들인데."

톤이 높지 않으면서도 호방한 기운을 품은 익숙한 목소리에 고개를 돌렸다. 그러자 오늘 약속이 있다고 하셨던 윤 여사님이 옆에 와 계셨다.

"여긴 어떻게……. 오늘 약속 있다고 하셨잖아요?"

"있지. 우리 아들이 열렬히 사랑하는 여자와의 첫 대면."

"……."

"그래서 지금 이렇게 만났고 있는데? 지서우 양을."

서우는 놀란 맘에 저절로 한 걸음 물러났다. 그 모습을 보며 윤 여사님은 고개를 저으셨다.

"놀라게 한 건 아는데 경기일 것 같은 표정으로 그런 제스처까지 하면 어디선가 우리 둘을 보고 있을 매의 눈 강준후가 나중에 날 얼마나 괴롭히겠어? 그러니까 긴장할 것 없어, 서우야."

처음이었다. 그동안 적지 않은 만남과 전화 통화를 나눴지만 지금처럼 서우야, 하면서 불리고 불러 준 건.

윤 여사님은, 강준후의 모친인 윤정미 여사는 주춤하는 서우의 한 손을 잡고 두 사람 앞에 있는 궁모란도로 시선을 돌렸다.

"난 말이야 서우가 내게 궁모란도를 맡아 달라고 했을 때… 아, 이게 바로 운명이라는 거구나, 하고 느꼈어."

운명? 그토록 지독하게 따라붙어 벗어나고 싶었던 두 글자, 운명.

"그래, 운명. 그날 우리가 아트페어 전에서 잠깐 시선이 스친 것도, 다음 날 내가 그곳에 간 것도, 또 서우 역시 발걸음을 해 내 도움 요청을 거절 않고 받아들인 것도 다 우리 인연이지 싶어."

"……"

"물론 난 서우 양이 궁금해서 다가갔었어. 전날 내 아들이 한 여자를 보는 시선이 너무도 남다르고, 사람들 많은 곳을 싫어하는 하지원이 앞장서 구경시키고 데리고 다니는 아가씨가 궁금했거든. 그렇다 해도 그다음 날 서우가 그 장소에 없었다면 우린 이렇게 좋은 인연을 이어 갈 수 없지 않았을까? 그러니 인연을 넘어 운명이라는 거야."

윤 여사님은 고개를 돌려 서우를 보며 잡고 있던 손을 더 꼭 쥐었다.
"내 며느리와 나는."
"……!"
여직까지도 긴장 상태인 서우의 손을 윤 여사님은 당신의 두 손으로 감싸며 어루만져 주셨다.
"우리 둘째 며느리는 긴장하면 손이 차가워지는구나. 괜찮아. 내가 따뜻하니까 서우가 이렇게 차가울 때는 지금처럼 내 온기를 전해 주면 되니까. 그러니까 서우야, 걱정하지 마."

서우야, 걱정하지 마. 그 소리에 아무런 말도 못 하고, 아무런 힘도 없을 것 같은 걱정과 위로에 긴장 상태였던 마음이 무너지듯 주저앉았다.

거친 바람에 대항하던 견고한 돌담이 와르르 와해되는 듯했다.

그 같은 마음은 안도이면서도 아직은 실감할 수 없지만 그렇다 해도 역시나 희망이었다.

"네 조건과 상황, 가족들의 특별한 이력도 이렇게 우리 서로가 손 놓지 않고 그때그때 상의하고 의논하면 되는 거야. 그리고 나도 그렇고 우리 막내, 또 서우가 아는 지원이도 조금씩 남다른 기운을 안고 살고 있어. 물론 반이랑 보살님과는 층위가 다르지만, 그렇다 해도 우리도 일상에서 남들과는 다른 그 무엇을 느껴. 이렇게 서우를 단번에 알아보고 내가 먼저 인연을 만든 것처럼."

 여사님은 갤러리 한쪽, 테이블과 의자가 있는 공간으로 이끌었다. 이끌려 가면서도 서우는 이 순간이 마치 마법처럼 느껴졌다.

 서로를 상처 입히는 언사와 언어 없이 대화를 하고 이렇게 마주 보고 있다는 게, 강준후의 모친인 윤 여사님과 담소를 나눌 수 있다는 게 신기하면서 믿어지지 않았다.

 "반이랑 보살님, 일전에 찾아가 뵀어."

 서우는 다시금 긴장을 했다. 사람이란 게 그랬다.

 듣는 것과 보는 것. 이해를 한다고 하지만 직접 만나 일반인과 전혀 다른 모습을 한 타인을 보면 다들 두려워하고 경외심이 아닌 날 선 경계심을 갖게 된다. 그건 서우도 마찬가지였다.

 처음 신내림을 받은 반이랑 여사를 본 후 담담했지만 그곳을 나와 집으로 돌아왔을 땐 며칠을 울었다. 인정하고 받아들이기엔 너무도 힘들고 아팠기에.

 가족도 이런데 사돈이란 기막힌 이름으로 대면을 했다면…….

 "보살님께서 딱 한 말씀 하시더라."

 "……."

 "너희 둘, 아주 잘 살 거라고. 평생 무탈하게."

 그 소리에, 할머니께서 당신의 모든 걸 내놓고 지키신 그 약속과 다짐에 서우는 울음을 터트렸다.

서러웠다, 반이랑 여사의 모진 운명이. 안타까웠다, 할머니의 속 깊은, 헤아릴 수 없는 사랑이. 또한 감사했다, 사랑하는 가족의 끝없는 희생과 추정할 수조차 없는 뼈아픈 인내가.

가족이라는 이름의 무게 그 이면과, 저변의 그늘과 양지 전부가 서우를 울게 만들었다.

사랑으로 모든 게 해결되지 않는 독한 세상이란 건, 익히 알고 있었다.

학습하지 않아도 그건 살면서 자연스럽게 터득했다. 그럼에도 불구하고 믿고 의지하며 기대고 만지며 차곡차곡 쌓이는 건 사랑뿐이었다.

눈에 보이지 않아 더 곪아 가는 내상으로 아프고 상처 입은 사람을 울고 웃으며 반응하고 행복하게 하는 건, 혹독한 순간과 지난한 삶을 견디고 살게 만드는 건 역시나 사랑뿐.

아주 많은 이유와 감정, 단어 중에서도 사랑이 가장 힘이 셌다.

앞으로는 그 힘이 센 단어를 지금보다 더 믿고 따르게 될 것 같았다.

운명이란 건 모르지만 이렇게 가까이 있는 사랑은 알기에.

그 누구보다 많이 받고 많이 쌓여 두렵지 않았다.

열린 창으로 따뜻한 바람이 불어왔다.

잔잔하게 날리는 커튼 사이로 낯설지 않은 호수의 전경이 눈에 들어왔다.

잠에서 깬 후 시트로 몸을 감싼 서우는 한동안 계속 이런 상태였다.

침대에 엎드려 씻지도 않은 얼굴을 한 손으로 괴고 눈에 들어찬 전경과 제각각의 톤이 다른 알 수 없는 소리들. 봄만큼이나 향이 깊어진 꽃과 나무의 이중주에 몸과 마음이 나른하면서도 평화로웠다.

여행을 가자고, 다른 연인들처럼 주말 여행을 제안한 준후에게 일전에 가지 못한 통도사를 추천했다.

실로 오랜만에 간 통도사는 푸른 녹음에 갇힌 신록 그 자체의 거대한 산사였다.

어느 시인의 언어와 시어에 등장하는 외딴 절처럼 고독을 벗 삼아 고즈넉하지는 않지만 이력이 남다른 민화를 품고 있기에 그 이유만으로도 사랑과 관심을 받을 수 있었다.

관광객 중에 가장 첫 번째로 통도사 마당에 발을 들이고 봄에 보지 못한 홍매화 앞에서 강제로 사진도 찍혔다.

전각을 둘러보고 그 증거를 남긴다는 이유로 또다시 사진 촬영 압박을 당해야 했다. 강준후 사진사에게.

통도사의 색 바랜 모습이 안타까우면서도 어느 시대의 애시한 색을 그대로 간직하고 있어 신기하고 신통하기도 했다.

기대와 감상을 배신하지 않은 통도사 투어를 마치고 어젯밤에 경주로 넘어왔다.

 숙소는 H호텔이었다. 호수 전경과 그 전경 속 전사이기보다 전령처럼 나타났던 어떤 남자로 인해, 두 사람의 마음과 몸이 닿고 물들었던 곳이기에 다른 숙소란 생각할 수 없었다.

 이 아침 준후는 보이지 않았지만 놀라거나 당혹스럽지 않았다.

 이렇게, 이런 모습으로 있으면 이곳으로 온다는 걸 알기에 걱정하지 않았다.

 어쩌면 이 순간을 즐기라고 준 선물 같기도 했다. 마음 씀씀이 좋으신 강준후 본부장님께서.

 아직 두 사람 인생에 대해 어느 것도 결정짓거나 확정하지 않았다.

 어른들은 올해 안에 결혼을 하라고 하시지만 본가에 인사를 드리고 언젠가는 결혼을 한다는 걸 운명처럼 알고 있는 준후는 결혼이란 형식을 앞당겨 거론하지도 예약하지도 않았다.

 그 모든 게 배려라는 걸 안다.

 그간 작은 둥지 속에서 세상과 다른 경계 밖의 삶을 살았던 그녀에게 다양한 경험과 조금 더 편하게 작업을 할 수 있는 기회와 여건, 시간을 주고 있다는 걸.

 이 모든 게 강준후란 남자의 마음이고 사랑이라는 것도.

 순간 호수 위를 그림자가 긴 바람이 머물다 지나가는지 솔솔한 바람이 불어왔다.

한 손으로 얼굴을 받치고 있던 서우는 눈을 감고 청량한 바람을 느꼈다. 몸 전부가 아니라서 감질나기는 하지만 아쉬워서, 여운이 남아 나쁘지 않았다.

앞으로는 이런 그림을, 이렇게 여운이 있는 민화를 그리는 것도 나쁘지 않을 것 같았다.

여운은 감상하는 이의 몫으로 남기고 그 여백에 주인의 이야기를 담는 것도 완성된 민화일 수 있다 생각했다.

애초 민화는 그린 이의 마음이 보는 이의 마음으로 전해지는, 보는 그림이 아닌 읽는 그림이기에 무리는 없을 듯하고.

"무슨 생각을 하느라 들어오는 것도 모르시나? 우리 지 강사님은."

그 소리에 상념에서 깬 서우는 방향을 바꿔 움직이려 했다. 그러자 준후는 그대로 있으라는 말과 함께 그녀 옆으로 와 엎드렸다. 이내 날씬하면서도 긴 사이즈의 검은 상자를 내밀었다.

"뭐예요?"

"궁금하면 열어 봐."

"……."

"열어 보기 전에 말하고 싶은 건."

왠지 고백이기보다 강압이자 압박과도 같은 미묘한 톤이었다.

"내 맘이 이 정도라는 거야. 이 엄청나고 대단한 걸, 상상 못

할 정도로 무거운 걸 단숨에 들고 올 정도로 지 강사님한테 절실하고 애틋하다는 것만 알아줘."

서우는 무슨 소린가 싶어 상자를 쳐다봤다. 이게 그렇게나 무거운 건가 싶었다. 상자에 손을 뻗는 순간,

"답례로 결혼 날짜를 정해 주면 난 절대 반대하지 않을 거야. 더는 무언가를 바라지도 않을 거고."

"도대체 이 안에 있는 게 뭐길래 그런 소리를 하는 거예요?"

준후의 거창한 바람에 작은 상자 안의 내용물이 더더욱 궁금해졌다.

"약속해."

"뭘요?"

"내 사랑의 엄청난 무게도 그렇고 깊이와 밀도에 감동하면 가을에 결혼하기로."

아무래도 그냥 넘어갈 일이 아닌 듯해 서우는 섣불리 약속하지 않았다.

"보고 결정할래요."

그 소리에 강준후는 야무지게 노려봤다. 그 같은 짜릿한 시선을 모른 체하고 떨리는 마음으로 상자를 열었다.

"……!"

순간 서우는 기분 좋은 웃음을 터트렸다.

똑같은 모양을 한 깜찍한 아이는 세 가지 색깔로 나란히 줄을 서고 있었다.

무게도 그렇고 가치가 어마어마한 국보, 첨성대였다.

서우는 이렇게 가까이서 첨성대를 본 건 처음이었다.

사진이나 기억에서는 본 듯한데 지금은 기억이, 그 시간이 언제인지 장담할 수 없었다.

"근데 이 귀여운 미니어처는 도대체······."

말이 끝나기도 전에 작고 앙증맞은 첨성대가 입 안으로 들어왔다.

마치 경주가, 사랑꾼이었던 신라인의 모든 이야기가 그녀 안으로 스며드는 듯했다. 그만큼 초콜릿은 달콤하니 맛있었다.

"이제 알겠어? 당신 연인의 어마어마한 사랑의 깊이와 밀도를?"

도저히 반박할 수가 없는 절절한 사랑 고백이었다.

천년이라는 시대와 나라를 고스란히 선물하는 역사적인 사랑이라니······.

어떻게 이 엄청난 사랑을 거부하고 거절할 수 있겠어요? 슈트 천재 강준후 씨.

"지서우······."

서우는 재촉하며 안달하는 준후를 보면서 입 안에 남아 있는 초콜릿을 녹여 먹었다. 그런 다음 결코 서두르지 않으면서 느긋하게 엎드린 채로, 시트로 알몸을 감싼 채로 말했다.

"이번 가을······."

"……."

"우리 결혼할까요? 강준… 읍!"

후를 마저 하지 못하고 입술이, 호흡이 숨차졌다. 결혼 제안을 하는 순간까지도 장난스럽게 한쪽 팔로 얼굴을 괴고 있던 서우는 천천히 침대 위로 눕혀졌다.

어젯밤과 오늘 새벽과는 또 다른 키스였다.

밤보다는 낮에, 낮보다는 아침에 어울리는 부드럽고 감미로운, 초콜릿을 닮은 키스.

다급하지도 그렇다고 느긋하지도 않은 속도로 옷을 벗는 준후를 보면서 서우는 아주 잠깐 열린 창문으로 한눈을 팔았다.

약간의 우려와 걱정이 들었다. 이렇게 창문을 열고 사랑을 해도 되는 건가 싶어서.

아무래도 안 될 것 같았다. 어젯밤의 폭죽 같은 야한 사랑이 떠올라 자신이 없었다.

"준후 씨, 우리 창문……."

"걱정하지 마."

"……."

"이 공간 이 아침을 몹시도 사랑하는지 강사님 배려해서 부드럽게, 당신 미소처럼 안을 거야."

부드러운 시작은 부끄럽게도 가슴부터 시작됐다.

준후는 소담한 가슴을 초콜릿으로 착각했는지 천천히, 음미하듯 섬세하게 빨아 삼켰다.

서우도 준후와 똑같이 입맛을 다시며 입 안에 남은 달콤한 초콜릿을 혀로 남김없이 훑었다.

약속을 지키려 하는 건 충분히 알겠는데 부드러운 시작은 점차 밑으로 밑으로 내려가, 결국엔 새하얀 몸이 활시위처럼 동그랗게 휘어졌다.

활시위를 잡듯 가는 허리를 단단히 잡은 준후는 그 자신이 강고한 활이 돼 단숨에 꿰뚫었다.

결코 부드럽지 않은 시작이, 행로가 돼 버렸다.

활시위를 끝까지 당기듯, 서우의 몸은 점점 더 팽팽하게 당겨졌다.

과녁을 노리듯 정중앙만을 집요하게 공략하고 공격하는 노련한 궁사로 인해 서우는 점점 휘어지는 몸과 함께 조여들고 죄어지는 내벽의 긴장을 풀지 않았다. 그로 인해 준후는 신음과 함께 억눌린 탄성을 지르며 더 깊게 날카롭게 허리를 쳐올렸다.

그 모습이 마치 활의 달인이자 엘프 레골라스 같아 서우는 시선은 물론 몸의 기운을 빼지 않으면서 준후를 끝없이 달아오르고 한없이 내달리게 조율하고 조정했다.

"…서…우야……."

비음 섞은 음성, 선처를 바라는 듯한 갈급한 전사의 호흡이 서우를 더 간교하고 간악하게 만든다는 걸 준후는 알지 못하는 듯했다.

이 아침 조용한 풍광을 산란하게 만든 건강한 연인의 죄를 물어 서우는 조금 더 빠듯하고 팽팽하게 안 그래도 좁은 올무를 조여 갔다.

"……!"

그 결과 쾌감과 희열을 느끼는 건 서우가 아닌 준후여야 했다.

지금껏 이 남자에게 받은 사랑과 고마움 전부는 아닐지라도 이 순간이 두 사람의 시작이라는 건 알리고 싶었다.

정교한 쪼임과 탄력적인 당김은 그 시작을 위한 반가운 손짓이자 인사였다.

인사이면서 반항인 게 분명한 반격에 준후의 눈빛이 요기롭게 반짝이더니 두 사람의 소멸을 소명으로 삼은 듯, 허리 짓은 위태로울 정도로 가빠지고 빨라졌다.

어느 순간 숨죽인 비명과 각혈 같은 신음이 한 점에서 만나 동일하게 부서져 내렸다.

이 아침 서우는 까만 밤과 반짝이는 별을 목도한 후 기진맥진한 채로 눈을 감았다.

자잘하게 떨리는 눈꺼풀 사이로 못내 만족을 모르는 불후의 연인이 보였지만 그 모든 게 나른한 꿈같기만 했다. 어느 순간 축가처럼 호숫가 표면을 시작으로 창 안으로 불어오는 바람은 좋아하는 녹턴 선율처럼 한없이, 더없이 감미로웠다.

이 아침 열렬한 연인들의 시작과 대화는 대체적으로 그런 것인가 싶었다.

"나 첨성대 선물한 연인이야."

"……."

"…러니까… 이대로 잠들면 안 돼. 지서우, 눈 좀 떠 봐."

스르르 잠이 드는 순간, 너무도 애달픈 호명과 그럴듯한 명분에 서우는 웃음이 났다. 자면서도 웃음이 났다.

행복한 웃음이.

에 필 로 그

태평은 보살님을 기본 이하에 영험함이라고는 1할도 느낄 수 없었다며 혹독한 평을 했다.

'나보고 살 빼란다, 살! 난 맨 처음에 무슨 살이 들었다는 줄 알았다니까. 아니, 그게 영험하다는 보살님이 할 소리야? 왜 돗자리 대신 매트 깔고 헬스트레이너를 하시지? 그러면서 난 살을 빼야 여자가 생긴다나 뭐라나. 살집 있는 남자는 연애도 못해? 아! 네 카메라 렌즈 안에 여자가 있다고 렌즈를 잘 닦고 보라는데 내가 늘 말한 것처럼 이 렌즈에 잡히는 건 극한직업이란 타이틀답게 거칠고 투박한 남자들뿐인데 대체 이 렌즈 어디에 내 짝이 있다는 건지.'

온갖 투정에 비난과 비평을 하던 태평은 제가 들고 있던 렌즈를 멀찌감치 보며 후후 불었다. 그러곤 먼지 하나 없이 광이 날 정도로 닦아 댔다.

 태평과 반이랑 보살님은 그들 식으로, 그들만이 하는 대화법으로 화해를 하고 서로의 삶과 방식을 인정했다.

 인간의 힘으로 어쩔 수 없는 일이라면 조금 덜 아프고 덜 슬픈 각자의 방식으로.

 강준후가 언제 보살님을 만났는지 알 수 없다. 하지만 어느 날,

'영험하시던데. 딱 한 말씀 하셨어. 난 평생 지서우 뒤를 따라다닐 운명이라고.'

 좋은 말씀인지 아님 한 번쯤 되짚어 봐야 하는 말씀인지 고민할 새도 없이 준후는,

'대단하시지? 마치 현재 우리 모습을 보신 것처럼 말씀하시잖아? 안 그래? 반성 좀 해, 지서우.'

 강준후가 서우 뒤에 있는 건 틀린 말이 아니었다.

 장시간 숨도 쉬지 않고 선을 치거나 채색을 하다 간신히 허리를 펴 뒤돌아보면 그곳엔 항상 사랑하는 남자가 따뜻한 미소를 하고 기다리고 있었다.

준후는 한 번도 작업하는 이에게 투정이나 싫은 내색을 하지 않았다. 그러면서 말했다.

'난 지서우가 자신만의 세계에 빠져 민화를 그릴 때가 가장 섹시해. 그것만 봐도 당신과 난 천생연분이야. 안 그래?'

이처럼 말도 안 되는 말을 그윽한 눈으로 하던 준후는 30분 전에 출장을 갔다.
결혼 전, 마지막 출장이라며 준후는 이곳 서우의 공간이자 작업실에서 출발했다.
밤새 노골적인 춘화도 속 한국 남자와 일본 남자 버전을 연이어 보여 주며 굳이 시현까지 하던 남자는 총천연색 춘화도 도록 한 권을 만들 심산인지 지치지도 않고 지나쳤다.
그러면서도 먼저 일어나 자신만의 레시피로 아침 준비를 한 것도 준후였다. 그런 그를 보며 일찍이 윤정미 여사님은 말씀하셨다.

'난 둘째 전생을 알 것 같아. 네 약혼자 전생에 도둑놈 아니었을까 싶어. 늦게 배운 도둑이 날 새는 줄 모른다더니 그토록 젠틀하던 애가 왜 맨날 밤이슬 맞고 다닌다니? 그냥 같이 살다 결혼을 하든가. 안 그래? 서우야.'

윤정미 여사님의 그 말씀 이후 강준후는 이 공간에서 지냈다.

그 같은 노골적인 행동에 민망해하지 말라고 해도 늘 똑같은 말만 했다.

'이게 다 윤정미 여사의 계략인 거야. 우리 윤 여사님 당신 작가들을 얼마나 끔찍이 아끼신다고. 특히나 지민화라 하면 아주……. 그러니까 잘 모르시는 지서우 양은 지금처럼 내 품에 있는 게 시어른께 사랑받는 방법이야.'

알쏭달쏭한 말을 하던 남자와의 결혼이 2주 앞으로 다가왔다.

아직 반이랑 여사님께는 다녀오지 못했다.

태평도 준후도 다녀온 그 길을 서우는 엄두가 나지 않았다.

그 순간 핸드폰 문자 메시지가 울렸다. 버튼을 누르니,

[서재 방 데스크 위 상자 열어 봐. 난 조심해 다녀올 테니 당신은 지금과 똑같은 킬로수 유지하고 이틀 후에 봐. 사랑해, 지서우.]

가끔 바림 문 앞에서의 첫인상을 왜곡시키며 혼란스럽게 하는 준후인데 이럴 때는 그때와 다르지 않았다.

매너 있으면서도 분명하고, 정중하면서도 로맨틱했다.

너무 달콤하고 달달하기만 하면 낯설 것 같은데 준후는 그 아슬아슬하게 경계를 그답게 지켰다. 딱 이 정도로.

서우는 거실을 가로질러 서재 방으로 갔다.

준후가 들어온 뒤로는 주로 준후만의 공간으로 사용됐다.

이제 이 공간에 들어오면 준후의 모습과 흔적이 곳곳에서 묻어났다.

깔끔한 남자 특유의 코롱 냄새도 나고 무엇보다 그가 자주 꺼내 보는 책들 위주로 서열 정리가 돼 있었다. 이 또한 좋았다. 자기 색이 분명한 남자인 듯해서.

깔끔하게 정리된 데스크 위에는 작지 않은 선물 상자가 보였다. 반지나 목걸이로 추정할 만한 사이즈가 아니었다.

"프러포즈 선물인 줄 알았는데? 아니었나?"

의자에 앉은 서우는 다소곳이 기다리고 있는 선물 상자를 열었다.

"······!"

화조도였다. 드물게 세트 개념으로 그렸던 화접도와 함께 어느 밤 강탈당했던, 그리고 어느 봄날 윤정미 여사가 감정과 함께 평을 해 달라며 잠시 곁에 머물다 다시 떠나보낸 그 그림.

새를 좋아하지 않는 반이랑 여사는 이 그림 속 한 쌍의 원앙은 무척이나 좋아하셨더랬다.

마치 당신들 같다고, 촌스러우면서도 다정한 모습이. 섬세한 바림으로 인해 살아 있는 듯한 모란은 당신들의 사랑스런 손녀이자 천방지축 지민화라며 거실에 걸어 두고두고 보시던 그 화조도.

 명치끝이 민트 사탕을 먹은 듯 화했다. 알 수 없는 기포가 뽀르르 차오르는 듯도 하고.

 서우는 그 같은 화학반응을 무시하고 그림 옆에 놓인 메모지를 펴 읽었다.

지서우 강사님,
강준후와 이 화조도 속 원앙처럼 서로만을 바라보며 사랑하는 건 어떨까?
물론 우린 행복할 거야, 서우야.
나와 결혼해 줄래?

PS. 이 화조도를 당신 품에 안기기 위해 당신 남자는 누군가와 평생 계약을 맺었어!

 행복은 물론 고마움과 감사함에 서우는 울음을 터트렸다.
 이 남자의 사랑은 이렇게 늘 짐작되지 않을 만큼이었다. 늘 예상을 빗나가면서도 지서우 가슴을 정중앙으로 통과하는 정확성을 자랑했다.
 그런 생각을 했다. 준후가 자신에게 시간을 주는 거라고.
 꼭 만나야 하지만 아직까지 만나지 않고 있는 이를 만나라고 이렇게 강준후식 뜨거운 응원을 하고 있다고.

그가 없는 동안 반이랑 보살님을 만나 충분한 시간을 가지라고. 꼭 그래야만 한다고.
　가야 한다는 걸 알면서도 가지 못한 이유는 하나였다.
　당신의 희생으로 이렇게 행복해도 되는 건지. 이렇게 죄스러운데 당신을 보고 웃을 자신이, 용기가 없었다. 반이랑 보살님이 누구보다 행복해하며 축복해 줄 것을 알면서도 당신의 희생을 전제로 한 이 행복을 함께 목도할 자신이 없었다. 그렇다 해도 이제는 가야 한다는 걸 안다.
　고마운 이에게, 감사한 분께, 미치도록 사랑하는 가족에게 인사를 드려야 하기에.
　이 화조도 속 원앙처럼 살 테니 당신도 당신 방식으로 이 생과 삶을 함께하자고…….
　서우가 여전히 눈물범벅일 때 핸드폰이 울렸다.
　눈물을 훔치고 품 안에 화조도를 안고 거실로 나온 서우는 전화를 받았다.
　"네, 지원……."
　-서우야! 서우…야! 나, 나 말이야…….

외전 1. 지원의 변명

"아가, 알바 하나 안 하련?"

"이 나이에 무슨 알바를 해요? 알바몬이나 알바천국 같은 구직 사이트를 만들면 모를까? 왜, 하나 차리시게요?"

"그건 아니고 내 아는 지인이 한 명 있는데……."

"할아버지가 지인이 어디 있다고? 다 적 아니면 철천지원수. 좀 인간적이다 싶으면 금전적 사업적 파트너뿐이지."

"나도 친구 있고 지인도 있어. 다들 저세상으로 떠나 그러지, 꽤 있었어."

"그래서요? 있다고 치고?"

"내가 잘 아는 지인한테 손녀가 있는데 네가 그 아일 좀……."

"데리고 있으라고요? 할아버지, 제가 일찍이 조실부모하고 고아원에서 커서 성향이나 성격이 좀 남다르면서 유별난 거 아시죠? 그럼에도 불구하고 제가 대인배스럽기는 하지만 그렇다고 아무나 옆에 두고 그러는 사람 아니에요. 아시잖아요?"

"알지. 내 손녀를 내가 알지 누가 알겠어? 그래도 난 네가 그 아이를 좀 돌봐줬으면 하는데."

지원은 데스크 위, 총 다섯 개의 모니터를 보며 오늘의 주식 시황을 확인하고 있던 참이었다. 한데 어느 틈엔가 곁으로 와 알바 타령을 하는 나이 든 할아버지를 보자니 무시할 수 없었다.

아무래도 오늘은 이쯤에서 손을 놓아야 할 것 같았다.

지원은 그 전에 문자를 이용해 매도할 물건을 담당자들에게 보냈다. 깔끔하게 마무리한 지원은 옆에서 눈치를 보는 할아버지에게 의자 하나를 건넸다.

"앉으세요."

"고맙구나."

"당연히 고마우셔야지요. 저 지금 할아버지 때문에 수십억 손해 볼 수도 있어요. 자, 그럼 이제 말 돌리지 말고 말씀해 보세요. 진짜 하시고 싶으신 이야기가 뭔지?"

할아버지는 사진 한 장을 내밀었다. 언뜻 보니 웬 남자아이였다. 시큰둥한 지원에게 할아버지는 한번 잘 보라는 듯 눈짓을 하셨다.

"저 유부녀인 건 아시죠? 그리고 이 정도면 제겐 너무 어려서 애인 삼기도 그렇고 입양이라면 더더욱……!"

지원은 사진 속 소년 같은 아가씨를 보다 잠시 멍했다.

완전히 닮은 건 아닌데 어딘가 모르게 닮은 구석이 있었다. 8년 전 잃은 딸아이와.

일찍 결혼을 하고도 아이가 생기지 않아 애를 쓰다 기적처럼 생긴 아이를 사고로 잃었다. 생명보다 소중한 딸아이를.

천애 고아인 줄 알고 고아원에서 자란 지원에게 아이는, 핏줄은 삶 전부였다.

사랑하는 남자와 운명처럼 만나 만남과 헤어짐을 반복하다 어렵게 결실을 맺은 아이이기에 지하는 두 사람의 삶의 원천이자 전부였다.

그 삶의 전부를 잃고도 이렇게 살고 있었다.

딸아이 사고가 나기 1년 전 손녀를 찾아 나선, 아직까지도 성이 다른 지하 세계의 수장인 할아버지와 간간이 농담도 하고 장난도 치면서 이렇게, 이 정도의 이성적이고 인간적인 모습으로…….

"많이 닮았지? 지하랑."

지원은 대답을 하지 않고 사진 속, 소년인 게 분명해 보이다가도 좀 더 자세히 보면 유독 가는 선과 쌍꺼풀 없이도 길고 큰 눈, 반짝이는 눈빛과 윤이 나는 커트머리로 인해 착각을 불러일으키는 기묘한 청춘을 시큰둥하게 바라봤다.

그 시큰둥 뒤에는 어쩔 수 없는 시선이, 집요하다 싶을 정도의 호기심이 따라붙었다.

"이 아이 할머니가 반이랑 보살이야."

"……!"

"교통사고가 있었다는구나. 그래서 지금은 이렇다고 하고."

할아버지는 또 다른 사진 한 장을 내미셨다. 사진 속 여자는 이뻤다.

이쁘면서도 단아했다. 눈, 코, 입, 전부 다 모나지 않고 크지도 않게 반듯했다. 한데 어딘가 모르게 생기가, 삶을 빛나게 하는 여러 초미립자가 느껴지지 않았다.

건조한 시선에는 도무지 표정이 없어 감정을 읽어 내기 어려운 포커페이스였다.

이전 보이시한 사진엔 생기와 활력이 펄펄 넘치더니만…….

"너만치 이쁘긴 한데 너만큼이나 생기가 없지?"

"무슨 말씀이세요? 저 생기, 활력, 에너지, 뭐 이런 거 무료로 대여할 정도로 차고 넘치는데."

"그렇다 치고. 하여간 네가 내 대신 돌봐 줘."

"보모도 아니고 다 큰 성인을 제가 왜 돌봐요?"

말은 그렇게 하면서도 지원은 서우의 생기 잃은 표정을 예의 주시했다. 쳐다보고 있자니 왠지 안쓰러운 기분이 들었다. 현재의 모습도 묘하게 이목을 끌고 시선을 집중시키지만 그 같은 끌림은 일종의 마이너한 그루브 같은 거였다.

깊고 짙은 속내와 함께 슬픔을 내포하며 낮게 읊조리는 듯한 서정적인 정서.

"솔깃한 얘기를 하나 하자면 지원이 네가 호시탐탐, 아니 노골적으로 노리는 민화 세 점, 전부 이 아이 작품이야."

"……!"

그 소리에 지원은 할아버지를 쳐다봤다.

"맞아. 그 아이가 지민화야. 너야 요사이 민화에 관심을 가진 터라 잘 모를 수도 있지만 그 아이 한때는 존재 자체가 네가 좋아하는 검은 피카소 바스키아만큼 귀한 아이였어. 물론 말도 탈도 많기도 했고."

그랬다. 듣기론 지민화는 팝아트 계열의 천재적인 구상화가 바스키아만큼 젊은 나이에 재주도 많으면서 모든 논란의 중심에 서 있는 이였다. 그리는 그림과 사이즈에 따라 수억에서 수십억을 호가하는, 민화계에서는 입지전적이면서 신화적이기까지 한 인물.

"얼굴도 그렇고 개명을 해서 세상에서 잊힌 듯 있지만 그 아이가 다시 민화를 그리면 그때는 또다시……."

할아버지는 무슨 속내인지 더는 말씀을 하지 않고 조금은 달라진 표정으로 말씀하셨다.

"다음 주에 할비 건물 건너편 건물에 민화 강습소를 연다고 하더라. 반이랑 보살님이."

민화 강습소. 지민화가 자신의 그림이 아닌 가르치기만 한다? 신분을 감쪽같이 감추고?

아, 이거 왠지 구미가 당기기는 하는데…….

"한번 가 봐. 정 싫으면 할 수 없지만 한번 만나 보기나 하라고. 네가 직접."

지원은 대답은 않고 눈앞에 놓인 두 개의 사진 속 인물을 동시에 바라봤다.

실물로 본 지서우는 지하의 얼굴을 언뜻언뜻, 순간순간 미묘하게 보여 주었다.

기본적으로는 성형을 했고 자세히 보면 다르긴 한데 그렇다고 이전과 확연히 다른 얼굴이 아니기에 이전의 흔적은 많이 남아 있었다.

특히나 저 조심스런 미소는 지하를 더욱더 떠올리게 했다.

멍한 시선으로 창밖을 응시할 때는 보는 지원조차 가슴이 서늘하고 시렸다.

쉽게 감정이입을 하는 스타일이 아닌데도 어딘가 아려 왔다. 이유도 모른 채.

마치 이 안에 홀로 갇힌 듯한 게 다행이면서도 역시나 불행해 보였다.

그 모든 것들이 지원을 흔들고 충동하며 선동했다.

"그러셨구나. 전 어떻게 이렇게 빨리 찾아오셨나 했더니 블로그를 보신 거군요."

바림은 토털 창에 민화를 치면 열세 번째 순으로 뜨는 블로그였다.

이제 막 등업한, 시선 끌기에는 미비하면서 많이 부족하고 허술한, 심플하기 그지없는 블로그. 아무래도 대대적인 광고는 하지 않을 듯했다. 자신의 성향처럼.

"근데……."

지서우의 표정이 묘하게 굳어지다 이내 조금씩, 실타래가 풀리듯 그렇게 연하게 웃었다.

그 순간 지하는 이곳에, 이 안에 있었다.

저 하늘이 아닌 바림에, 저 불편한 가면을 쓴 지서우 안에 분명히 살아 있는 듯했다.

"비가 오네요. 어쩌죠?"

"괜찮아요. 난, 비 좋아해요."

아, 그러시구나. 저도 비 좋아하는데. 그런 자잘한 반응을 하던 지서우는 다시 한번 지하의 미소를 하고 말했다.

"저기… 비도 오는데."

"……."

"잔치국수 드시러 가지 않으실래요?"

지하도 비 오는 날이면 국수를 해 달라고 졸랐었다. 아이 입맛이 그렇게나 어른스러웠었다. 세련미 철철 넘치는 외모와 다르게 촌스런 제 아빠 입맛을 닮아서.

"…바쁘시면 가지 않으셔도… 돼요. 저는 그냥 비가 오니까……."

 먼저 손을 내민 건, 매달린 건 지서우였다.

 비 오는 날은 국수라는 촌스런 등식과 핑계를 대며 이 자리를 떠나려는 지원을 이렇게나 끈질기고 애절하게 잡아 세운 건.

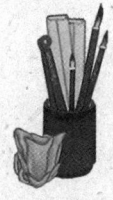

외전 2. 진동 벨 특급작전

 준후는 불만스런 표정으로 들어서는 남자와 달리 연한 미소를 한 채 자리에서 일어났다. 자리에 앉은 남자는 오늘도 부스스한 머리에 눈곱이 껴 충혈된 눈, 언더아머 기능성 골프 티셔츠에 그와 유사한 컬러의 등산복 바지 차림이었다.

 비율이 좋아 살을 조금만 뺀다면 분명 눈에 띄는, 이국적인 미남일 게 분명한데도 남자는 이 순간 피곤아, 제발 좀 가라. 더불어 너도! 하는 부담스런 눈빛으로 준후를 노려봤다.

 "왜 자꾸 사람을 불러내는 겁니까?"

 첫 인사말은 늘 똑같았다. 토씨 하나도 틀리지 않고 내뱉는 투정은.

 "저번에는 긴히 할 말이 있다면서 술만 마시지 않나, 일전에는 어딜 가자더니 결국 미식 투어를 하는 것도 아니면서 세끼 연달아 먹기만 하고."

김태평은 먹는 것에 유독 약한 모습을 보였다. 때때로 보이는 칼날 같은 눈빛도 음식 앞에서는 금세 순한 푸우가 돼 버리며 꿀을 탐하는 엽기적 식탐을 보였다.

"이렇게 보는 것도 다섯 번쨴가 여섯 번쨴데 이렇게 본들 서로가 상대에게 가진 악! 감정이 달라지는 것도 아니고 또 친해질 리도 만무한데 왜 자꾸……."

"누군가 지민화를 찾고 있습니다."

그 소리에 남자는 단박에 달라졌다. 전문가 특유의 서늘한 시선과 날카로운 측을 가진 베테랑 PD로.

"무슨 소린지 알아듣게 말해요."

준후는 대번에 달라진 톤으로 묻는 태평을 보며 말을 이었다.

"민화계에서 상당한 위치에 있는 이가 있어요. 학자 출신으로 민화 관련 이론가이면서 달변가로 정·재계로도 연이 닿아 있는."

"……."

"다음 달에 방한하는 네덜란드 왕비가 예술, 특히 동양화에 조예가 깊은데 그쪽에서 우리 쪽 외교 인사에게 말을 흘린 것 같아요. 유럽에서도 인정하고 알아주는 우리 민화, 그중에서도 사라진 지민화의 마지막 작품, 8폭 궁모란도를 보고 싶다고."

그 마지막 말에 태평의 표정은 티가 날 정도로 민감해졌다. 어두워지고.

"솔직히 말하면······."

준후는 운을 떼면서 태평에게 둔 시선을 접지 않고 말했다.

"그 작품이 누구에게 있는지 짐작은 하고 있어요."

바로 당신이라는 말 대신 준후는 태평을 집요할 정도로 응시했다.

김태평은 거짓말과 속임수에 능란한 이가 아니었다.

지서우가 그렇듯 자신만의 기율이나 가치관이 확고하면서도 아직 그 누구에게도 물들지 않아 순수하면서도 선량했다. 고로 지서우와 동량이었다.

그런 이유로 안심이 되는 사람이었다. 김태평은.

"지금은 그게 중요한 게 아니라 구동제가 서우를 찾아 제 이해득실을 논하면서 압박을 주기 전 우리 두 사람이 철저하게 준비하고 대비해야 한다는 겁니다."

"무슨 준비를 하고 대비를 한다는 겁니까? 그 작자가 언제, 어느 장소에서 서우에게 접근할 줄 알고······! 혹시, 그쪽이 그 작자한테 사람 붙였습니까?"

"그것도 있고 구동제도 바보가 아니니까 자신이 접근해도 아무 문제 없고 나중에라도 탈이 나지 않는 공적인 장소에서 만남을 시도하겠죠."

"그런 장소가 어딘데요?"

태평의 질문에 준후는 고개를 돌려 길 건너편을 가리켰다.

"아니, 그렇게 고갯짓만 하면 내가 어떻게 압니까? 말을 해야……!"

뭔가 눈치를 챈 태평이 길 건너 카페를 쳐다봤다. 지금 그들이 있는 카페는 김태평이 소유한 건물의 바로 맞은편 건물로 근래 생긴 커피 전문점이었다.

"그럼, 그 구 어쩌구 하는 작자가 서우 행동 패턴을 미리 알고 저기에서 만남을 시도한다, 이겁니까?"

"그럴 확률이 큽니다. 김태평 씨도 알다시피 지서우는 행동 반경이 좁아요. 동선도 그렇고. 그렇지만 그런 사람이 매일, 하루에 한 번 꼭 들르는 곳이 있어요. 바로 당신 건물 1층에 있는 단골 카페."

서우는 그곳에서 매일 아침을 해결했다. 간편한 클럽 샌드위치와 생과일. 또 절대 빠트리지 않는 샷 추가한 커피까지.

"그래서요? 그래서 어떡하겠다는 건데요? 뜸들이지 말고 얼른 말해 봐요."

"여왕이 방한 전까지 약 한 달간 김태평 씨와 우리 쪽 사람들이 매일 아침, 지서우가 들르기 한 시간 전후로 그 카페에 머물러 운영하면서 기다리는 겁니다. 물론 모든 비용은 내가 댈 테니까 김태평 씨는 그 카페 주인을 만나 설득해 줘요."

"무슨 설득이요?"

"아무에게도 말하지 말고 매일 아침 한 달간만 임대한다 생각하고 운명하게 해 달라고. 아니면 다른 곳에 카페를 차릴 생각인데 한번 경험 삼아 해 보고 싶다거나 하면서 그 공간에 대한 사용과 권리를 확인받아 줬으면 합니다. 단, 아무런 잡음이나 혼란, 소문이 나지 않게요."

알아본 결과, 김태평은 카페 주인과 사이가 나쁘지 않았다.

무엇보다 태평의 건물 매장 임대료는 주변 상가보다 15프로 이상 낮았다. 아직 한 번도 올려 받지 않은 상태고. 그런 건물주가 부탁을 한다면 거절할 이는 없다는 게, 아니 거절할 수 없다는 게 준후의 계산이고 판단이었다.

김태평은 지금까지의 이야기들을 제 안에서 다시금 복기하고 판단하는지 시선도 그렇고 모든 감각이 예리하면서도 차분했다.

"그다음은요? 우리가 카페를 접수하고 서우를 기다리다, 그 작자가 서우에게 접근한 다음은?"

"지서우의 모습과 존재를 확인하기 위해서라도 구동제는 기다릴 거예요. 서우가 주문을 하고 어딘가에 앉을 때까지. 그럼 우린 그전에 이걸 지서우에게 주면 돼요."

준후는 테이블에 카페에서 주는 진동 벨 하나를 올려놓았다.

"이게 뭡니까?"

김태평은 어이없는 표정을 하고 물었다.

"진동 벨입니다."

"그러니까요? 이 진동 벨로 어쩌자는 건데요?"

"이 진동 벨은 저희 쪽에서 제작한 물건으로 녹음기가 내장돼 있습니다. 서우의 손에 인계된 순간 작동을 하게 될 테니까 그 둘의 대화가 녹음이 되겠죠. 물론 구동제가 하는 모든 제안이나 협박도 담길 테고요."

그 같은 설명에 태평은 의아하면서도 얼떨떨한, 복잡한 속내를 한 얼굴로 진동 벨을 보다 준후를 쳐다보다 했다. 그러더니,

"당신이란 사람은 정말… 주도면밀하군요."

"지서우에 관한 거니까. 서우에게만 이럽니다, 나도."

"그건 아닌 것 같습니다만… 아! 그런데 만약 서우가 이 진동 벨을 받지 않으면요? 주문 전에 그 인간이 접근할 수도 있고."

"그 점은 걱정하지 않아도 됩니다. 지서우는 이 진동 벨을 받을 테니까요. 그 사람 행동 패턴은 내가 제일 잘 압니다. 적어도 저 카페에서의 모든 행동은."

"어떻게요? 뭘 근거로 장담하고 확신하는데요?"

김태평은 상당히 의심스런 표정과 톤으로 물었다. 아무래도 불안하기도 하면서 걱정이 되기에 묻는 듯 보였다.

준후는 잠시 망설이다 고백했다.

"제가 매일 그 사람을 보니까요. 이 장소, 이 자리에서."

"······!"

"저도 매일 아침 이곳에서 커피를 마십니다. 지서우 보려고."

"······!"

처음부터 의도하고 작정한 버릇은 아니었다.

어느 날 정신을 차리니 바람이 있는 층 엘리베이터 버튼을 누르는 것처럼 이곳에서 건너편 서우를, 지서우의 행동을 지켜보고 있었다.

창가에 앉아 거리와 신호등을 보며 왠지 아쉬워하는 표정. 간혹 아이들이나 애완견을 보며 짓는 환한 미소와 요구르트 아줌마를 친근하게 바라보는 아련한 시선도. 또 비가 오면 큰 창을 타고 내리는 비를 하염없이 바라보는 무심하면서도 애련한 표정까지 전부 놓치지 않고 지켜봤다.

바로 이 장소, 건너편 카페와는 마주하면서도 제법 큰 화분으로 인해 서우 쪽에서는 잘 보이지 않는 이 테이블에서 그녀를.

"이이···이··· 스토커!"

김태평은 농담보다는 진담인 게 더 확실한 듯한 목소리로 그렇게 결론 냈다.

그 같은 적확한 비유에 준후는 웃었다.

"지금 웃음이 나옵니까? 자신의 모습을 적나라하게 보이고선 무슨 여윤데요? 그렇게 자신 있습니까? 아니지! 혹시 이게 다가 아니라 좀 더 극적이고 극단적인 성격이나 취향, 뭐 이런 거 있는 거 아니야? 당신."

태평은 서우를 지켜봤다는 그 사실 하나로 상당히 방대한 상상을 하고 있었다. 극한직업 베테랑 PD답게.

"그보다 김태평 씨가 꼭 해 줬으면 하는 일이 있어요. 사실 이것 때문에 오늘 만남을 요청한 겁니다."

그 소리에 김태평은 금세 표정이 신중해졌다.

전문적인 만큼 유연한 인물이었다. 서우의 선한 사람 남자친구 김태평은.

"뭔데요?"

"서우와 구동제가 자리를 잡고 앉으면 김태평 씨는 서우 근처 자리에 앉아 둘의 대화를 다시 한번 녹음하고 당신 밑에 있는 능력 있는 카메라 감독을 섭외하고 대동해 어디선가 그 둘의 모습을 카메라에 남겨요. 확실한 증거가 될 수 있도록. 그 사람들 단속은 태평 씨가 알아서 하고."

이것까지 해야 1차 녹음을 실패한다 해도 나중에 단순 만남이자 우연한 대화였다고 우길 구동제를 제압과 함께 압박할 수 있었다.

그게 아니라 해도 서우의 모습을 담은 비디오는 나쁘지 않았다. 평생 소장용으로.

"그럼 그쪽… 강준후 씨는 무슨 역할을 담당하는 겁니까?"

"전 기회를 보다 투입해야죠."

"그러니까 언제, 무슨 타이밍에요? 서로가 알 수 있는 신호라도 있어야 하지 않겠어요? 역할과 동선을 다 맞추려면?"
"처음부터 어슬렁거리면 시선이 전부 제게 쏠리니까 적당한 타이밍에, 멋짐을 담당한 남자 주인공이 필요한 그 순간 등장할 겁니다, 전."
"……!"

마침

★도움받은 단행본★

무명화가들의 반란 민화. 정병모. 다할미디어. 2011
만화보다 재미있는 민화 이야기. 정병모, 전희성. 열다. 2013
민화, 가장 대중적인 그리고 한국적인. 정병모. 돌베개. 2012
허균의 우리 민화 읽기. 허균. 북폴리오. 2006
민화, 색을 품다. 오순경. 나무를 심는 사람들. 2017
민화 이야기. 윤열수. 디자인하우스. 1988
민화에 홀리다, 조선 민화. 서공임. 효형출판. 2010
한국의 민화. 임두빈. 서문당. 1993

작가 후기

〈바림〉은 한 장의 사진으로 시작됐습니다.

어느 작가분의 인터뷰와 함께 실린 책가도란 민화였죠.

기사 속 세 장의 사진을 보고 많이 놀랐습니다.

아, 이런 그림이 민화구나. 민화가 이렇게 매력적이고 고운 그림이구나, 하고요.

이전까지 제가 인식하고 있던 민화라는 단어는 모호했습니다. 구체적으로 떠오르는 이미지조차 없었죠. 있다면 먹빛으로 그려진 해학 가득한 호랑이 정도였으니까요.

그런 절 매료시킨 건, 민화 작가 지민선 님의 우아하면서도 은은한 작품이었습니다.

처음엔 색감에, 다음엔 구도와 도상에 많이 놀랐습니다.

민화가 이처럼 세련되고 자유로운 그림인지 전 그때 처음 알았습니다.

소설 〈바림〉은 그렇게 저와 인연을 맺었습니다.

이쯤에서 언급하고 싶은 건 〈바림〉은 민화에 대한 전문적인 서적이 아니라는 사실입니다.

민화라는 그림에 매료된 작가의 상상이며 저란 사람이 꾸미고 꾸려 만든 이야기지요.

제게 이런 영감과 함께 민화와 인연을 맺게 해 주신 지민선 작가님께 감사드립니다.

무작정 연락을 드리고 만남을 청했는데 응해 주신 일 또한 감사합니다.

전 지금 민화를 배우고 있습니다.

첫 작품은 책을 읽어 보신 분들은 다들 아실 테죠.

네. 꽃 중의 꽃이라 칭송받는 모란도입니다.

소설 속에서 모란도 말고 다른 걸 그리면 안 되냐고 한 이는 바로 접니다.

제가 반골 기질이 있습니다. 언더에 비주류이기도 하고요.

그렇다 해도 이 소설 〈바림〉은 좀 더 관심받고 사랑받았으면 합니다.

민화의 세계로 인도하는 가이드북이 되기에는 부족하고 미흡하겠지만 애정만큼은 진심이고 사실이니까요.

민화는, 행복을 비는 이쁜 부적이라 표현한 지민선 작가님의 의견에 공감합니다.
　독자분들께서도 이번 기회에 곱고 아름다운 민화와 조금 더 가까워졌으면 하는 개인적인 바람을 가져 봅니다.

　　　　　　　　　　　　　　　　　　　다미레 드림